靜默有時，傾訴有時

——黎戈散文集

黎戈／著

沖淡平和中的瑯嬛福地：驚豔黎戈

須文蔚
（國立東華大學華文文學系教授．系主任）

龐克教母佩蒂．史密斯（Patti Smith）在她的回憶錄《只是孩子》裡說道：「我們像穿越雷區的孩子一樣單純而危險。在藝術與夢裡，你應該狂放不羈地繼續前行；在生命裡，你應該公正而不為人知地活著。」用這句話來形容南京的作家、書評家黎戈應當很恰當。

黎戈是台灣慣稱六年級的青年作家，崛起於網路世界，一反網路文學的大眾與膚淺，而是以深刻與艱難獲得敬重。她在閱讀與寫作的世界中，勇於挑戰世界文學、現代文學經典甚至當代華文文學作品，觀察敏銳，批判鞭辟入裡。但是作為一個公共知識份子，她顯得極度低調，出版品上的簡歷可說「極簡」，幾乎就是這兩行：「女，七〇後，原名許天樂，南京人。日常與文字無涉。嗜好閱讀，勤於動筆，作品散見於《人民文學》、《今天》、《鯉》、《讀品》等刊物。」網路上查不到她的詳細介紹。如此不欲人知，可她的文字靈氣逼人，人情練達，她的博客吸引了無數書蠹與小品文愛好者，從二〇〇九年出版第一本散文集《一切因你而值得》後，已陸續出版《27·單身》、《私語書》、《因自由而美麗》等書，已經是中國大陸新崛起的書評家與散文家。

黎戈不是學院派的評論者，她不引經據典，也不套用西方的文化理論，如同周作人在《自己的園地·序》中提出：「批評是主觀的欣賞不是客觀的檢查，是抒情的論文不是盛氣的指摘。」她謙稱自己的書評只是「讀書筆記」，她把生活和文學作品相對照，甚至別出心裁地讓不同時代的作家站在同一個伸展台上，引領讀者評頭論足，讓讀者縱情於她的印象批評中，獵取書籍中五味雜陳的人性。

在〈文字形象的騙局〉一文中，她分析了林徽因、張愛玲、吳爾芙、托爾斯泰、奧威爾、卡波提等人的作品與傳記，得到一個有趣的發現：文字形象和作家的現實面目常有落差，寫出唯美作品者，生活可能十分理性；論理透徹者，人生往往一團亂。她說：

> 張是典型的聰明臉孔笨肚腸。文字裏的裝精逞強，不過是笨拙於人事，自抑成性的她，找個出口轉移釋放力比多而已。文字狀態下的張愛玲，固然是滿樹繁花，枝節楚楚，而現實生活中，她卻是個連日常應對都很畏懼的木訥之人。而林徽因則相反，她的文字乾癟細弱，糾結迂

迴，她本人卻是個爽朗開闊，長於交際，話鋒伶俐之極的妙人兒。

相信喜愛這兩位女作家的讀者，讀了這一段文字，應當無不點頭稱是，莞爾一笑。

黎戈閱讀量極大，但是有她特殊的偏好。她說過：「閱讀口味排列是：最愛小說，其次散文，訪談錄，偶爾看評論，從來不看詩集和戲劇。」所以她可以侃侃而論吳爾芙（Virginia Woolf）、尤瑟納爾（Marguerite Yourcenar）、莒哈絲（Marguerite Duras）、萊辛（Doris Lessing）等人的大部頭作品，以女性觀點點出箇中幽微的生命情調，佐以詩意的文字，使她的評論自有一股伏流般的力道。但看她讚揚居里夫人處理感情風波的從容：

> 在這樣的人身上，我們才可以看到意志力的強度，性格的強度，生命力的強度，就好像看女高音唱華彩的詠歎調一樣，發乎於肉身，收之於樂止，磅礴而出，戛然而止，洶湧的情欲，被理性的壩攔住，在一己之私欲和社會生活秩序之間，走好這個平衡木，這種控制張弛的意志力，又何嘗不是一種壯美的人生境界。

用相當精采的轉喻，靈活地出入於聲音、身體、慾望與社會倫理間，毫不遲滯地道出己見，又能輕巧地炫耀文字技巧，真是情文並茂。

讀《黎戈筆記》不難發現，她在評論女作家時，特別溫柔體貼，反之對男性經常不假辭色，像是她鄙夷愛因斯坦的冰冷善變，也不愛托爾斯泰的人情淡薄。有趣的是她的小品文有著周作人的影子，十分貼近苦雨翁強調：好散文需具備饒有「趣味」的內容，「平淡自然」的氣質，追求能引發讀者體味思索的「澀味」與「簡單味」。尤其是黎戈越近期的評論，越顯得敦厚、平和與沖淡；寫身邊事物與景致的小品，越發細微、雋永與靈巧，張悅然評價黎戈：「她能夠看到事物最細微的部分，可以把情感放在一顆塵埃上。」是相當恰如其份的描述。

黎戈在網路上兢兢業業地筆記文學，記錄下文字的氣息、城市的脈搏、蔬食的滋味和無數書籍的體溫。她持之以恆打造的無非是張岱魂縈夢繫的「瑯嬛福地」。

明代著名的小品文大家張岱在《瑯嬛文集中》，曾寫下〈瑯嬛福地記〉的故事：晉太康年間，有位喚作張華的飽學之士，偶然遇見在石上開卷的老叟，相談甚歡，老人引張華進石壁下的洞府。洞府宛如迷宮，有著無數密室，密室陳列汗牛充棟的書籍，藏書最多的密室，上有匾額，題為「瑯嬛福地」。張華有幸盤桓了兩日夜，離去後，便再也尋不到石室。

張華與張岱遍尋不著的「瑯嬛福地」，在黎戈的筆下重現了。黎戈的文字與淵博都讓人驚豔，看似艱難的經典文學，經過她的筆墨點染，作家原本深埋的人生滋味就光亮起來。黎戈別有一番民國懷舊風味，又兼得網路上輕鬆逗趣的滋味，應當會受到台灣新生代讀者的青睞與喜愛。

目錄

・書寫的思辨

・矛盾與掙扎的躍脫

女性書寫

她說百合是種太蒼白的花

多年前我就知道維吉尼亞・吳爾芙的存在，就像我知道伊甸園神話存在一樣——她是一個在不同語境中被反復引述和重複的名字，她帶著她明淨的額頭，尖刀背似的大鼻子，常常出沒在唯美派畫冊裡的那種知性的鵝蛋臉，穿行於一列大不列顛知識份子軍團的書簡和信箋裡。那是一群在二十世紀前三十年度過了他們成熟期的人，也是埋葬了維多利亞社會又試圖讓它纖細僵化的道德活躍的一代人。達爾文的進化論，讓他們失去了相信上帝七天造人的可能性，殘忍

的愛因斯坦，更在一九〇五年拋出相對論，這下連時間和空間都無法信任了，他們只好轉向去精研自己的內心，對自己用盡心思，他們每天要寫大量的日記，餘時就給另外一些人寫無數的信箋。所以這個叫做布盧姆斯伯里*團體裡的成員，個個都是書信體大師。也就不足為奇了。

作為這個團體的核心成員，維吉尼亞被喻做英格蘭百合，這個意象很契合她，最美的百合都開在唯美派畫冊裡，聖母的手邊，聖嬰的笑顏附近，百合本身就是一種精神意味大於肉身美的花，相對於桃花的豔情，牡丹的肉感，玫瑰的甜俗，它簡直是禁欲味道的，維吉尼亞本人正是如此的精神化：她醉心於朝拜藝術聖地，蒐集藝術品，但在生活裡，她一輩子都穿著粗布工作服，在冬季沒有取暖設備的「冰窖」裡工作；她視肉欲為骯髒的動物性，卻苦心蒐集別人對她美貌的口頭稱讚；她擇偶時從不關心對方是否有肉體美，或物質背景，甚至性向，卻一定要足以與她的智性匹配；像西蒙．波娃一樣，她背離並且鄙夷上流階層的生活方式，卻從來沒有淡化過骨子裡從屬於這個圈子的精英意識；五歲的時候她給姐姐寫信，「謝謝你對我仁慈的耐心」，而姐姐的回信是「我多麼喜歡你香豌豆色的頭髮」，後來姐姐成為畫家，她卻成了作家，審美角度的歧途，其實在早年就足見端倪。

她很像一台配置失衡的電腦，思辨力，邏輯力，想像力，凡是智性系列的作業系統配置都

*布盧姆斯伯里（The Bloomsbury Group），英國二十世紀初的一個知識份子小團體。

很高，而性欲晶片配置卻幾乎為零，她並不是敵視性欲，她是壓根就不理解這玩意兒，所以她選擇的多是同性伴侶，只是因為這樣便於操作她無垢的「精神之愛」而已。小時候她同父異母的哥哥把她抱在窗臺上，扒開她的私處迎光看著，長大了他繼續用擁抱，接吻等臨界動作猥褻她。這些曖昧的性侵害史，像頻頻發作的病毒一樣，使她本來就已是低配置的性欲晶片幾乎癱瘓，直到一九四一年，她投水自殺，用死亡療法徹底使自己死機了為止。

從九歲那年，她就開始頑強的自我教育，她的營養源只是爸爸的書房和與哥哥交談的碎片，還有倫敦圖書館而已。她不眠不休的寫作，不舍晝夜的閱讀，每寫完一部作品，她就要崩潰一次，在崩潰的間歇期她寫一些輕量級作品作為鬆弛動作，餘時她寫大量的日記用以觀察自己的下意識，她此生最大的娛樂是寫信，大概有幾千封之多，她參加有限的社交活動，也是為了帶上捕蝶網為她的小說蒐集人物和情節標本，她交友戀愛都必須經過文字這個介質，他們必須和她一樣是文字的信仰者——我從未見過一個人，像維吉尼亞這樣，終其一生，從各個方向，頑強的與文字發生關係，它們是她的傷口，也是止疼片，是她的寵物，也將她馴養。就像小王子的狐狸一樣，「你對你的玫瑰所花費的時間，使得這朵玫瑰，對你變得那麼重要」。

可笑的是：這個連自己獨自上街買件衣服都會打哆嗦的神經質女人，居然常常被比喻成狼，她要是匹狼，也只是身著狼皮而已，伏在她貌似強勢的女權攻勢下的勇氣，只是一塊蓄電池，真正的勇氣電源來自於她身後的人，小時候是媽媽，未成年時是姐姐，最後這電源的終身接班人是她的丈夫倫納德。這個女人活在文學史上是個傲然的奇蹟，真要移植到你家客廳裡，只能是場不折不扣的災難：她會在作飯時把婚戒丟在豬油裡，還在參加舞會時把襯裙穿反，她的鋒利不過是「舌辣」，而不是「根辣」，而她的丈夫倫納德呢？他曾經在噩夢中把自己的拇指拔脫節了，這種「噩夢中的畜力」，看似優雅的維吉尼亞身上一樣有，他們在某些地方是完全對稱的，在維吉尼亞還很小，無法熟練使用語言暴力的時候，她就有一種陰鬱的能力，只要她一旦震怒，她的兄姐們立刻感到周圍氣溫陡降，頭頂飛過一團烏雲，恐懼壓頂。這兩股子畜力，有時是反向的，比如維吉尼亞瘋病發作的時候，倫納德就得用自己的畜力去壓制她的，在她無恙的時候，這種畜力轉而成為一種遠景式的呵護，保護著她在生活中的低能。為此他搭上了他的青春，生育權，一根健全的神經。這一切，我想大於一個男人對妻室的愛意，它更是他對她文學天才的保護，對某種絕對事物的信仰，這種純正的反犬儒氣質，才是真正的布盧姆斯伯里精神。

很多藝術家都有自我形象設計癖，並不是他們刻意撒謊，只是他們太熱衷於虛構，比如克里斯蒂，她喜歡把自己設計成一個素人作家，以寫作打發閑時的閑婦，但是任何人膽敢質疑她的作品，她立刻像母狼一樣，從窩裡兇悍地撲出去捍衛它們，還有弗里達（Frida Kahlo），她明明是一九〇七年出生，可她在所有的官方履歷表上填的都是一九一〇年，那是墨西哥大革命發生的一年，她覺得這有利於把自己塑造成「革命之女」，這種激越鮮亮的背景色，更能映襯她波瀾壯闊的政治思想。不同於她們耽於自我戲劇化，維吉尼亞的自我調節恰恰是反向的。她在行文時也是一樣，非常淡漠人物的戲劇特徵，卻很關心她們的精神構造。

一九一七年她認識了紐西蘭女作家曼斯菲爾德（Katherine Mansfield），基於對一種即將出現的新鮮文體——意識流文學的敏感與革新意識，她們彼此投契，又基於同樣的原因，她們彼此嫉恨，在交談甚歡的流沙之下，是維吉尼亞比水泥地還結實的頑固勢利眼，她是個超級勢利眼，但卻是一種教養和智性的勢利，並不涉及對方的物質背景，這也是她全部的價值觀，這種勢利眼的證據頻頻出現在她六卷本的日記裡，關於曼斯菲爾德，她寫道：「這女人是個商人的女兒，她穿著像妓女，談吐像婊子，身上有體味，像一隻剛剛賣過淫的麝鼠。」

還好，維吉尼亞除了有一根多刺和不忠的舌頭，過於精密的頭腦，踩了油門就踩不住剎車的想像力之外，還有尚算健全的自省機制，她像一支冰箱裡的錶，低溫，精密，二十四小時不眠不休的自我精確定位，她又在日記裡盤點了自己的靈魂，承認自己嫉妒曼斯菲爾德活潑自主，實驗性的生活方式，比她本人大的多的異性社交半徑，正負加減之後，帳面顯示的結果是中正的：（曼斯菲爾德）是一隻可愛的貓科動物，鎮靜，疏遠，獨來獨往。

甚至她的發瘋也是同樣質地的，這種發瘋的可怕之處也正在於此：她是在完全清醒的情況下發瘋，像是一個人隔著霧氣斑駁的玻璃窗，看著屋子裡的另外一個自我在發瘋，卻無法打破窗子把那個自我救出來。想一想，這個熱愛閱讀的女人，她甚至把不能閱讀都當作了她自殺的一個原因，如果她不停地發病，能閱讀的只餘下自己的瘋狂，會把她帶到一種怎樣的境界。如果她選擇放棄這種智性生活，不再寫和讀，做任何刺激智性的事，醫生說她可以不發瘋，但是她說「不能寫，毋寧死」，誰說放棄生命不是一種愛的方向，選擇與卑瑣的形而下生活苟且求和，是一種勇氣，放棄也是。這才是布盧姆斯伯里精神的驕傲絕塵處。

在那部叫做《時光》*的電影裡，吳爾芙一邊走上樓梯，一邊說：I may have a first sentence. 這第一句話就是：戴羅薇夫人說，「我要自己去買花。」自己去——不受他人干涉，她去了花店，她說，百合太蒼白了，她不要。維吉尼亞，這朵英格蘭百合，亦被她自己放棄了：「親愛的倫納德，要直面人生，永遠直面人生，瞭解它的真諦，永遠的瞭解，愛它的本質，然後，放棄它。——吳爾芙」，至此她已經有過兩次自殺的經驗，她熟練地淌過淺水，走向河中心，邊走邊把一塊大石頭塞進口袋裡，我合上眼，耳邊是電影裡的音樂，它簡單地重複，平直地來去，並不太洶湧，像時間，回復往返。

*台灣譯作《時時刻刻》。

尤瑟納爾：自由意志的形象代言人

咳，咳，我要寫尤瑟納爾（Marguerite Yourcenar）的筆記了，我正襟危坐，雙目灼灼，手裡攥著一大把尖利的形容詞，它們像小毒針似的等待出鞘：「孤僻，離群，局外人氣質，自我狀態極強，倨傲，博學，不近人，寡情……」，我用它們固定我筆下的人物，像製作蝴蝶標本一樣，我這麼幹過好多次了，不在乎對尤瑟納爾再來這麼一次。但這個女人實在……太滑不留手了。

何謂自由？如果自由意志也有一個形象代言人，那就應該是她了，她的前半生，居無寄所，任意東西，在她還是個小女孩時，常常，在半夜，從溫暖的小被窩裡，她被保姆抱出來，帶著她的小箱子，箱子裡裝著染了孩童乳香的小睡衣，揉著迷濛的睡眼，她隨爸爸坐上夜行火車，奔赴酒吧，迷亂的夜生活，遍地霓虹碎影的紅燈區，帶著醉意地召妓，和有夫之婦私通……作為一個風流男人的女兒，她在幼時就提前經歷了這些成年人的感情生活。

她從來沒有進過學校，沒有過一份長時間的穩定工作，沒有參加過一個文學團體，沒有一個定居點，沒有一個固定的性伴侶，她的行李寄存在歐洲各處的旅館裡，但是，慢著，在她三十四歲以後，她和另外一個女人同居了五十年，在遠離大陸的荒島上，她們自己種菜，養雞，揉麵包，用水泵打水，沒有電視，沒有電影院，沒有汽車……比一匹狂奔的馬更能顯示馬的力量的，是什麼呢？我想，就是在高速中剎住馬蹄的一剎那吧，尤瑟納爾就是如此，動亦隨心，靜亦隨性，緊貼自己的思維曲線。

她的祖父差點死於一次火車出軌，她的爸爸少時險被脫韁的驚馬踩死，媽媽則因生她而死於產後腹膜炎。當她還是個褐髮碧眼小女孩，孤獨地住在一個路易十八風格的城堡裡，和一隻角上塗了金粉的大綿羊做伴時，她就知道：根本生命就是一件極偶然的事情，所以她一生致力去做的唯一一件事，就是成為她自己。一個自轉的星系。十八歲時，她打亂了自己世襲的貴族姓氏中的字母，把它重新排列組合成一個叫尤瑟納爾的怪姓，就這樣，她把自己放逐於家族的譜系之外，她終身未婚，因為厭棄母職，所以也未育。她的血緣既無來處，也無去路。

她不願意定居在任何一重身分上，她不是任何人的女兒，姐妹，母親，情婦或妻子，她痛恨粘貼在他人的名字之後，她是誰？她從哪裡來？她是那個喜歡豔遇，通宵飲酒，自由為貴，及時行樂的瘦高男人和他的清教徒老婆生的麼？啊，她只是從他們的體內經過一下罷了，她和她的異母兄弟從無往來，相形之下她倒是更親近樹木和動物，在她看來眾生平等，她可以為爸爸平靜地送葬，也會為一隻小狗的猝死幾近昏厥。

她喜歡男人，她也喜歡女人，她是同性戀酒吧的常客，她也為了追隨一個男人，和他在海上漂流數月，並為這個男人寫了《一彈解千愁》，在書裡，她要求這個不愛她的男人，給了她慈悲的一擊，她，在書裡把自己殺掉了，她用書面自殺的方式，祭奠她死掉的愛情，然而在硬朗的男人面前，她也不覺得自己格外是女性，一旦離開那張魚水共歡的床，她和他們一樣要面對生活的甜美和粗糙。在壓頂的命運之前無能為力。她幼時沒受過閨房教育，女紅，針線什麼，長大了，她寫的也不是脂粉氣兮兮的閨閣文字，而是歷史小說，其筆力之遒勁，結構之恢弘，邏輯力度之大，恐怕連男腦都望塵莫及。她是法蘭西學院的第一位女院士，連院士服都得請聖羅蘭公司幫她重新設計一件，這有什麼好驚訝的？她生來活在一切規則之外。

她也生活在時間之外，她與之共處的親人都活在她的筆下：羅馬皇帝哈德良，教士澤農……在荒島生活的四十年裡，在歐陸單身旅行的那些不眠之夜裡，頭頂上的星星一動也不動，像被凍住了一樣，她瑟縮在老式的高腳小床上，運筆如飛，靠這些小說人物為她取暖和驅寒，她熟知他們的生日，星座，口味，愛好——澤農是精靈又陰沉的雙魚座，哈德良是中性又慧黠的水瓶座，到了生日那天她還為他們烤個小蛋糕呢。她聞得到他們生活優遊其中的時代空氣，她看見他們穿著的僧侶服樣式，她聽到他們種下的一株鬱金香的價錢，她和他們一樣生活在西元二世紀，或中世紀，在她還是一個小女孩，在旅館的小床上，百無聊賴地等著夜歸的爸爸時，她就熟諳了用想像力進入異時異地的路徑。

她不屬於任何一個國度，三十四歲她拎著兩個手提行李，到了大洋彼岸的美國，只是為了投奔愛情，那是叫格雷斯（Grace Frick）的美國女人，為了避戰禍，也是為了顯示對伴侶的忠誠，在其後的五十年裡，一直到死她都是個美國人，可是只要關起家門，她說的就是一口純正的法語，吃的是法式甜點，讀的是法文書，身分證的顏色，護照上的國籍，和她一點關係都沒有。

她和那個長的像禿鷲似的美國女人格雷斯，在人煙杳杳的荒島上生活了四十年，這四十年的流年水痕，全記錄在一本本記事本裡，本子裡有很多的＊號和小太陽符號，＊號代表肉體的歡娛，小太陽是幸福，越往後翻＊和太陽就越稀落，而被沉默對峙的「……」號所替代，就像所有的世間夫妻一樣。在遠離母國，遠離母語，無援的荒蠻中，格雷斯，對尤瑟納爾來說意味著什麼？我在《默默無聞的人》找到一段話，也許可以代言她的心境：「那個人（荒島看守者）默默等待著死亡來襲，他盼望著運送給養的船隻，不是為了麵包，奶酪，水果，也不是為了寶貴的淡水，他只是需要看看另外一張人臉，好想起來自己好歹也有那麼一張。」穿心寂寞已經把人挫骨揚灰，這段話看得我心驚膽戰。

在這個一年有小半年大雪封門的荒島上，兩個鋒芒銳利的女人，如此近距離地對峙著，格雷斯控制並濾掉了所有日常生活的瑣細和雜質，尤瑟納爾得以保全她近乎真空的安靜，在靜謐中她獲取巨大的自由，自由出入所有的世紀，人們一直無法弄清，她們之間，是誰，以何種微妙的比例，把自己的生活方式和優先權，強加給另外一個，怨懟，疏離，擺脫控制的欲望，一點點毒化了這對愛侶的家庭空氣，一直到格雷斯死後，尤瑟納爾才發現：自己不會開車，不會處理銀行帳單，不會操作電泵，甚至她連接電話的習慣都沒有——之前這些都是格雷斯做的。

也許自由得自捨棄——她年輕時寫的那些書，真沒法看，我承認我學識不足吧，不曉得那些囉嗦拗口的文字，是不是就是所謂的古典文體？我不明白，為什麼很簡單的一個故事，要動用那麼大的敘事成本，又是鋪墊，又是渲染，又是敲鑼，又是邊鼓。到了晚年，這些枝繁葉茂的描述性細節全脫落完，她的文字，徹底放下架子之後，才開始有了骨架嶙峋的靜美。她可以在一個細節裡溶解大量的資訊，比如《虔誠的回憶》裡，她寫自己的媽媽，在臨產前一邊準備孩童的襁褓，一邊默默地熨燙屍衣——預示她後來死於難產。個體在命運之前的無力，悲劇壓頂的鬱鬱，敘述者的悲憫，都被這個細節啟動了。敘事的同時，抒情，背景描摹，時代空氣，全部都到位了。

有時，自由是悖論——這個一生與文字為伴的女人，最不信任的，也是語言。她生就一張貪歡的面孔，卻認為示愛的最高境界是緘默。她聲稱她不太想起父母，可是從二十歲起，她開始把他們放進她的好幾本小說裡，代入各種時空條件下，她寫他們寫了六十多年，她亦很少提及格雷斯，可是後者去世後，她拖著老弱的病體返回歐洲，把她們熱戀時的行程反復溫習。寫作和旅行，是她生命中的兩顆一級星。她用它們來緬懷和追憶。什麼是至愛不死，什麼是至親不滅？在擬想的情節裡，她讓他們一次次復活，她徜徉其中，就像她小時候，常常在一條小溪邊時騎馬漫步時的感覺，那一刻，她就是馬，是樹葉，是風，是水中沉默的魚群，是男人，也是女人，是妻子，也是丈夫，是爸爸，也是女兒，她充斥宇宙，她無所不在，一切因她而被照亮，她是她自己的神。

三個姓波娃的女人

《波娃姐妹》，蒙泰伊（C. Monteil）的書。買它是因為我的女二號情結。我一直對名女人……身邊的那個女人比較感興趣。然而，在書裡其實有三個女人。波娃姐妹，還加上她們的娘。

波娃夫人，是一個典型的中產階級主婦。彼時的風尚，就是有身份的太太，絕對不能有賴以糊口的一技之長。她其實是個力比多過剩的女人。又沒有正當出口發洩，再趕上中年危機，老公外遇，所以，只能把所有的怨憤都傾瀉給孩子。過度的管束欲。關於這個女人，她的一個親戚是這樣描述她的：「她到我們這裡來度假，一開始我們很開心，她很活躍又風趣……慢慢她開始管這管那，她走的時候，我們都鬆了口氣。」

大女兒，也就是大名鼎鼎的西蒙·波娃同學。自小性格獨立彪悍。父母對她說話，都是協商的語氣：「親愛的，不要碰那個東西好麼？」「這個女兒，你沒辦法按一般的方式對待她。」媽媽說。但小的那個就不一樣了。她性子溫軟得多。至少看上去是這樣。父母對她，都是命令句式。她的外號叫「玩具娃娃」。

玩具娃娃喜歡依賴別人。她的第一個喬木，是姐姐。姐姐手把手教她識字，帶她上學。姐姐是媽媽身邊，那個小媽媽。她全身心地想依附在姐姐身上；可是姐姐有了自己的交際圈子，是一個叫紮紮的女孩——西蒙．波娃自小就有雙性戀傾向。妹妹從此被撇單了，一種被遺棄的羞憤。

「你不愛我了？」

「我當然愛你。」

「你不會拋棄我？」

「不會的。」

姐姐熄燈睡了，妹妹哭了一整夜。

成長的歧路。到底從哪時候開始的呢？我想在這本書裡找到那個微妙的路標。未果。姐姐繼續求學，成績優異。被巴黎高師錄取的時候，她是第二名。第一名，是沙特——這個世界上唯一能讓她在智力上俯首的人。她不屈不撓地在兒時的奮鬥目標上前行。「按照自己本來面目生活。」與沙特結成自由情侶。用她的一生，實踐了「自由女性」這個詞的涵蓋。不婚，拒絕中產婚姻中的偽善和滑稽戲。不育，組織支援墮胎的簽名。反戰，結交阿爾巴尼亞共產黨。

妹妹為姐姐擔心得發抖。他們被政府列為公敵。隨時會被暗殺……說實話，我覺得她真是多慮。看沙特和波娃同學參政，簡直是惡搞。門窗大開的聚會，話音四處飄散。成員名單都弄丟在大街上。中共一大還知道找個遊船呢。

妹妹成了姐姐嗤之以鼻的小資產階級主婦。嫁人，畫畫，做政府官員，一度還穿了軍裝。因為她要追隨自己的丈夫，後者是文化參贊。「體系的奴僕，小主婦，沒有才華，永遠不會成功的畫家。」姐姐在給情人的越洋情書裡，都不忘記譏諷妹妹中規中矩的打扮和舉止。可能是憤懣吧。自己的妹妹，背叛了早年的誓約。她們曾經一起盟誓，絕對不苟且於虛偽的制度。法國知識份子一向鄙夷公務員。莒哈絲（Marguerite Duras）罵得更難聽。

本書最動人的一段，是媽媽臨終前。這一家，三個姓波娃的女人的和解。

屈指算了一下。老太太去世，是一九六三年的冬天。我是上半年看的《越洋情書》，現在依稀有記憶。情書從四七年開始，持續了十七年。也就是說。在六三年的時候，西蒙．波娃的越洋戀情，已經走到了絕路。那年她五十五歲。身體衰竭，皮肉鬆弛。奧爾格倫明言相告分手。青春期，男人的溫暖懷抱，這一切。一去不復返。而沙特呢。他永遠不乏年輕美豔的追求者。西蒙．波娃的心裡，肯定也是滋味複雜吧。與沙特的智力聯盟，那種精英聯手的快感和自得。一向是她的精神支柱。

為了自由和獨立，連正常生活模式都犧牲掉的大女兒。和母親隔絕疏離了半生的大女兒。以和家庭對立為榮的那匹黑羊，現在也到了生命，愛情的灰頹老境。在會議，政務，寫作的餘暇。她也開始常常往家趕，照顧母親，給她洗澡。

「她的裸體讓我難堪，」姐姐說。昏暗的光線裡，她給母親擦身。她繾綣過的男人，女人，都不少。可是母親的身體，因為癌症的折磨。已經變形的肉體，讓她羞恥。「我來，」妹妹常年畫人體素描，對各類肉體都習以為常。更重要的是。在她的心裡，對親情的隔閡感，不像姐姐那麼堅固。

母親痛得輾轉難安，醫生不給她用嗎啡。醫生眨眨眼睛，說：「呵呵，用嗎啡和墮胎，有良知的醫生絕對不會去做。」姐姐看著母親的痛狀，感到內疚，整整十四年，她都在為墮胎合法而奮鬥，醫生的話，無疑是敵意的。不給母親用嗎啡，當然是教徒醫生對一個叛道女人的報復。

姐姐抱著母親枯槁的身體，她驚訝於自己忽然湧起的溫情，一條隱於地下的河流，重新春來漲綠波了。

母親彌留，姐姐拒絕承認這個事實。她一生強悍，這樣的人，不肯正視死亡的終結。很多年後，她也試圖闖入沙特的病房。她總是不相信，或者說，不接受，她愛的人，會離她而去。

母親死之前說：「我為你們感到驕傲。」正是這個母親，三十多年前，克扣姐妹倆的生活費，為了阻止她們求學。倔強的姐姐，有半年的時間，都沒錢吃中飯，一直到她自己掙到工資，經濟獨立。

最後是看似軟弱的妹妹，闔上母親的眼睛，收拾後事。

她們各自用自己的方式緬懷。妹妹回到了冰冷的畫室，在低溫下作畫，姐姐是整夜翻著家庭影集，不成眠。她甚至在母親的葬禮上，流了淚。對父親，她沒有。對棸棸，也沒有。她寫了一本書，寫人的老年狀況，寫醫療單位的冷血，寫母親的故事。那本書叫《平靜的死亡》，這本書裡，她稱波娃老太太為「媽媽」。之前的《他人的血》、《女賓》裡，老太太的身份是「我的母親」。客氣，矜持，微諷。冷硬的距離感。書的題詞，則是「獻給我的妹妹」。她終於承認，「在母親的肉裡，有我的童年，她去了，帶走了我的一部分。」這正是她用一生去抵制的——家庭和血緣，及他們對自由意志的牽絆。

真是值得咀嚼。就像沙特對西蒙．波娃的最高評價：「她就好比我的伴侶。」伴侶，我草。這不正是您二位終身反抗的婚姻框架中的術語麼。

不完全是愛誰多少的問題。我在想，這其中更隱秘的力量，是衰老。托爾斯泰臨終前的悔罪。沙特彌留時想重返教廷。包括很多人，受到傷害之後，變得溫情與柔軟。還有，中國人說，人之將死，其言也善。其實是——當一個人衰弱的時候，鬥志軟化。如果母親早死二十年，西蒙還在悖逆狂飆期的時候，這個和解也不會達成。

書的序言裡，為西蒙的辯解。很善意然而多餘。「自紀德時代以來，對親人的不近人情。已經成為激進知識份子的一個思潮。」我草，簡直是越描越黑，啟人疑竇。

現在，就是跳一支舞也是好的

看了《法蘭西組曲》的第二部〈柔板〉，很久沒有被激起這樣的閱讀興奮了。打從現代派興起之後，滿目皆是支離破碎的結構，東一榔頭西一棒的敘事，歇斯底里的即興對話。這次看到這麼傳統筆法的小說，那根繃緊的閱讀神經，馬上就被按摩鬆弛了。清晰的敘事線，扎實的細節功夫，豐腴甜美的景語，人物場景情節，交代得工工整整，紋絲不亂，稍微做點整理，就可以直接拿去當分鏡劇本用了。這才回溯想起，伊萊娜是出生在基輔的猶太人（記憶中，這也是阿赫瑪托娃和愛倫堡（Ilya Grigoryevich Ehrenburg）的老家，烏克蘭那一帶）。她的營養源，應該是在俄羅斯文學上，這麼著一看就瞧出知識根系來了。她的心理描寫不如托爾斯泰那麼厚實，倒是散文化的輕捷行文，很像屠格涅夫。

覺得之前，也就是看第一部〈六月風暴〉時的很多零星的，不成型的想法，此刻應該被修正，之前覺得她不過是個文學修養很好的深閨閑婦。現在看來實在是小看了她呵。臉紅啊，然後又忙著為自己開脫，的確她是寫著寫著，漸入佳境，慢慢狀態出來了嘛。呵呵，女作家嘛，控制大場面的能力，當然不如工筆細描一個愛情故事來得順手。我想也是寫到〈柔板〉的時候，風暴初歇，場景和視野收緊了，進入她的強項區域了，裡面的很多物質細節，一看就是長期浸淫其中的人，才能手到擒來的，比如貴婦人之間的下午茶，貴婦甲端上一碟子沾滿灰塵的小茶點，貴婦乙毫不介意，因為她們行事準則都是相通的，「越是富人越在旮旯裡克扣」，還有把鑰匙時時拴在腰際，惟恐媳婦偷拿財物的婆婆，譏諷愛財如命，物欲熾熱的大資產階級，真是入木三分，我一邊看一邊笑，我想好了好了，已經寫到她手臂半徑內的事了，可以盡情舒張她的譏諷力了。我想到伊萊娜邊寫邊蹙眉的樣子，帶著熟稔之後的輕視，就想笑。

〈柔板〉中的露西爾，是伊萊娜本人的（部分）心聲代言人。她出身大資產階級家庭，在一個封閉的外省（法國人的外省，類似於我們中國人所說的『鄉下』）小鎮長大，眼界逼仄，成長史蒼白，只有數次去巴黎的交遊經歷，後來奉父母之命與另外一個大財主結合，當然這也是勢力聯姻，全無愛情成分。她的婆家也是一個外省小鎮，只有一條水泥馬路，大多數人家都是沒有水電的農莊，更毋論電影或劇院。隔絕在現代文明，聲色之娛之外的慘澹文化真空。

她居住的那個環境，讓我想起曾經去過的安徽民居。高牆深鎖，庭院深深，閑愁最苦，青春虛度，更兼丈夫也做了千里之外的戰俘，「楊柳枝，芳菲節，所恨年年贈離別，」婆婆是個只有私欲，完全沒有對他人感情理解力，和自己的想像力生活在一起的孤寒老人。小鎮上除了喝酒狩獵，全無其他社交活動，而且這也是男人們的事情，女人的全部室外活動，不外乎是黃昏時在廣場上的片刻小坐，閒話家常，還有晨昏時的祈禱彌撒。這個死水般的日常生活已經無波和荒蕪到什麼程度？就是：連去墓地獻花，也是人人覬覦的，可以外出的野遊。

有了這個鋪墊之後，再看女人們從燈火昏昏的教堂出來，看著意氣風發，半醉般快意的佔領軍，那種心態，就完全可以認同了。他們步伐整齊地走過小石子鋪墊的廣場，金色的眉睫和髮梢在陽光下灼灼發亮，腰帶和鞋扣也是。他們是征服者沒錯，可是剝離了戰時身份之後，他們不外乎是一個盛年的男人，鋼盔下的粉紅娃娃臉，把孩子放在膝頭逗樂的大男孩，牽著狼犬散步的紈絝少年。「這個鎮子已經很久沒有男人了，他們好歹也算是男人」，女人們怯怯地想。在某一個遺忘的時刻，她們都是孤立於戰爭之外的原人，在這一點上，貴婦人露西爾，和那個人盡可夫的賤貨女裁縫，都是一樣的。

初夏的黃昏，丁香初綻，醉人的香氣，風雷不止的深夜，孤枕輾轉反側，無論戰時還是盛世，青春一樣日兮月兮地兀自老去，這是一個戀愛的季節，孤獨的人是可恥的……在戰時的大我之下，人人的心裡都潛伏著一個小我，比如外貌，又比如階級屬性，它比戰時的身份，離一個人的本質更近些。它是新鮮的肉體，噴薄的肉欲，良好的教養，優雅的談吐，熟練的調情，真摯的相許，流麗的眼神，含淚的眉睫。那個英俊的，在暴雨之夜為露西爾輕撫琴鍵的德國軍官，簡直比書裡的任何一個法國男人都更可愛。他本是一個出身良好的花季少年，在甜美的日常中循序成長，和愛人在幽靜的湖泊裡泛舟，和同窗在草木深深的山林裡野足，可是他的成長程式，被戰爭粗暴地打斷了，他不得不打起背包，惜別愛人，來到千里之外的異國，在變成冰雪裡的一堆無名白骨之前，他要吮吸最後一滴生活的甘露，比如露西爾，管她是不是敵人呢。反正末日將至，且讓我們苟且相愛。現在，能跳一支舞也是好的（小說的高潮，也是終於那個舞會）。他不會，也不敢去深思從軍這件事。「激情（這裡應該理解成狹義愛情）是女人們的詞，對男人來說，最重要的是對國家的責任。」個體的小愛，必須服從公共邏輯。從這點上來說，和戰敗者一樣，他也是受害者。

法國男人，他們在幹什麼呢，貴族們忙著收起祖傳的珍寶，資產階級急於保全自己剛剛暴發起來的錢財，小商販在囤積物資乘機哄抬物價，大發戰爭財。他們抵抗的方式是：賣了兩斤有蟲眼的變質李子乾給德軍，表面把鐘撥慢了一個小時去迎合德國人（德國人強令他們使用德國時間），背地裡卻按照法國時間用餐。非常地隱性和自保，呵呵。就是那個舉起獵槍，擊斃德軍的奴瓦爾，他的激憤也不過是男人之間的嫉妒，他仇視那個和他妻子調情的德國軍官，嫉妒他潔白的牙齒，乾淨的髮梢，雅緻的談吐，周全的教養，通身的紳士派頭，以及這一切背後隱隱透出的階級優越感。奴瓦爾的仇恨，也是隸屬於小我的範疇，一個整天耕田鋤地，遍身馬廝氣味的農民，對一個處處淩駕於他的，比他更有擇偶優勢，更對他老婆胃口的男人的恨意。

我想這就是這篇小說動人的地方，也是它的價值所在吧，這類「與狼共舞」的故事，題材也不算新鮮。比如賺了N桶眼淚的《廣島之戀》，又比如早已風輕雲淡，遭人遺忘的《停車暫借問》。它們之所以動人，可能是因為其中的人本精神。愛情以人為本，它被露西爾這個角色代理道出。我想這也是伊萊娜本人的一些想法。伊萊娜出生資產階級家庭，受過相當完備的教育，被一些人本思想充分地啟蒙過，算是一個覺醒的知識份子吧。

與她同樣質地的，還有另外一個法國女人，也就是在四十年代還完全寂寂無名的西蒙・波娃。她在給友人的書信裡，寫到戰後她和沙特應邀去柏林，推銷他們的存在主義，當時的德國是戰敗國，滿目廢墟，物資緊缺，德國人要是遇見了法國人，就得處於劣勢，在火車上法國人優先買票，先行下車，德國人只能在一邊奴顏靜侯。曾經被佔領者欺淩的波娃，此刻卻全無報復的快感，而是說「這比做戰敗者還讓我難受。」我想是因為現實刺痛了她的人本精神。

就像伊萊娜，她是一個猶太人，德國人對她來說就是死亡施與者。可是在這樣的一個身份脅迫下，她仍然能借露西爾的口，從容道出「如果情勢逆轉，法軍得勝，他們一樣會闖進農民的家裡，掠奪他們的糧食，調戲他們的女人。」這一切都是戰爭的罪惡，是戰爭讓人心中的惡蘇醒了，而不是哪個被席捲其中的個體所應承擔的責任。這是一個知識份子的冷靜，自抑，保持距離，洞察全局後得出的清醒認知。

這是一個至死都不肯逃離危境的女人，一個在納粹逼近之際，黯然受死的猶太女人，並且，在死之將至時，一手擋開沒頂的絕望，一手記下眼見的一切。同時寫下的還有一份遺書，事無巨細，一一囑咐了後事，大至財產的分割，小至女兒的飲食禁忌，都對遺囑執行人細細交代……我亦是一個母親，有了孩子以後，每次上街都隱隱不安，惦念孩子，心神恍惚，惶惶而歸。我可以想像一個母親的無力和絕望。這也是我最初的閱讀動機之一。這本書，其實與安排孩子的那個遺囑類似，都有著把生命存儲完好卸載的動機。感謝她的激情和勇敢，讓這樣一本誠實的書流傳世間。讓與她陰陽相隔的我，在幾十年後，撫卷唏噓不已，倍覺對生命的珍愛。

作為一個作家，寫了這樣一本書，也算是不虛此生了吧。

親愛的萊辛

萊辛（Doris Lessing）老奶奶終於獲獎了！七月在成都的時候，我告訴安然我很偏愛這個人，安公子說她不開闊，不能和奈波爾（V. S. Naipaul）的廣度類比，之類之類，其實，我倒覺得她的問題，是太早加入了英國籍，失去了異域優勢。不過我倒是滿高興的，潔塵說她喜歡一個比利時女作家，問了下閨密，發現人家都對這個人不太敏感。大喜。這種心態就像……女孩不喜歡和別人撞衫。我也是一樣，比較樂意保留一兩個私房作家，自己收在貼己小抽屜裡的。現在她獲獎了，為她高興的同時，也失掉了那種捂著藏著的私有快感……我把萊辛那個小組給退了。

萊辛同柯慈（J. M. Coetzee）一樣出自南非這個英殖民地，但她是英國血統，屬於母國邊緣的原住民，而柯慈卻是荷蘭後裔的第二代移民，對母國更加隔離，是被放逐的遺世獨立，我個人的淺見：殖民地作家和本土作家相比，語言風格往往比較清簡，視角是那種旁觀的抽離，注意力廣度比較大，萊辛關心社會、政治問題，對人的問題尤其關心。她作品中的主題包括殖民主義、種族歧視、女性主義、政治、戰爭、社會福利、醫療、教育、藝術、成長過程、精神分裂、瘋狂、夢、宗教神秘思想等。她曾熱心研究馬克思主義，研習伊斯蘭教蘇非（Sufi）教義，親身經歷榮格的心理治療，甚且親嘗數日不眠不食陷入狂亂的滋味。

我私下以為：對於女作家而言，力度是比技巧更為難得的東西，所以也可以說：她對我的吸引是一種異質的吸引，她是這樣一個作家：文字結實，有力，舉重若輕，她是儉省到幾乎不用形容詞，直奔下文，從不在細節上糾纏，用日常化的語言推進日常化的邏輯，僅此而已。有時候我覺得她簡直是一架食無不化、攻無不克的敘事機器，什麼有意思的、沒意思的事她都可以拿來寫，而且可以把它寫得好看。

《一個男人和兩個女人的故事》，這是我較中意的一本萊辛。好像是臺灣人的譯本，裡面收的小說，從各個維度，探討了「自由女性」這個萊辛很感興趣的命題。印象較深的是〈吾友朱迪斯〉。看了這篇，就知道萊辛對女人獨立的一些理解。它根本不是一種堅硬的兩性對抗，而是，我他媽懶得對你施力。朱迪斯很漂亮，她的朋友送了條裙子給她，一穿，很悅目，很出彩。她馬上把它給脫了，換了自己灰暗破舊的舊袍子，把自己的好身材遮掩住。比起那種花數個小時，穿衣打扮，以期奪目的女人，她才是真正的自我主義。我約莫能明白她的想法，女人穿漂亮衣服，不外乎是悅人和自寵，我誰都懶得悅，怎麼舒服我怎麼來。埋沒在人群裡，沒人注視我，失去一切座標系，那更好了。方便我無痕地閱歷大千世界。

她有一個男朋友，他根本也不關心她，把她理解得很膚淺，當作小甜點，還喊她「朱朱」。她也懶得向他詮釋自己，互相陪伴而已，大家各自保留乾爽的私人地帶好了。他說要離婚去娶她，她說：「不用了，他和太太生活得很好呀，我也比較喜歡一個人在自己床上醒來。」她去義大利度假，很為那種農業社會式的親緣所動，想嫁當地的一個理髮師，未果，因為對方把一隻痛苦的病貓摔死了。「不是他做得不對，而是我沒有辦法那樣直接地去處理什麼。」真的，她自己也殺過一隻貓，因為不願意把牠閹掉。她哭了很久。她是知識女性，學的是詩歌和生物，沒有煙火氣的專業，思路是被文明改造過的，她沒法不附加任何思考，而去直覺性地做什麼了。家庭生活，就像那件別人給她的漂亮衣服，外人看著很適體，可她穿著覺得不自在。她才不會為了成全你的順眼，犧牲她的自在呢。她的選擇是，脫掉它。

我想起陳丹燕筆下，有個女人叫克里斯帝，她自小和父母疏離，很沒有安全感地長大，大學時正逢六〇年代學運，就上了托斯卡納山，自耕自食，過樸素的農牧生活。後來，她嫁了當地的一個農民，也過得很適意，因為她在親人的環繞中，求安得安了。我在想，這也是「自由女性」的一種。她和朱迪斯，其實是同根的。她們總是想多看點沿途風景，多經歷一點人生的加減乘除。她們都很清楚自己要什麼，能付出什麼，都能做好這個收支。不負人，也不負己。最後，一個獨身，一個家居。卻都是忠於自己的。這樣就好了。

還有一篇是〈福特斯球太太〉，故事的背景是這樣：在一條破敗的石子街上，有個三層的小樓，第一層是酒鋪，第二層住著店老闆夫婦和他們的一子一女，是姐弟倆，第三層住著福特斯球太太，一個暮年的潦倒暗娼，「以色事人者」，到了夏天酒精的氣味就氤氳地蒸上來，熏得大家意識模糊，姐姐長大了，先行步入了成年世界，弟弟生性敏感內向，只好在假想中渾噩度日，希望以此克制對姐姐的愛，混合著肉欲的那種愛，他跟蹤她，看著她以一個他所不熟悉的成年女性的姿態去接近男人，過社交生活，他嫉妒得發狂，無意中他遇見了因為淡季生意不好沒有接到客的福特斯球太太，他尾隨她，並向她發出了性暗示，她稍稍抵擋了一下就順勢引了他進她粉紅色的房間輕車熟路地挑逗他，他被她的老醜及無恥激怒了，強忍著噁心感對她施了暴。

在我看來事情是這樣：姐弟倆自小共處一室，彼此廝摩長大，事實上已經結成了一個生命共同體：他們一起去找朋友，逛街，看電影，去動物園，他們的體驗是同步的，然後有一天，姐姐突然性意識覺醒了，毫無徵兆地跨過了那條日與夜的臨界，新生了，變成了一個用成人的語氣，身體語言與他相處的人，他有被棄的羞憤，感覺被排斥在成年的盛宴之外，因而他對成年人的世界也是抵制的態勢：那裡有吃相像豬的母親，常常偷酒並時不時請妓女喝上一杯的父親，肉體衰敗且惡臭的福特斯球太太，以及她灰白的體毛，還有老女人波紋狀蕩開的皺紋，在他看來：成年的世界是不潔，蟄伏，且讓人昏昏欲睡的，活生生的日子上方，都有死亡的黑翼在盤旋，而與之對峙的青春期卻是野獸兇猛：新鮮的肉體，未成型的欲望，被禁止說出口的愛情，這是這部痛感小說的第一個痛處，簡直是孟克〈病孩子〉的文字版，所以我不把它看作是愛情小說，也不看作社會小說，對我而言，它是一部成長小說，一部戰鬥小說，一個人拼命地要扼殺掉自己身體裡的那個陳舊的，柔軟的舊我，那個食草動物一般溫馴的自我，他想變成利刃，天生有嗜血的本能，或者乾脆——做一塊透視苦難的冰，以適應成年社會那個食肉的機制，他的掙扎，我想我是明白一點的。

曾經愛過的：莒哈絲

一年之內，這是我第三次談起這個女人，每次的視角都在轉動，其中當然混合著我自己的成長，事實上是，如果一個人，能夠糅合進你的成長，那你就很難對她有個固定的態勢，讓我想一想，我第一次見到她是什麼時候，應該是十三、四歲吧，逃學的午後，冬天，有雨，不大，濕嗒嗒的雨鞋氣味，書店裡騎馬釘的鐵銹味，只記得雨中所有的聲色都很安靜，行人穿越馬路的身姿都嚴肅許多，我懷抱著那套書，心裡充滿了安全感，很多年後，貝婁在書裡幫我析出了這種情緒流的分子式：「看見書架上的新書，就好像看見某種充實生活的保證」，我心想「是了，是了，這就是了」。那是作家出版社的一套作家參考叢書，有米蘭．昆德拉，還有誰誰，還有就是她，莒哈絲。記得那本書是六塊六毛五分錢，呵，那是一個有耐心精確到「分」的時代，我想莒哈絲其實與那個時代倒還合轍，這真不是被速讀的女人。

那本書叫《情人．痛苦》，後來被借丟了，心裡一直惦念著，是一本黃綠色的書，比十六開略小，剛醃的雪裡蕻，未煮開的第一澆中藥，秋日最後一茬割過的衰草，就是那個顏色。攤在我的手裡……什麼是幸福，就是掌握一本比十六開略小，兩百頁左右的書時，那種真理在握的場實手感。我一直覺得幸福是實感，而且是低級感覺，按豐子愷老先生的歸類法，凡與肉身直接接觸的均為低級感覺，我的幸福觀是：黃昏歸家時的飯菜香，嬰孩抱在懷裡的重量，一線似有似無的乳香，熟悉的菸味混合熟悉的肉體，撫摩一本舊書的手感——結論就是我的幸福比較低級階段。

心裡就這麼為她留白著，像為浪子等一扇回家的門，我知道她一定會回來，你說我空信也可以，反正所有癡情說到底，也就是心有不甘而已，當你一切在握後，所謂忠貞也不過是徹底的疲勞感嵌著怯怯的道德自律。然而我對她到底是有一點真心的——莒哈絲熱的那幾年，別轉頭去，在每一個提及她的聲音前面，別轉頭去，在南大的許鈞教授組織出版莒哈絲文集的時候，別轉頭去，水深流靜，不動聲色地等待，等待所有人都路過以後，等這個名字慢慢降溫以後，等待她，最終屬於我一個人的時候。直到前年，去南圖找一本司法解釋，也是別轉頭去，在蒙塵的小角落裡，傾圮的一堆書裡，又看見它，那時的感覺是——驀然回首。

晚上把自己洗漱乾淨了，手指甲也剪過了，還在那裡磨蹭著，惆悵舊歡如夢不難，舊歡新交倒比較困難，再去讀的時候，記憶中的字句就跑到眼睛前面去了：「你被押解出境已經月餘，但我一直感覺你就在我身邊，面朝著壁爐，面朝著電話機，右邊是客廳的過道，你坐在那裡，菸頭的紅光明明滅滅，我無法克服你的在場感，我常常失聲叫出你的名字。你沒有理由不回來，盟軍終於越過了萊茵河，阿爾薩斯，洛林，阿弗朗什。防線終於被摧毀。德軍終於撤退。感謝主，我終於活到戰爭結束。」

我閉上眼睛，……阿爾薩斯，洛林，阿弗朗什。感謝主，這麼多年，記憶像水洗一樣，所有的字句還是一樣地歷歷，色澤如新，如在目下。這就是——天，我想這就是所謂忠貞。「你此去經年，我心內成灰」，如果哪天我的那本《痛苦》輾轉到你手上，在這頁的頁腳上，你可以看到我少年強識愁滋味的這句注腳。少女時代就經過莒哈絲的人，這一生怎麼還可能再有波瀾壯闊的愛情呢？所有的常規峰值在她面前都微不足道，這些間接經驗的累積，過度發達的觸媒，對愛情的意想，是她頭頂張開的一把傘，它隔絕了新鮮的光影與色，她只能活在它的蔭蔽之中，體驗第二輪的激情。愛的代價是什麼？這就是。

《痛苦》是莒哈絲的戰時日記，當時她的丈夫被關押在德軍集中營裡，她和她的情人，一起等待著他的歸來，幾乎是在百分之一的機率裡，他獲救了，一百八十公分的人，體重只剩下八十多斤，他的骨頭嶙峋突起，肘部幾乎成了銳角，這個銳角眼見著要刺破皮膚，整夜的噩夢，流汗，輾轉，哭泣……這一切，一個人復活的顯微紀錄，也是另外一個人崩潰的病理切片，更是一段愛情被消耗完的帳單，都被一雙忠實的眼睛複製成文字，廣為傳播，包括進食初期，排泄物的顏色，莒哈絲寫道：「是微綠的，不相信人居然能排出這樣顏色的糞便。」當他徹底醒轉後他說：「誰再和我說起上帝，我就呸他。」而她則說，「我愛過你，可是我現在不能再和你生活在一起，」同年她生下一個男嬰，這個孩子在倫理上叫讓·安泰爾姆，在生理上叫做讓・馬斯特羅，前者是莒哈絲丈夫的姓，後者隸屬於她的情人——她是無比忠實於自己的女人，愛情自有其生命周期，會死掉才是它活過的唯一證據。而她的選擇是，放棄這個屍體，換個山頭，尋找新的峰值。而不願意讓它苟存於婚姻的掩體內。她像孩子一樣任性，像她的作品一樣堅強。她跋涉在漫長的豔史中，不斷走向新的身體，破壞欲，如同一種思想牢牢地扎根在欲望重心，快樂接近這個重心，卻永遠無法抵達。做完愛後，她翻身說：「完了。」——最重要的是，她是宣佈終結的那個人。

她的聰明不外乎是常識和本能——肉體先於一切存在。更進一步說，人類一切念頭都只是從黏乎乎、軟綿綿的肉中生發出來，輕視肉體的傾向是十足幼稚的。所以尼采才會說：「你肉體裡的理智多於你的最高智慧中的理智。」她的本能總是比她更清楚她需要什麼，但問題是：節約亦是一種必須，短暫的歡樂是容易的，但持久的、高強度的、有質量的生活，必須小心經營才能夠獲得——人們必須小心不能饕餮，那將使味覺退化……活下去，在平淡乏味的一天又一天裡，保持著對生命的強烈渴求與激情，才是真正考驗人的事情。而她，真的像孩子一樣任性地縱欲，從不考慮愛能被耗盡的一日，所以，在她晚年支離破碎的臉上，我們看到的是欲望透支過度後留下的廢墟。

這是個線形的女人，另外一些女人，比如莎岡（Françoise Sagan）則是橫向的，我看莒哈絲的天賦不及莎岡，但是莎岡卻始終無法突破她最初的格局，她的天才最後成了她終身制的行李箱，時而滿載，時而空洞，全看她多大功率地在利用這個容積。而莒哈絲，看她最早的作品《厚顏無恥的人》，一開局四個主角就無層次地奔湧出場，形勢混亂之極，任莒哈絲的一股子蠻力，也無法把他們調停到位。再看她後來寫《琴聲如訴》時的節奏和控制力，就能看出這個人是如何吸收了外界的光和熱，艱難地成長，掙扎的痕跡。

一般人以為寫《情人》的莒哈絲大膽冶豔，其實想想多少過氣影星為了力保江湖地位，高齡之下以大媽級身材出演裸片，就覺得莒哈絲這只是個微弱的小手勢，她最大膽的其實是突破了血親的界限，把親情混在男女之情，肉體之情裡去寫，莒哈絲寫的親情少有同向，幾乎都是對位的，比如母對子，父對女。看《琴聲如訴》、《昂代斯瑪先生的午後》，前者是寫母子，母親對孩子貼心貼肺貼肉的愛——除非大膽或誠實如托爾斯泰，才敢在《安娜．卡列尼娜》裡寫安娜重重撫摩兒子的肉感鏡頭，莒哈絲筆下的媽媽卻是為這種臨界的愛，心虛著，戰慄著，背過臉去。後者是寫父女，昂代斯瑪先生睡著他長長的，怎麼也睡不完的午覺，實際上他是在假寐，他心醉於女兒在長廊上赤腳跳舞的嗒嗒聲，「他聽得清清楚楚，每次他都覺得他的心在狂跳，每次他都覺得目眩神迷，心跳得快要死過去」，青春期的盛大逼近，與暮年平行的誘惑力，像橋下陰影中的河水一樣密不告人的欲望，在橋上走過的女兒卻一無所知，就像《心是孤獨的獵手》裡，那個咖啡館老闆對米克秘密的洛麗塔情結一樣，它浮出水面，在日光之下的形態卻是仇恨，莒哈絲不肯定，也不否定，事實上她所有的作品根本也不是寫愛情，甚至不是類愛情，只是在探討愛的可能性。

她晚年的書，幾乎是謀殺，雙重的，先殺完自己的閑時，再殺別人的。在她積極建設了一輩子的愛的可能性上，破壞著，謀殺著。在《埃米莉．L》裡，她把減法做到了極致，埃米莉．L眼中的愛情只剩下了「前方的一片空白地帶，可以愛，可以不愛。」在諾佛勒堡的那部紀錄片裡，她披著那件巫婆式的「莒哈絲」坎肩喃喃自語，她生得嬌小，坐在圈椅裡像深草叢裡的一隻孤獨的鷺鷥。每一句話一經說出，也像一隻孤獨的鳥一樣，直飛上天，陰翳的話語像翅膀一樣掠過，它有體溫麼，這隻鳥？被它的翅膀擦過的人都不能肯定。她譏笑所有在日光下結結實實生活的人，而她自己呢，就整日龜縮在黑暗的殼中，伴隨著酒精的致幻效果，自說自話。

這是一個何其專制的女人，她和那個年齡不及她一半的男孩在一起生活了十六年，不知道他愛吃什麼菜，因為她從來沒有把功能表遞給過他一次，十六年啊，這是怎樣的強權與獨尊。他死之前她已經不能說話，卻掙扎著遞給他一張紙條，上面寫著我愛你。然而成就莒哈絲的，也正是這種混合氣質，暴力與柔情，專制與寵溺，她沒有也不需要交流的通道，因此她無可救藥的孤獨感，以及無法痊癒的絕望，就沒有被稀釋和沖淡的機會，也就繼續時不時地發作，既而滋養著她遺世獨立的，像她一樣孤獨的作品——看看那些微觀情緒波動被放大的倍數，就知道一個人可以寂寞到什麼程度。莒哈絲其實是非常不健康的一種寫法，她比麥卡勒斯的神經質走得更遠，麥克勒斯還算是一種直覺寫作，只是把心裡的水紋描摹下來而已。莒哈絲卻近乎一種自殘，曼涅托說：「她是以傷害自己的一部分，去滋養另外一部分」，深以為是。

她是女子，我也是女子

看了莉季婭所寫之《阿赫瑪托娃箚記》，三卷本，一百多萬字吧，覺得很想說點什麼。女人寫女人吧，視角往往是混合的。也許因著同類相親的仰慕加點糖，又因為同性相妒的醋意添點鹽，君不見：芒索（Michele Manceaux）筆下的莒哈絲，吉非筆下的吉皮烏斯（Zinaida Nikolaevna Gippius），都是類似的加減之後，滋味複雜的產物。

由於莉季婭是阿赫瑪托娃的超級粉絲，一開始，我很擔心她寬柔寵溺的仰角，會模糊掉阿赫瑪托娃的性格輪廓線，但是後來欣喜地發現，莉季婭成功地保留了內心的隔離帶，維持著合適的視距，她筆下的阿赫瑪托娃，原味，本色，有凸有凹，有稜有角，完全沒有被善意或惡毒磨平。其實她記錄的，全是些邊角日常閑碎，阿赫瑪托娃的所吃所穿所言所行，可是，有些人生來就是有明星氣質的，一舉手，一投足，一顰一笑，都是可以入詩入畫的。她的碎語閒章，掐個枝葉下來，都是錚錚的語錄警句，阿赫瑪托娃就是這樣的女人。過去看曼德爾斯塔姆回憶錄，說她有個「獨立的姿態和話語體系，沒有一個人可以模仿她的手勢」，現在才明白這句話。

她們相交於大清洗的前夕——誰都知道史達林的白色清洗意味著什麼，多少聲名顯赫的作家，一夜之間失蹤了，然後他們的名字成為禁忌。阿赫瑪托娃，這個少年成名，早就被聲名和崇拜寵溺壞了，對讚美和謳歌都已免疫的詩歌女皇，在史達林時代，從雲端跌落泥濘，居然被罵作婊子兼蕩婦。詩人是以表達為已任的，可是在剝奪一切話語權利的政治高壓下，有近十年的時間，她沒法在公開場合發表一篇作品，甚至，隔牆就是耳，連閒話家常都是奢侈品，阿赫瑪托娃常常一邊對著監聽者的方向高聲喊著「你喝茶」，一邊把手中的詩稿偷偷遞給莉季婭。隨後又用最快速度把它焚毀，以免淪為物證。在箚記裡，我非常吃驚地看到，這些生出來不到五分鐘就被火焰吞噬的字句，居然逐行復活了。它們字字如刻，被莉季婭記在心裡呢。「我不記得回家的每一步了，可我記得她的詩，每一句，從出門的那一刻，我就一直在嘴裡念叨著，怕忘掉。」

阿赫瑪托娃的傲骨，得自她的精神化，她可以帶著碎布片般的帽子，趿著一雙鞋跟被踩歪的舊鞋，照樣怡然自得，並且，她聲稱她自己拔牙時連麻藥也不需要，也就是說，一切物質性的困窘苦痛，肉體的，金錢的，她都可以淡然，可是她受不了精神上的窮苦。即使住在沒有供暖的屋子裡，窗戶上塞著破報紙過冬，四壁之外都是監聽的暗探，一個星期只能吃一鍋煮土豆，招待客人都只能用白開水，她也要天天有人來和她談詩論文，彼時她幾乎是處於親情的絕地之中——哥哥自殺，父母疏離，丈夫離棄。她又是個連過馬路都會尖叫的神經質女人。能給她足夠安全感，讓她放聲笑罵，肆意揮斥的這個話語平臺，就是莉季婭。她們在詩句的浸潤中，相濡以沫，相掬以濕，互相壯膽，彼此取暖。

這三卷筍記跨時近三十年（一九三八——一九六六），字數逾百萬。因為當時的政治空氣，還有相當一部分是用密碼寫就，這部筆記隨著莉季婭本人四處隱匿，飽受流離之苦，筍記裡，大至政治事件，小至阿赫瑪托娃插了一個新髮梳，事無巨細，一一記錄。這種觀察的耐力，成於莉季婭對阿赫瑪托娃的愛。混合的愛，多元的愛：閨密之間的親昵，粉絲對受難偶像的同情，甚至，慈母對膽小孩子的憐惜，混合的愛成就混合的視像——阿赫瑪托娃的才情，沉吟片刻，開口就是文章；阿赫瑪托娃的的正直，「他們不讓我出版，就因為我不肯寫『國營農場！』」阿赫瑪托娃的刻毒：口舌尖利，常常在背後批評別人；阿赫瑪托娃的霸氣：堅持己見，把自己的意志強加於人；阿赫瑪托娃高頻發作的神經質，鎖門都要鎖好幾次；阿赫瑪托娃小面積的謊言，她明明很在乎出版這件事，為一個字都能易稿數次，卻聲稱「我從不關心別人的看法」。莉季婭的筆下也沒有迴避這些。她根本也不在乎這些，無論阿赫瑪托娃是不是吻合她的道德標準和審美模式，她也不會很自私的，用記憶或是想像去美化和改造她，她就是愛原裝的，本色的阿赫瑪托娃。

再看吉非筆下的吉皮烏斯——我既是詩盲，也就不去評論她的職業技術了，有幾處小特寫，很傳神，她形容吉皮烏斯是白色恐怖，常常穿男裝，奇裝異服上街（估計也是表現欲超強的女人），穿晚禮服時乾脆在身後裝一雙翅膀!!冬天天冷，把所有的大小皮草都套在身上，還和男人討香菸抽，從皮草袖子裡，伸出雞爪一樣的手，就像食蟻獸的舌頭一樣。（這也描寫的太可怖，女人看女人，眼光真尖利）。她的女伴窮得住不起有暖氣的屋子，她一大早跑過去，告訴人家她的大別墅陽光多麼好，她就在別墅裡，一個一個房間地走過去，循著陽光，因為她有的是空房間，而她的女伴呢，眼巴巴地看著她，鞋子飄在臥室的積水上，結了冰。這個女伴就是寫這篇文章的吉非，所以我相信她寫的吉皮烏斯，比任何一個她的崇拜者都寫得鋒利，就是因為她對吉的立場，是憎多於愛的。在她眼中成像的吉皮烏斯，喜歡戲弄別人，以樹敵為樂，這當然是最高效地凸現自己的方式。從未流露過溫柔的碎屑。這樣一個跋扈驕橫自私，全無光明面的吉皮烏斯，當然不能啟動讀者的愛心。連帶著，我連傾斜度太大，思路過於自保自憐，完全看不見別人亮點的吉非，也不喜歡。

再看芒索筆下的莒哈絲呢，她的視角溫度，應該是介於吉非和莉季婭之間。她眼中的莒哈絲，專橫，自私，蠻力。「她和那個男孩在一起生活了十六年，居然都不知道他愛吃什麼，因為她從不把功能表遞給他。」又有著孩子氣的怯弱，大雨之中無助地躲在屋檐下啜泣，「我怕一個人待著」。大概女人寫女人，才會在這種邊角旮旯處著力吧。然而這些日常細節，又常常是痛點所在，一踹一個準，寫這本回憶錄時，她早已與莒哈絲斷交，至於斷交的原因呢，各執一詞，都說對方對不住自己。當然其中不排除因為莒哈絲獲得了龔固爾獎*，激起同行且是同性的芒索的妒意，而從莒哈絲的角度來說呢，有這麼個人成天近距離地陰森窺伺著，將她的一舉一動收入眼底，並伺機將其同步複製成文字廣為傳播，也實在是件不定時爆炸的危險物吧。別說莒哈絲，就是我，也一定會找個茬遠離此人。不過話說回來，芒索是個很不錯的記者，職業訓練吧，讓她能夠自持自制，在人工調整下，保持一個水平中正的觀察成像鏡面。她說「我要用中間色寫這本書」，不偏不倚，不濃不淡，我覺得她基本上做到了這點。

*龔固爾獎（Prix Goncourt）：法國文學獎，每年十一月頒發。

欲望與情愛

渴

離開的那天，正好是寒流南下，他送我去搭機場大巴，天是結結實實的冷，他和我，是結結實實的相對無言，坐在侯機廳裡看到的南京天空，已經開始有點雨雪霏霏了，以至於到了雲層之上，驟來的白亮日光，在看慣了冬日慘澹陽光的眼睛裡，竟帶了殺氣，像白刃。我想，好了好了，我就要飛過身下蟻行般的中國東南海岸線，以及和這條海岸線平行的降雨帶，還有這塊灰色的雨區，我就要看見我的大海了，我想了它兩年，請原諒，我知道我年已老大，抒情應

該節制與深沉，我只是沒辦法解釋，關於我的渴。

飛機降落時，機場的草地綠意就比南京盛得多，像是從冷色調的荷蘭畫派中起飛，降落在拉斐爾前派中，紅花照亮離人眼，綠樹翻滾如碧濤，濃烈，飽滿，想起一篇小說：〈耳光響亮〉，這麼大方潑墨的熱帶色彩真是搧我這個南京姑娘的耳光。熟練地搭上機場小巴，熟練地循跡找到當年的旅館，熟練地推開半朽的老式木頭窗，樓下的香樟樹已經長得青蔥逼人，小時候看誰誰的一篇小說，說她家樓下有一棵大樹，葉子茂盛得讓她感覺像綠濤拍岸，當時感覺這個女人真是忒矯情，原來，閩南的春天確實是這番盛大，早熟和洶湧。我覺得……渴。

放下行李就去看海，時已黃昏，公車在暮靄裡穿行，行人三兩拎著菜籃，情侶依傍而行，我這個愉快的單數，換了單衣，跳上八二路車，坐到珍珠灣下來，我想這片海，想了兩年，待見到了，卻完全不是我記憶中的模樣，記憶中的它是淡墨潑就，像中國水墨畫，滿蓄風雷的沉沉暮氣，僅有的留白處是天地間的沙鷗，可是眼前的它，卻是溫柔的灰紫色，勿忘我花失了水分，純藍墨水寫就的情書，筆墨褪色之後，就是那種溫柔的灰藍色，它溫柔得讓我想落淚。

心裡有首詩的碎片在拍岸：「我嚮往水手們的愛情／親吻然後便離開／留下一個諾言／然後一去不復返／每個港口都有女人在等／海員們吻她們／然後便離開／到了晚上／與死神躺在一處／大海是他們的床鋪。」是聶魯達，為大海而生的詩人，他寫這首詩時只有十九歲，他深愛的這個女人，他叫她——瑪爾松布拉，意思是：大海和陰影，他的情焰灼灼逼人，她呢？卻像海水一樣，是個遲鈍卻溫暾的介質，甚至，她的反射弧比海岸線還長，他愛了她十一年，等不及她的陰影退卻就走了，而她呢，卻把這段愛保溫了一輩子。

聶魯達寫這首詩時只有十九歲，詩裡的絕望卻是他一生的愛情底色，十九歲時他就洞穿天機，知道所謂愛情是不存在的，它只是我們與孤獨的周旋，所有的愛情都是海員的愛情，不管岸上有沒有人在等我們，這首詩先是讓我絕望，然後是幸災樂禍，一個十九歲就洞穿天機，而且揮霍謎底的人，的確是太任性了，活該他後來命運多折。去國離鄉，又得不到他心愛的「大海與陰影」，為了解孤獨的渴，乾脆娶了個連語言都不通的女人。最後把這個女人也連帶逼瘋了，半夜裡拿被子蒙了頭狂吃餅乾。什麼叫飲鴆止渴，這就是。

他還為他的大海寫了這個：「我記得你恍如那年秋天時的模樣／灰色的貝雷帽／平靜的心／你的眼裡／黃昏的顏色在搏鬥／你靈魂的水面上落葉紛紛。」他深知這個女人的水性：不是水性楊花的水性，而是——你靈魂的水面上落葉紛紛，這個女人的氣質靜美如雨前的大海，深情在睫，孤意在眉，落英繽紛，只映襯出她的不動聲色。你投放再多的熱能，她也是吸納不驚，然後，在你已經冷卻的時候，她還微溫著。這樣的女人，這樣的水性，是有毒的，如果你無法得到，就會終身制的渴。那種渴，你只能躺下，把臉轉向一整面大海，才能微微地緩解。

而大海呢？所謂的大海是不存在的，我懷疑，我在岸邊的碎磚石裡跳著走，浪一口口地咬我的褲腳，所謂的大海，是不存在的。它沒有形狀，無可比擬，它只是含在唇齒間，一點鹹濕的腥味，它只是衣角被風吹起的一點起伏，它只是岸邊沙地裡，風化半朽的一堆灰白船骨，當我們背對人群的時候，我們自以為「面向大海，春暖花開」，其實不是的，我們更愛的，只是這個轉身的動作。

突然想起車開的時候，透過結了水汽的車窗，看見你在做手勢，一開始是用拇指和小指，翹成一個聽筒狀，然後是兩手的拇指和食指，拼成一個四邊形，第一個手勢是說到了以後給我電話，第二個是說錢不夠我給你卡裏匯過去，這是我和你在一起的第八年了，所有的示愛都可以濃縮成一個手勢，或是眼簾微微下垂的一個角度，我們全身都布滿默契的開關，語言已經淪為裝飾物，我懂得你，並且我深愛你，這個世界上的一切，都是無序狀，不講道理，讓我害怕的，只除了你，可是即使是對你，我也無法解釋，那種渴。

所以，我飛到一千里以外的別處，陌生的屋子裡，床頭異鄉人留下的體味，春意深深的空氣，叫不出名字的南國植物，芳香強勁的微辣氣味。夜來飲水機燒開水之後的咕嘟聲，打錯的一個電話裡，零星的閩南語，平仄分明的上坡又下坡，在夜裡聽得分外驚心，這一切，孤獨的注腳，都在解我的渴。然而另外一種渴又隨即而來，手指渴了，它摸不到熟悉的鍵盤，舌尖渴了，它被閩南二十幾度的高溫弄得汗意涔涔，滿大街遊走，尋找降火的王老吉涼茶，腳步也渴了，它在中山路段，徹底被那恰如芳草，更行更遠還生的道路弄暈了。

在買到涼茶的那家地下小超市裡，一台舊電視正在放新聞聯播，天氣預報的聲音浮在沙沙的雜音裡，「華北，黃淮，江南，已經大範圍地降雪」，「江南」二字，讓我慣性地轉過頭去，直直地對著電視螢幕，那裡面，大朵大朵的雪花，無比端莊而又怔忪地飄下來，我看看左右，腳著靴，身著裙，手上環配叮噹，一身亮色衣服，三兩喧笑而過的閩南少女，我知道，沒有多久，我就會開始渴念江南濕雪的那股子清淡的體味，天地如洗的寂滅感，雪松，灰瓦，白牆，寂滅之色的古都。著寂滅之色衣飾的行人，還有我寂滅的愛情。

而這一切，果然很快就發生了。

水之書

中午一個人吃飯，炒個空心菜，燉個魚湯就好了。省下的時間正好用來看書。樓下的鋤草機轟轟開了一個上午。空氣裡都是草汁的苦味。我在非常草本和飽和的幸福感裡，讀一本濕冷的苦書。安妮・普魯（Annie Proulx）的《船訊》。書首介紹她是《斷背山》的原著作者，當時我心裡就想「壞了」，一個作家是很難改變她的抒情套路的，而你又能對一本溫情小說冀望什麼呢？這部小說，雖然人物容積很大，情節密度均勻，轉場清晰，資訊交代的方式讓人讀得很舒服，但仍然沒有突破溫情小說的局限：還鄉和療傷的主題。（《斷背山》也是）。奎爾的妻子佩塔爾，背夫出軌時除了車禍，又逢父母雙雙自殺，身心俱疲的奎爾，決定返回他素未謀面的故鄉紐芬蘭，重振生活的羽翼。

然而我還是堅持把它看完了，因為這是一部水邊的小說，我想我怎麼都能原諒一本和水有關的書的，就像麥卡勒斯筆下的少女都有渴雪症一樣，她們在熱焰逼人的綠色夏天四處遊走，只是為了埋首於圖書館裡，那些寓意遠方的清涼辭彙裡，「莫斯科」、「暴風雪」，讓自己生活在臆想的異域裡，出於同樣動機，我成了渴水症患者，我堅持看完茞哈絲的大多數小說，忍受她的神神叨叨，也是因為那些故事的不遠處，都會有大海在呼吸，她是個親水的作家。

而《船訊》裡的一切呢，都和水域有關。溫情小說之常用套路：塗抹情調，使背景豐腴美味，人物在甜滋滋的糖水裡泡著，轉移讀者對情節的注意力，但是這仍然不失為一部血肉厚實的溫情小說，我想作者一定花了很大的精力，去收集相關的寒帶生活資料。讀這本書，最低限度可以知道水手結的N種打法，寓意，用途，還有紐芬蘭從秋至夏的風物氣候，人們的飲食習慣……等等等等。

這是一部水之書，一切都以水代言。奎爾的失敗是水——他是個紐芬蘭移民的次子。爸爸十五歲那年離開家鄉，逃離海潮的鹹味，岸邊腐魚的臭氣。吃不飽的肚皮，大海催眠的翻滾，暴風雪封門小半年的肆虐，粗皮褲子的補丁，常年不洗澡的惡臭體味，逃離絕望與崩潰，可是爸爸骨血裡仍然是個漁民，他一次又一次地，把奎爾扔進滿是水草的鹹腥水裡，結果他的兒子連狗刨式都學不會，還得了懼水症。他不止是失敗的兒子，還是失敗的弟弟，失敗的學生，失敗的職員，失敗的丈夫。爸爸厭棄他，哥哥欺侮他，老師冷落他，領導開除他，妻子背叛他。少時懼水的失敗，像癌細胞一樣在他體內擴散開。

他的重振亦是水，他回到故鄉紐芬蘭，修建好懸崖上的老房子，為自己買了一艘小破船，在冰藍色的海水裡，渡海去工作；他的生存是水，他在一家報社裡做新聞記者，負責報導船隻進出港的船訊；他的死亡是水，五十塊錢買來的小破船被惡浪擊沉，差點喪命；他的愛情是水，他把薇薇壓倒在岸邊的水藻上。他的友情是水，傑克奮力將他從水中救出，艾爾文在晨霧初散的樹林裡，找到一棵曲線窈窕的小樹，興孜孜地給他做一艘永不覆沒的新船。他的情敵是水，薇薇一看見大片的水域，都會想到她遇海難而亡的前夫，這種悲傷的疫苗注入她的體內，將她與新鮮的戀情隔絕。

也不僅是他，這書裡的每個人。都是水的形象代言人。我沒有見過北方的大海，但是我想北方的水應該滋養出這樣的人物像來才對。姑母是含堿的硬水。小時候被哥哥強暴，長大後又失去了自己的同性戀人，但仍然孜孜地趨光而活，把每一絲角落裡的甜味都用力地吮出來；傑克是夏日的風浪，看起來怒濤震天，其實卻是滿腹俠義柔腸，他的家族是漁民世家，從來沒有一個能以完屍死在岸上的人。他懼水，又渴水，在水裡他失去了最心愛的孩子，又是在水裡他救起了奎爾，他天天詛咒水，可是一天也離不開水。

試圖離開水域的，比如納特比姆，他厭棄了喜怒無常的暴風雪，他平生的最大目的就是擁有自己的小船，好在平靜的水域裡優遊餘生。他的目的地，是暖流環抱的佛羅里達和墨西哥，呵呵，他是渦流之水。他離開水，卻仍然通過水，再奔向水。以水去止住對水的渴。還有一個我不能忘記的老人，他熱愛船，結果把自己的棺材都做成了船型，有艏板，船骨，尾座，他做完以後，在船型棺材邊安靜地躺下候死。像出海口的水，靜靜地等待最終的回歸大洋。

這部小說的真正主角，是水，人們枯窘，離去，是因為水：除了漁業無以為生，人們回歸，可是離心，也是因為水，石油開採帶來經濟效益的同時，污染了魚類賴以生存的水面和古老拙樸的人際關係。當所有的人事，大人物，小人物，都隨著流年水痕，被淡淡地沖刷而去時，剩下的，只有一個湮遠的大背景，那是無邊之水。在時間無涯的荒野裡，靜靜起落的水。

再反彈兩下琵琶。因為溫情小說的牟利面，通常是讀者的同情心，為了最大功率，且最低成本的，啟動同情心，它們一般都得用卡通化的筆法，大力調味的手勢，在一個人物身上加糖，而在另外一個人物身上加鹽，讓人物的善惡呈一邊倒的對峙之勢。比如男主角奎爾，就是一個受害的小白兔，被粉飾得非常無瑕，他忠貞，善意，對惡俗妻子不渝的愛（除了受虐癖以外無法解釋），他的妻子，佩塔爾，為了配合顯示奎爾的善，只能出演一回大灰狼，被作者犧牲了，荼毒得一點光明面都沒有，她自私變態，下流淫蕩，背叛丈夫，倒賣孩子——這兩個人物壞就壞在沒有日常質地。

所以到最後，作者已經收不了場了，奎爾這個人物很好玩，出場的時候被描寫得像一腦子爛麵糊，思路混沌，任人宰殺，然後在情節發展途中，智力迅速發育到位了，變得絲絲不亂，理性清明，完全具有自救力，這鍋麵糊被煮成了韌力十足的牛肉拉麵，這個倒置的烹飪過程，無法讓人信任。但是作者如果不這樣寫，情節就沒有推動力，我想這就是溫情小說的弊病所在，是它無法勝出十九世紀寫實小說的地方，因為它不誠實，誠實不是品質，它是一種高度忠實於現實的能力。在托爾斯泰筆下，不可能看到一個純粹的，沒有斑駁雜質的人物。這篇小說，不是壞在它溫情，而是壞在它立意溫情。

夜航

《情人》裡，一個細節很打動我，是在結尾處。那個凜冽的告別。不是西貢碼頭，隱沒在人群後的凝視，也不是淚如雨下的濕漉漉床戲，也不是漸行漸遠漸模糊的加長轎車，而是：在茫茫大海上，那一艘孤輪。

在《真相與傳奇》裡，看到莒哈絲少年時代的臉，五官明豔，不是那種精神化，以氣韻動人的精緻，而是一種粗魯的感官美。你很容易想像，這樣一個人，貪歡縱欲，硬冷決絕，絕對不會在離別的碼頭上落淚吻別。

然而，在夜航的輪船上，鋼琴聲若有若無。人群散去的暗夜裡，她偷偷潛進咖啡廳。聽那「為音樂而音樂的琴聲」。大船一直往前開，輕盈地穿越著晝與夜。直到一天夜裡，一個年輕人跳海殉情了，船才停下來，打著轉，點亮聚光燈，找了幾圈，未果。屍體逕自沉入海底，大船兀自起航，遠去。倆倆相忘。冰涼的樂聲四起，少女莒哈絲這才大聲地啜泣起來。不能抑止。

這一刻，那種後知後覺的疼痛，蘇醒了，她突然明白，那個心愛的人，她再也看不到他了。

想起我看張愛玲的散文，裡面寫到上海的夜，「大而破碎的夜晚，汽笛淒厲，像海上的航行，永遠的分離」（大意）。又硬又涼的句子，鈍鈍地從皮膚上割過去。現在，我突然觸摸到了莒哈絲的離別之痛，和張愛玲的刺骨孤獨。

大海，夜色，一個人獨面深淵般無法告解的孤獨。這個場景，一直深埋在莒哈絲的意象庫裡。後來她寫過一篇小說，叫〈黑夜號輪船〉，那是兩個從未謀面的愛人，他們靠話語為生，以電話線為媒，在寒夜裡互相取暖。一直到她生命最後一刻。他第一次見到她，是墓碑上一個冰冷的名字。還未相遇，就已分離。

莒哈絲一生親水，晚年的時候，她在特魯維爾買了著名的黑岩公寓，整日面海而居。「看海，就是看一切。」起霧的夜晚，通宵都能聽見霧笛召喚船隻回港。變換不定的海霧中，會看到迷航的遊艇。《物質生活》，還有《八〇年夏》的伴音，是濕冷的汽笛。

我經歷過一次夜航。那是二十歲的時候，坐船過三峽，從武昌溯流而上的時候，風景突然好起來，水質也明澈。夜裡過了葛洲壩，船上的人，三三兩兩，披衣起坐，有的是趴在船舷上看，夜航中很難見到那麼密集的燈火，那種疏離中的親切，人氣突然逼近的感覺，到現在還記得。過了大壩後人散了，夜裡醒來上廁所，發現船頭打著探照燈，非常緩慢地，夾在兩道絕壁中，前行著，抬頭是峭削百餘丈的壁石，森森地逼過來，下面是深淵般的水，突然感覺我們的船，非常地單薄，感覺自己，非常地脆弱無依。

有這樣的經驗儲備，所以我很能明白，一個用夜航來打開故事的人，她想說什麼。

看《東坡志林》，記他自己夜過合浦，「連日大雨，四面漲水」，他乘了一只打珠的小舟，「無月，宿大海中，天水相接，星河滿天，起坐四顧太息」，被大海包圍的失眠，是不一樣的，在宏觀事物的對峙和逼近中，會自覺很渺小，一點寒薄的身世感。人在這時候都有點虛弱無主，不然他為什麼寫「稚子過，在旁鼾睡，呼不應」呢？

鄉間的夜航，觸目即岸，比較有安全感，是另一種風味。周作人少時常常坐船去南京求學。夜間聞著河水的清鮮氣息，泥土味道，看看岸上的漁火，那是閑趣。

還有一種夜航，是飛行。《越洋情書》裡看到，西蒙·波娃就是坐夜機去美國的，因為她欣喜地記下了芝加哥的璀璨燈火。當時我想，這個女人，懷揣著怎樣的熱望啊。波娃是個很喜歡嘗試新鮮事物的人，夜航，當時還被視作危險物的一種旅行方式。她對奧爾格倫的愛，及實踐這種愛情的方式，自始至終，都伴隨著飛機螺旋槳的轟鳴聲。他們的書簡，是飛機傳送的，他們的面晤，是飛機承載的，情書維持了十七年，最後因為波娃把奧爾格倫寫進小說，兩人起了衝突而告終。原來，他們的愛情，也是夜航質地的：冒險，華美，奢侈，黑暗中的片羽，卻難有落地的塌實感。

聖埃克絮佩里，寫過一個《夜航》。那些開拓南美新航線的勇士們，他們的生活，愛情，勇氣和智慧，結局是：在最後一次飛行中，主角永遠地消失在了天空的盡頭。聖埃克絮佩里本人，也在四四年，為盟軍執行空中偵察任務時，一去不返，下落不明。這個小說，是個悲愴的預言。印象最深的是：單飛時，在雲端上俯瞰世間的孤獨，還有，漫長的飛行之後，飛行員突然看見遠處密集的燈火，心頭湧動的狂喜。因為有燈的地方，就有親人和家園。雅克嬌蘭（Jacques Guerlain），被小說的壯麗意境打動，於一九三三年，調製出了午夜飛行香水。意旨是：送給飛行員們焦灼等待的愛人們。

自由，冒險，勇氣，還有愛與忠貞。午夜飛行，這個意象實在浪漫蝕骨。所以很能理解，為什麼耽於情調的小資作家，都寫過同名小說。亦舒的〈午夜飛行〉裡，粗糙的現實，到底顛覆了詩情，男人並沒有得到忠貞留守的情人，他愛的是個物質女郎，很友善地勸他另謀愛侶，那瓶勵志的香水，也是徒勞。安妮寶貝寫的是個陰森破碎的情殺故事，好像，血色和這個名字真不般配啊。最好的是水瓶鯨魚那個。法國男友贈送的舊物，是一瓶嬌蘭香水。斯人已隔天涯，女主角吃著蚵仔煎，趿趿著涼拖，在夜裡想起他的毛衣，一點點帶著體溫的記憶，淡淡地留香。真是惆悵舊歡如夢。

肥肥的日子

現在我每天都睡得很早，又起得很早。生活裡一下憑空多出好多早晨來。薄雲天，晨光照的一切都是灰亮的，屋瓦上居然有鴿子在走。薄薄的光線，薄薄的雲層，薄薄的車流，薄薄的悲喜莫辯的心思，薄薄的早晨。法語裡，與薄薄相對的是厚厚的，肥肥的，肥話就是葷話，黃色笑話，肥湯就是濃湯，肥肥的日子，就是閒暇寬裕，起坐舒緩的日子。

好像很久沒有讀書的欲望，很本義地讀，就是小聲地把它讀出來，《流動的盛宴》，我老是和他們說，我不喜歡海明威，除了這個人的首尾。最早的，寫密西根北部的那些短篇，晚年的，回憶巴黎流離生涯的散文體回憶錄，《流動的盛宴》，前者明晰，緊實，自制，噴薄而明亮的才情，像初日，後者溫煦，緩和，回味悠長，像暖紅的落日。

想讀出來是因為它的好情緒，好技術的書太多，好情緒的卻實在太少。這個好情緒，卻並不是成於肥肥的日子，雖然彼時海明威正年輕，大把的青春在手，一切都剛剛開始，一切都來得及，積極而勃發的野心，由未來而透支的信心，再遭遇上二十年代的巴黎，「薔薇色的天空，濁綠色的水」，全世界的青春都在那個光怪陸離的地方被催發。

然而我覺得不是，這本書的舒張，是來自一個功成名就，坐享盛名的老年人的安全感，和優渥生活帶來的自得，朝花夕拾，朝瓦夕不拾，足夠的安全感讓他鬆弛，可以寬柔地過濾掉早年日子裡的黴斑，暗斑，不再去想冬天連取暖的柴火，保暖的內衣都買不起，只能把長袖運動衫一層又一層地貼身穿著的窘困，不再去想住在連洗澡間都沒有，一只橘子不帶進被窩過夜都得結凍的寒夜，不再去想住在最窮的街區，每層樓只有一個公廁，夏天運糞車的臭氣漫上來，孩子請不起保姆，只能讓一隻大肥貓看著搖籃的困苦，這些，因著一個發光的老年，而被原諒，既而輕鬆的，毫無怨氣地笑談白葡萄酒的甘甜，多汁的蠣肉，春天將來時森林裡的芳香暖風。

然而他記得那種餓的感覺，在海明威早年的小說裡，人物都骨架堅實，大塊頭，大脾氣，大食量，他們總是坐下來就想喝一杯，這種饑餓感，到現在我才明白，是寫書的那個人，他勃勃而不滿足的食欲，滲透到了他的書頁裡。這種餓，並不是吃頓大餐，再和心愛的人雲雨一番，再在次日微熹的天光裡，孜孜地寫上一上午，就可以去安慰的餓，不是，它不是身體之餓，它也不是性欲之餓，它其實是一種名利之餓，企圖心之餓，它是由受阻的失意，受挫的恨意，積聚而成的一個髒髒的小水窪，在這個水窪裡，很多過路的人，都被映襯得變了色。所以，當海明威隔著豪華飯店的玻璃窗，看著當時業已成名，崇拜者擁簇腳下，臉色煥發的喬伊斯（James Joyce），連海明威自己也在想，到底「我的餓，有多少是胃裡的反應呢？」

當時他遠未成名，不過是成千上萬在巴黎混日子的文青，衝著它戰後的低生活水準和老歐洲的文化底子，然而這麼說也不對，他自律非常，每天不完成一定進程的工作，就內疚得無法吃午飯，或去看一場賽馬。這個習慣，我記得一直延續到他盛名之後。那是在另外一本傳記裡看到的。他早早就懂得愛惜並經營自己的天才，每天絕不寫到力竭，而是留一點靈感的水源，等著潛意識去滋養它。他最大效率地經歷和觀察生活，卻不會為之所累，無論喝酒或交際，絕不能影響他的工作。所以，他沒有像他的同時代人，費茲傑羅（F. Scott Fitzgerald）那樣，生就蝴蝶翅膀那樣的美妙圖案與飛行能力，卻不懂得保護自己的天才，早早被奢華的社交生涯磨損了翅膀上的花粉，最後連怎麼飛翔，都不再記得。

他是個骨子裡很自傲的人，也許世界觀嚴苛，很容易看出一個人的不潔處，在他的眼界裡，幾乎沒有褒義狀態的人，即使被美酒，暖氣，文化名流的雲集，成名的機會所吸引，他和當時的文化名人葛楚史坦（Gertrude Stein）交流甚歡，可是仔細想想看，他是一個何等懷才自信的人，可是他很懂得自抑，說的少，聽的多，從不談及自己，只是溫馴自甘地提供一雙大容量的耳朵，供自戀的葛楚史坦傾訴和洩憤，讓她把自己踩成一條展現自我的T字台，一個自戀的人，在一個自抑的人面前，是最危險的，她會最大程度地被那種溫馴按摩催眠，然後最大功率地釋放自己的醜陋面。結果幾十年後，談到這位已經謝世的朋友，海明威的句式突然變得曲折且迂迴，包裹著他當年隱而未發的惡意。葛楚史坦在他筆下是一個不能容納異己的狹隘者，不潔的性傾向，「從未見過一個人對另外一個人發出那樣噁心的聲音」，這是他形容葛楚史坦和她的女伴。

他和所有的小說家一樣，意想氣質遠遠大於寫實技術，當他在巴黎時，秋冬交接處的微涼日子，枯枝映在瓦藍天空上的明淨線條，微微裹緊上衣的薄寒，就可以是一只最輕巧的樞紐，打開記憶的開關，他寫家鄉，那個密西西比河畔的小鎮，同樣的秋冬日子裡發生的故事，歷歷如在目下。吃一口肥美的鱘魚，記憶再次啟動，這次呢，是家鄉的小水柵，乳白色的浪花撲在上面激起的碎沫，只有在遠離事發地的他鄉，才能最貼體的還原場景，所以，他最好的巴黎隨筆，也是在古巴那個熱帶小島，海潮味道的腥風裡寫下。

靜默有時，傾訴有時

一個樣貌平平的愛爾蘭女孩，帶著她的草根氣味，輕盈地滑過了一個天才的生命尾部，在瞬間照亮彼此，這個男人在她生命裡投射下微微光斑，和黴斑。她亦以自己的波瀾不興撫慰及為他鎮痛，二十八年後，她水波不興地記錄下這一切。這就有了這本書，它叫做《與公牛一起奔跑——我生命中的海明威》。

一開始我的思路是：又是一本塗抹了海明威之名的八卦書，或少女心靈成長史，及看到正文，就開始恥於自己的小人之心了。瓦萊麗（Valerie Hemingway），十九歲的時候無意中採訪過海明威，然後被他聘為私人秘書，和他一起經歷了西班牙之旅，又陪他在古巴定居，近距離看到了這個天才揮霍生命的熱力，也看到了他體能，愛能，創作力大幅下滑的衰頽，一直到他過世後，她還繼續整理他的資料，並和他兒子結婚，確切地說，《我生命中的海明威》，這個海明威，已經不是一個人，而是一個家族，或是一種文化符號。

書裡淡淡地記錄了一些海明威的日常，說它淡，因為只是數筆白描，完全沒有拿捏八卦的渲染，和爆料的誇張表情，也沒什麼好爆的，海明威在他生命的末端，是一個炙手可熱的明星作家，所到之處無不被膜拜，他已經把自己怡然地活成了一個小宇宙，帶著他的行星群，夜夜酗酒，日日笙歌，天天都在過狂歡節。這個行星群的成分是：超級粉絲，玩伴，僕傭，司機……等等。

不是海明威，倒是這個女孩子，她身上的一種舉重若輕的緩衝力，吸引了我，雖然她通篇幾乎都在說她眼裡成像的其他人，可是再波瀾壯闊的事，給她說來也是風平浪靜，比如海明威被關注過度，一方面是被粉絲慣出了暴烈性子，另外一方面又像被圍的獸，老覺得有人在偷窺或加害他，他差點對記者動粗，為一件芥末小事，都可以和最好的朋友決鬥，他總是按自己的想像力扭曲朋友的形象，詆毀他的前妻，還說謊成性，常常把小說筆法加之日常。還有海明威對她的愛意，曖昧糾結處，很多可以做私密文章的小瑕疵，她都淺淺趟過，並不留連。表達的優雅，是自制造就的。

我不曉得這是她天生的恬淡性子，還是後天梳理自己情緒的能力所致，或是一種合理避險的需要，因為她後來又嫁了海明威的兒子。總之我覺得這個女人，很會低調地經營自己的形象。我在想，這是不是海明威樂於與她相處的地方，一個明星作家，他的生活其實是密閉的，被他的星際物質所包圍，他的行星們，處處都順著他的意思說話，不敢逆他話鋒，在這種不接地氣的懸浮狀態中，就特別需要一個能真實反饋意見，不忤逆他的同時，又能保持自己中性的乾爽立場，和日常質地的人，比如，這個叫瓦萊麗的小女孩。

在開篇時，她略交代了自己的背景，但是用色簡靜，所以我當時的注意力就滑過去了，只想直奔海明威與她生命交接的那段，可是看到後來，突然覺得這個女孩子性格的解密，全在她的背景材料中，就又翻回去重看，她自小在修道院長大，那是一個中世紀遺風尚存的地方，所有的僕人都是院裡收養的聾啞棄兒，孩子們之間不許用語言大幅交流，所以他們個個都會手語，假期時她寄居在一個慈善機構，那裡有很多文化流亡者，向她傾訴自己積壓多年的心事和流亡史。

也就是說，這個女孩子，從小就受著保持沉默的訓練，沉默就是她的生存手段之一，她自幼練就了傾聽和靜默的技術，傾訴是一種能力，靜默何嘗不是。也正是這種能力，讓她在海明威處得寵。海明威需要的，是一個複合秘書：熟練的打字員，沉靜的傾聽者，守口如瓶的知情者，反應靈敏的情緒共振者，結實有彈性的情緒垃圾箱，溫柔呵護的精神保姆。

可能這是這本書讓我釋然的地方，通過瓦萊麗這個介質，我理清了自己關於自由的一些模糊的想法。我是個頹靡到骨子的人，從來不願意奮力去爭取什麼，也懶得起身去經營規劃什麼，我什麼書都看，但是從來不看勵志書，如果說我還有什麼對自己成型的想法，那就是：我要力爭做一個自由的人。

之前我理解中的自由，是一種大自由，比如像尤瑟納爾那種，頭頂天，腳著地，把自己活成一棵長滿可能性的樹。硬冷決絕地遺世獨立，或是像瓦萊麗筆下的海明威一樣，無論酗酒，狂飲，耽歡，享樂，早晨七點前他一定會站在打字機前工作，所有的壞情緒，只要與寫作逆行的，都必須被抵制，被抵制，他全部生命的寬廣度，都是在創作中，他必須完全自由地馳騁於靈感之中，這是他自由的底線，所以，他的創作力一枯萎，他的生命也就隨之凋落了。

這種大自由，它的邊緣太清晰，對抗性太強，情緒內耗太大，使用成本實在太高，並不是我們這種芥末小人物的意志強度，所能去實踐的，我們能做到的，頂多不過是小自由，它是一種混合物，就像瓦萊麗這樣，哪怕面前是一個光芒灼灼的天才，她也寵辱不驚地對待他，平和地去享受生活。

自由其實是：瓦萊麗的形象，在我揣想中，應該是中國人所謂的外圓內方，它其實是一種性格彈性，和自衛能力。一方面，她溫柔地與海明威的生活共振，一方面，她清晰地保留自己的想法，吳爾芙說一個女人，應該有自己的一間屋，其實就是這個意思。這間屋子，並不是在世界上的哪個角落，它是一個女人心裡的單間，是一顆完全屬於自己掌控的心，它可以關上門隔開家人，也可以打開窗和外界通氣，它可以交遊接客，但是，它絕不留客。在這個單間裡，你可以：動亦隨心，靜亦隨意，溫柔有時，暴烈有時，果敢有時，滯意有時，沸騰有時，決絕有時，靜默有時，傾訴有時。如此如此……。

愛因斯坦的血肉愛情：《戀愛中的愛因斯坦》

他生長在慕尼黑，那裡是歐洲中產階級根系最發達的地方，偏偏他這一輩子都視紀律生活為仇，而穩定的中產階級生活，恰恰是最大的紀律生活，過於富足和秩序化的生活，好像是過食後的油膩和飽脹，讓他情不自禁地想逃，而當有一天，他看見窗外轟轟走過一列士兵，突然意識到自己也快去服兵役了，他就真的決定逃離了，他打起小包裹，退了學，徒步走過阿爾卑斯山，終身制地放棄了他的德國國籍，那年他只有十七歲。

這就是天才的一大特徵，他們從不在既定的根系上成長，他們只信任自己的經驗中長出來的東西，只聽從內心的聲音，甚至，為了更好地辨析這個聲音，他們會選擇一種遠離人群的生活。他離家時，帶上了他最心愛的兩個玩具：小提琴和羅盤，前者暗喻的華美抒情氣質，和後者代言的清潔理性精神，恰是愛因斯坦一生的座標，他的一切，都可以在這個座標上投影成像，比如，當他第一次談戀愛時，這個小提琴和羅盤，就分別化身為瑪麗和米列娃。

瑪麗熱情，甜美，頭腦簡單，是個快樂的中產家庭少女，米列娃知性，清冷，終日埋首於實驗室和圖書館，瑪麗與他同年，米列娃則長他四歲，瑪麗是個金髮美少女，而米列娃則是個樣貌平平的跛子——我看過愛因斯坦的情書集，那真是一大陀一大陀花團錦簇的廢話，充滿了濃郁的人工甜味，像電影院門口賣的爆米花，第一口，甜美得讓你想讚美上帝，慢著，再嘗一口吧，媽的，接著你就想打擊造假，愛因斯坦本人並不信任抒情氣質，但他成功地用這些他自己都不相信的話痲醉倒了瑪麗，得到她的同時，他發現自己其實更欣賞米列娃身上那股與生俱來的寧靜氣質，堅如磐石的舵樣力量。因為這正是他試圖通過人工調節達到的境界，他做完取捨以後，甩掉瑪麗的方式也是快如刀鋒——瑪麗：「親愛的，你一定要常常給我寫信呀」，愛因斯坦：「當然，我會把髒衣服寄給你洗的。」

妾心非昔，不可逆轉，可是有什麼用呢？你遇見的可是郎心如鐵。但不能就此誤解愛因斯坦是個沒有溫情的人，恰恰相反，他是個典型的雙魚座，非常地敏感，纖細，他只是無法讓他的兩條魚往同一個方向游。這種分裂氣質也是一種天才的副產品，愛因斯坦身上大概同居著兩個人格，托爾斯泰可能有三個以上，前一陣子看老托的晚年資料，他的妻子孩子助手信徒的回憶錄，有一個重合點就是，老托是一個讓人難以適從的人：比如，第一天他覺得自己是純粹的俄羅斯人，把女兒送去上公學了，第二天他又覺得歐式氣質更加華美，再去給女兒請英國老師，過幾天他又自比一個俄羅斯農人，把孩子們從學校裡接回來，穿上樹皮鞋送去下田——和這樣的人生活在一起，除了堅韌容忍耐力這些素質的基本配置之外，還要有靈敏的換台調頻能力。但是愛因斯坦第一次選擇妻子的時候只有二十出頭，又怎麼能想到呢？

這個可以用他的演奏風格做一個圖解，愛因斯坦本人是一個非常出色的小提琴手，每周都會在家裡舉辦小型家庭音樂會，他總是非常煽情地演奏出一段情意綿綿的樂章，而當大家浸淫其中，涕淚漣漣的時候，他會馬上轉向，說個非常粗俗的笑話，把這個抒情氣氛沖淡，也就是說，他很容易動情，又很鄙夷自己的情欲勃發，更不屑於與他人共振，自戀的人在找戀愛物件的時候，往往找的是個解人而不是愛人，愛因斯坦的驕傲更高一層，他既不需要解人也不需要愛人，他非常喜歡巴赫，他說愛巴赫的唯一方式就是演奏，聆聽，然後對他保持終身的沉默，他真的從沒有評論過巴赫。這個隔離帶就是他保持敬意的方式，但他本人並沒有這麼強的人格力量，他如果要保持他的局外人氣質，就得有個人工隔離帶，這個隔離設施，就是米列娃，和她的自我犧牲——甘於充當他與外界生活的介質。

有時一個男人的視角，觀感，可以高效地析出兩個女人的質地落差，居里夫人曾經作為某科學團體的成員招待過愛因斯坦，事後愛因斯坦給他們寫了感謝信——愛因斯坦最擅長的兩種文體，就是情書和感謝信，也就是說，他在信裡表現的善意，必然大於他的實感，饒是這樣他還是寫道「居里夫人，很有學識，但恕我直言，她真的沒什麼女性魅力」，居里夫人是——當她介入郎之萬家庭的婚外戀花絮曝光以後，所有人都善意地勸她不要去瑞典領諾貝爾獎，她的反應非常凜然「這是我的科學成就，和我的私生活有什麼關係」，結果她一臉鏗鏘地奔去領獎了，而米列娃是——「愛因斯坦和我就是一塊大石頭啊（愛因斯坦的德文意思就是一塊大石頭），他的成就就是我的」，就這樣，她為他放棄了自己身為一個殘疾女人，苦苦奮鬥了十數年的科學事業。

她說的沒錯，他是塊生性清冷的石頭，還是塊滾石，不斷追逐新鮮體溫的滾石，而她再再不會想到，十五年後，這個男人背著她給另外一個女人寫信「我無法忍受這個醜陋的女人了（米列娃），她是世界上最陰沉的女人，我已經和她分床，我無比渴念著你，甜蜜的寶貝。」還強迫她簽下一份婚內分居書，她每日要定時給他提供三餐和換洗衣服，卻不許在晚上爬上他的床。撇開這個男人的冷硬不談，我們每個女人，都應該努力建設完善自己的生活，只有作為一股獨立的人格力量，才有資格去愛人，才有能力去承擔愛的諸多後果，正數的，負數的，敗局或殘局。

我對居里夫人的景慕恰恰是在知道她的婚外戀花絮之後，這正說明她是一個感情和理性都非常發達的人，在這樣的人身上，我們才可以看到意志力的強度，性格的強度，生命力的強度，就好像看女高音唱華彩的詠歎調一樣，發乎於肉身，收之於樂止，磅礴而出，戛然而止，洶湧的情欲，被理性的壩欄住，在一己之私欲和社會生活秩序之間，走好這個平衡木，這種控制張弛的意志力，又何嘗不是一種壯美的人生境界。那麼他，愛因斯坦呢？他經歷了中產生活的少年時代，自由意志和婚姻責任激烈角力的哀樂中年，老來終於又成為婚姻生活的局外人，自橫平豎直的廣播體操開始，經過踉蹌掙扎的平衡木，最後他放棄築壩，任私欲抵達遊於物外的太極，他這一生，真像觀潮。

出生的時候，他畸形的大腦袋幾乎擠破了母親的產道，他死之後，這個大腦袋又被分解成幾千塊，散落在世界各地，供全世界的科學家研究基因遺傳學，始於幻滅，終於幻滅，這之間，是他，也是我們每個人，僅有的一生。也許他早就洞悉天機，所以一直到七歲，他都固執地不肯在人前說話，卻總是躲在角落裡，小聲地對著自己唱歌……他對著自己唱了一輩子，科學孤旅的漫漫征途，沿途荒涼的風景，兩側空落落的看臺，耳邊呼嘯而過的巨大風聲，這一切，生命的荒涼質地，又豈是跑道終點，那雷鳴般的掌聲所能安慰？我想，當他和米列娃的情書曝光後，當這樣的字句——「我如此渴望著你，渴望用我的身體貼向你甜蜜的凹處」——大白於眾人眼前時，全世界的量子物理學家，都暗暗地舒了一口氣吧？這個科學巨人，長達半個世紀，用他陰霾的身影遮蔽著眾人，使大家壓抑地匍匐在他腳下，原來，他和我們一樣，也不過是個血肉之軀。

阿斯婭的溫柔與甜蜜：《莫斯科日記．柏林紀事》

雨還在下，一個人窩在小書房裡。暖氣打得足足的，窗子一會兒就變得白濛濛的了。一邊用手抹雨霾，一邊心裡想著那個叫班雅明的男人，在一九二六年的冬天，這個男人，穿過了整個歐洲大陸的冰凍雪原，去尋找他尚未成型的愛情，並且解決他自己的政治傾向（是不是保留黨籍）。他要去考察新生的蘇維埃政權，看看自己的學術生涯能不能在那裡存活。火車轟隆隆地開過荒原，男人的心裡忐忑不安，微黃的初雪，像紙片一樣輕旋著飄下來，在普希金的詩歌裡，它們曾經被比喻成處女。用以形容它們的柔軟，堅貞，和細潔。而在這個男人此刻的眼裡，它們將一切都映襯得更加渺茫未知。

他投奔的那個女人，阿斯婭，前幾天剛因為精神崩潰，給送進了精神病院（後來這也是他們主要的約會場所）。他們之前見過幾次面，但一切都未成定局。他使君有婦，她羅敷有夫，他不能肯定和她之間的任何事情，可是她是他的生命線，班雅明好像離了這個女人，就會饑渴而死一樣，可是這是為什麼？這其中的線索，在表象世界裡，真是無跡可尋：這姿色平平，脾性暴烈，自戀成寵，惜愛如金，時時瀕臨精神崩潰的神經質女人，情緒顛簸如高空氣流，難得有注意力大幅集中的時刻，可是班雅明卻說，他愛她的溫柔。

這真讓人匪夷所思，然後就這麼一頁一頁，一邊燒水，煮蛋，一邊循序讀下去，發現班雅明的日記，常常藏有這樣甜蜜的旮旯：「一九二六年十二月十二日，阿斯婭坐在床上，我喜歡看見她打開箱子幫我收拾衣服的樣子，我喜歡她幫我挑出一條領帶的樣子。」「一九二六年十二月二十七日，阿斯婭為我煮了一個雞蛋，上面寫著『班雅明』，她把它鄭重地交給我。」突然明白，班雅明眼中阿斯婭的溫柔，恰恰成於溫柔的罕至。線性的，日常質地，穩定的溫柔，就是大面積的一窪甜兮兮的糖水，早就把味蕾催眠了，而這麼一小片一小片的溫柔，就像廣東人的鹽水泡荔枝一樣，因為口感的反差，反而突出了片段的甜。甜味如沙裡埋金，一閃而過，把它析出，就可以調味之前之後的苦澀。

班雅明所動用的形容詞，是我的注意力重心所在，就是不明白：明明就是個暴戾而吝嗇的女人，從不大幅對他示愛——肉體上對他克制，最多只是「用手指深插入我的頭髮」，情話裡都惜字如金，不肯做出一點板上釘釘的切實保證，「恩，有時間吧，有時間我會給你寫信，那要看我的身體情況了。」班雅明卻這樣評價她說，「很多年了，沒有人給我這樣的安全感」，那是一九二六年的冬天，他們走過聖誕前夜的大街，蘇維埃政權下的莫斯科，帶著無法慰及的郊區氣質：又大又空又荒寒，街道上是沒膝的積雪，雪光把照明燈的燈光照出幾百米遠。除了寥寥幾個啜泣的乞丐之外杳無人煙。他們一路無言，默默前行，在班雅明的小房間裡，熱呼呼的茶炊送上來了，咕嘟咕嘟地在爐子上滾。「阿斯婭背靠著小聖誕樹躺著，我能清晰看見她的臉，很多年了，我沒有這樣的，平安夜的安全感了。我們說了很多很多話，之後她離去了，我被這晚滿滿的活動消耗過度，很快上床睡覺了。」

我想，班雅明可能屬於那種氣質貧弱，交流欲也淡漠的人，大多數的時間，他都活在自己的鬱鬱不安裡，心裡滿是死角和隔夜的心事，淤積出很多內傷。這本《莫斯科日記》裡，他寫得最多的，不外乎是莫斯科的街景，市井素描，近距離的民生，多半是他眼睛看到的，而不是憑交流能力得來的資訊，當然語言不通也是個問題，可是也看出一涉及集體活動他就很疲塌，很不安，焦灼，而阿斯婭呢，卻是一個說話不計後果，行動力健旺，熱衷於在公開場合展現鋒芒，與人口舌交戰的女人，像班雅明這樣一個自我粘稠，高度密封的男人，有時，也很需要這樣一個尖利的女人，來刺穿他的內斂，讓他釋放。這個女子，放在人海中，是不會被湮沒的，她不容易開心，可笑起來卻像個孩子；她容易滿足，心中卻有永恆的妄念與渴望——如此強烈，以至生命對她，時常成為一種壓制與屈辱。她不美麗，她不賢淑，她不溫良，沒關係，我們愛她的真。

班雅明好像是家有賢妻的，可是為什麼只有一個情緒不穩的瘋癲女人，才能帶給他安全感呢？難道班雅明君有受虐癖乎？當然不是。呵呵，賢妻，一般都是雙手雙腳非常勤快，端茶送水，灑掃除塵，隨男人的手勢，俯仰不已，可是她們的智性和性感，卻常年處在一種昏睡的惰性之中。而阿斯婭呢，她鮮有關心和照顧別人的溫情，她根本連長時間注目於另外一個人都難以做到。可是這個女人，智性卻非常活躍，她的體內，有一個極之敏感的搜索雷達，可以在第一時間內，抓住這個男人的表達方向，與他資訊對稱，達成交流快感，有了她，他精神中最奢華，也是他自己最珍愛的的那部分——他不被世人承認的學術成果，他孜孜研究，卻不為人注目的旮旯零碎，他心裡那些糾結未平伏的荊棘，都有了被賞識和落地的機會。沒有交流對手的寂寞，終於被緩解了，這種「海記憶體知己」的塌實，才成就了安全感。

想想看吧，這個男人，他懷抱對蘇維埃這個新生政權的好奇，新鮮與冀望，來到苦寒的蘇聯近身考察，可是眼前的一切，都讓這個左傾的知識份子失望：物資貧乏，交通閉塞，資訊不暢，政治空氣過度濃厚，文字獄還沒有大肆興起，之後被抓進勞改營的那批移民作家，現在還活躍文化舞臺的前景上，可是空氣裡，已經有了冰雪欲來的凜冽氣味：所有的劇本和小說都被嚴格審查，能上演的最後只有橫平豎直的樣板戲。低溫的政治氣候，比酷寒更要他的命。他像所有二十年代的知識份子一樣，在戰後的惶惶中無法立身，更不用說是立學立言，做一個亂世的學人，比一個搬家的大雜院裡找窩下蛋的老母雞還煩躁吧。原以為新生的政權是一個安樂窩，可是事實狠狠地搧了他的耳光。如失重心，心旌戰亂的惶惶中，她的那一點知己的暖意，更是救命的。

我覺得很有意思，愛情吧，它只能是一個人的事情，至多是兩個人，第三者一參與評判就繁絮了。「愛情千古事，得失寸心知」，如果你說賢婦的柴米之愛才是愛，那麼最愛寶玉的是襲人，如果說關心對方的事業前程才是愛，那麼最愛寶玉的是寶釵，可是最重要不是我們的判斷體系，而是寶玉的需求，他需要的，就是一個足夠大的精神自為空間，交流通暢，調情快感，這個，只有黛玉能給他。

這話題是扯遠了，最完美的答案還是由班雅明自己給出吧：

愛一個女人，不僅意味著與她的缺點相連，也不僅意味著與她的弱點相連，她臉上的斑點，皺紋，不整齊的衣衫，不勻稱的步伐，比一切的美麗的東西更能持久吸引你的注意。這是為什麼？因為感覺不是頭腦裡產生的，它是在身心之外，我們那眩暈的感覺，在愛人的光彩中，像鳥兒一樣撲騰著翅膀，鳥兒在樹葉裡尋找庇護，而我們的所愛之人，她們的皺紋，不雅的舉止，崴著的步態，明顯的瑕疵，都藏著我們的愛。人們不會想到，正是這瑕疵和可挑剔之處，才是愛的最安全棲身處。

——班雅明《單向道》

千江活水，則月明常在

《千江有水千江月》，讀罷，掩卷，樓下的木蘭花還是開得密密匝匝，向聞此花不禁雨，盛極遭雨，則狼籍不堪，可見傳言不一定準。暗想，此書激起的反應，不外乎兩種：重審美經驗的人，必是愛不釋手。就像木心老先生一樣，蕭麗紅的語感非常晶瑩剔透，半文白的清麗文字，好比水底青荇，搖曳生姿。這樣的文字很討好，讓人想起《紅樓夢》，意境，則是陶淵明式的田園牧歌。中式面料，中裝裁剪的情節上，又夾雜著很多民俗的中式繡片。

而貫穿其中的，大信與貞觀的愛情故事，質地卻是單薄和邏輯脆弱的，撇除了肉欲的浮沫，唯餘下純精神的詩書對白，和傳統戲曲裡才有的文藝腔對答，還有一個交代模糊，嘎然而止的結尾。然而，你決計無法和它計較。因為，根本它的背景就很隔世和絕塵，而且，更重要的是，在肉欲離席的地方，早已有禮教的大屁股坐下來了，「才不足憑，貌不止取；知善故賢，好女有德」。我雖不是女權分子，看到這樣一本規訓女子寬恕和忍讓的書，總覺得沒有操作性，這樣它激起的第二個反應就是：一個務實的讀者，一定會無法進入，覺得它隔。

有某個瞬間，我很為書中的「禮」字所動，根本這才是這本書意旨和主角。貞觀自幼飽讀詩書，浸潤在家訓和禮書中長大。她深愛這淺顯文字中的秩序整飭，榮辱有節，進退有序，書漸讀，禮愈明，最後她的愛情觀也成於此。即便對方是「泱泱君子，堂堂相貌」的意中人，也要以發乎情，止乎禮，男有信而女有貞。不重肉體的親愛，更重心契。即使分開，也不可貪癡未已，愛嗔太過，因為「此身常在情常在」。女人心，是千江活水，則月明常在。男人心，卻是萬里長天，動輒無雲。但是沒關係，好男人，也只是身外之物，不一定要切己相關的，哪怕遠遠地惦念著他，也是喜悅的。

我在想的是：這本書真是溫厚和善意。你沒法和它較真。我甚至在想，如果皮皮是個小女生，我是不是也弄兩本《三字經》，或是《朱子家訓》，來給她規範一點做人的大格局，然而，又覺得太危險了，這本書被過濾得這樣乾淨，貞觀那樣的女孩子，幾乎是在一個道德無菌的環境中長大的。我覺得自己如此芥末，斷斷無力為小皮皮擋開時代的風塵，隔絕出這麼一個純粹的環境出來，禮數這個東西，在一個整體的，圓融的背景上，是一種良性的自我建設和合群方式，如果它淪為局部的個人行為，會不會成為一種「中式偽善」呢？

覺得這個故事，還有故事裡的人啊，都被保護得太周全了。鄉風啊，民俗啊，淳厚得簡直像是桃源深處，沒有現實質地。大妗守活寡幾十年，結果還真心感謝異國的第三者幫她照顧丈夫，阿嬤略聽了幾句計較利益的刻毒話，趕緊帶貞觀離開現場（簡直讓人想起許由洗耳），外公看見別人偷瓜，佯狀不知情（因為，家訓有云：窮死不做賊，屈死不告狀）。每個人都活在無污染，非常環保的綠色田園詩情中——江楓漁火、濯濯蓮花裡，姐妹聊著床頭心事；淡然舉簾，眉黛輕蹙中，情侶互傳詩句；愛情的觸媒，也就是少時一個輕挑的魚刺，隔著窗戶紙，彼此都不挑破的幾句邊緣調情（暗想，如果給他們配上因特網，QQ，MSN，視頻。是不是這段情早就抵達彼岸，徹底揮發了），這段情真是淡美溫潤，因為它是雲端的，完全不觸地，與現實沒有任何摩擦的。蕭麗紅大概身陷現代生活的污濁之中，無法抵禦，所以以鄉愁自救，結果成就了另外一段現代桃源的佳話。

這個故事存在的意義也許雷同於童話：它給了我們一個可能性，哪怕只是想像中才能抵達的。

閨秀的氣質

閨秀的氣質

我一直記得陳丹燕談唐詩宋詞的口氣，不是不敬，也不是不屑，而是疏離，就像對一個父執輩的長者。她五〇年代出生，長於文革，中國國學的根系，自從五四被風捲殘雲之後，到文革，大概連地下球莖都給摧枯拉朽了。之後，她在《上海的風花雪月》裡寫永安公司的郭家小姐，說她是個大家閨秀，「走在她的身邊，我們三個年輕女人倒像是男人，慌慌張張，笨手笨腳，粗聲大氣，她八十歲了，依舊是女子的精美和愛嬌。」我是七〇年代出生的，對「閨秀」

也沒有任何概念，在我身邊，大概兩種女人居多，一是骨架硬朗，行事強勢，中性化的，一是愚忠愚孝，思想退化，完全附屬於家庭責任的。

最近看的一些書，互為骨肉。比如《綴珍錄》，是在學術層面上討論清代女子的教育和寫作，然後又看了些近代閨秀的傳記，正好補足了《綴珍錄》裡實例不足的部分。我恍然驚悟，在我生長的這片土地上，居然真的活躍過「閨秀」這麼一種生物！

閨秀當然是出身高貴，不是官宦就是世家，看《合肥四姐妹》，母親出嫁的行頭，送嫁隊伍能長達幾條街，嫁妝準備了十年，連馬桶都備好了。這是什麼派頭啊，文潔若是外交官的女兒，楊絳的姑母都是北女師校長，張家四姐妹是清代官員之後，張充和的養祖母是李鴻章的侄女。一班傭人伺候衣食，還有另外一班做粗使。閨秀當然學養豐厚，張家姐妹自幼就有私塾老師，學崑曲是專從戲班找的「角」。楊絳，郭婉瑩，張愛玲，文樹新，通通都是啟明、中西女校出來的。這些學校的校規，禮數都很嚴苛。張愛玲自稱很笨拙，可是幾十年後，她在美國接待讀者，後者一樣讚許她動作的優雅。這是骨血裡的流痕，無法清洗的。胡蘭成被她端杯子的動作驚豔到，不一定是虛詞。

閨秀因為家世的殷實，和成長環境的富足，都很有傲骨。郭婉瑩貴為永安公司老闆的掌上明珠，一樣自己開車去談生意，文革時被下放挖泥塘，手指關節都變形，她用每月的二十四塊錢工資，供兒子讀書，送女兒學芭蕾，有一次她回城，路過一個小吃店，發現自己的錢，居然

閨秀的氣質

只夠吃一碗陽春麵。她這輩子，最驕傲的，不是身為富商之女，而是「一直都是自力更生」。苦難之後，她拒絕寫回憶錄，因為「不喜歡訴苦」，閨秀們自幼養尊處優，沒有窮苦人家的苦大仇深，滿懷著翻身復仇的怨毒，所以更加平和有光。

這種獨立不僅是物質的，更是意識和判斷力，郭婉瑩非要嫁個清華窮學生，張允和找了完全門戶不當的貧寒周家，只是因為——我喜歡。她們飽讀詩書，卻又大膽奔放。前陣子讀小麥做的《一個民國少女的日記》，那些滾熱的囈語！文樹新居然是文潔若的姐姐，真是驚到我了！

卞之琳追求張充和的詩歌：「百轉千迴都不能與你講，水有愁，水自哀，水願意載你」——這首詩打動了無數讀者，只可惜沒有打動它要打動的那個人，張充和認為卞之琳喜歡賣弄，流於膚淺。倒是人人都施以白眼的劉文典，充和很欣賞他的不羈。充和最沉溺的藝術是書法和崑曲，她說這兩種藝術的極境，就是「隔」，書法的懸腕「心忘於筆，手忘於書」，崑曲的「演員和角色之間的懸隔」——我真的被這個女人迷倒了，她活在內心的藩籬裡，隱於雲端。然而她又活潑入世，社交豐富，之前看到過很多西方作品裡自轉不息的女性，但我第一次看到中國式，閨秀式的強大自我，很美。

閨秀們並不驕矜，她們也不失傳統女性的持家婦德——張兆和嫁了沈從文，對方一向活在精神小桃源裡，世俗雜務得靠妻子，他還拒收兆和陪嫁，他的高姿態，要靠張兆和多方籌措，勤儉持家才一點點補足。對此兆和一直保持緘默，直到編寫從文文集的時候才略有微詞。她承重的背影如此優雅。陳寅恪的太太唐筼，貴為臺灣巡撫的後人，下嫁陳寅恪後，事事以丈夫為重，避居村野，為了給體弱的陳補身，還養羊擠奶。她們簡直是能屈能伸，有次在《戰爭與革命中的西南聯大》裡讀到，楊步偉（是她麼？），也就是校長夫人，身為留美醫學家，因為沒有教職安排，只能從事副業，好在她留學多年，擅長西點，居然擺起了蛋糕攤！

我之前接觸的假道學，太多，所以對很多傳統的東西有點不信任。現在發現，那些東西，氣質純正的，是極美的。閨秀們基本都婚姻幸福，夫妻恩愛，兒女成才，而她們恪守的那個體系，就是國學裡最好的那塊東西。而且被營養了——人是這樣，如果發乎內心，那麼就是滋養，反之就是虛耗。我一向認為，苦痛不堪地強作賢婦，還不如做蕩婦算了。可是這些傳統的女性，她們對自己的生活方式深信不疑，而且還得到了滿足。這是需要現代女性深思和學習的。

文字形象的騙局

看了林徽因的傳記，想起很久以前，看她的那些唯美小詩和散文。當時第一個本能的反應就是生疑，她的文字稚拙可愛，沒有煙火氣，但是，感覺很人工。記得還特地去翻她的創作年表啥的，寫這些東西時，她已非二八稚齡了。這些詩，實在是和她的年齡和經驗，都不太匹配。她本人是個有顆舵樣務實心，非常懂得把握人生大方向，合理避險，且有點大志向的女人，我想她就是那種把現實和詩情分離得很清楚，整體理性控局，局部短時感性，文字形象和現實面目有落差的人吧。

在我的經驗裡，這種落差比比皆是。比如張愛玲，不過她是反向經營，結果把自己搞得血本無歸，也是意料中事。張的文字刻毒蝕骨，通篇都是算盤打得劈啪響的計較，人情，感情，金錢，利益。但是，和林徽因一樣，張也是個文字形象和現實面目脫節的人，胡蘭成遭難，避禍鄉下，派人來求援，她二話沒說就找了戒指遞給來人。全然沒有想到自己一個弱女子，亂世裡也得有個防身銀兩。這哪裡是一個精明計較的女人所能為之。

張是典型的聰明臉孔笨肚腸。文字裡的裝精逞強，不過是笨拙於人事，自抑成性的她，找個出口轉移釋放力比多而已。文字狀態下的張愛鈴，固然是滿樹繁花，枝節楚楚，而現實生活中，她卻是個連日常應對都很畏懼的木訥之人，而林徽因則相反，她的文字乾癟細弱，糾結迂迴，她本人卻是個爽朗開闊，長於交際，話鋒伶俐之極的妙人兒。由此可見，把一個人固定在她的文字形象上，實在是野蠻且幼稚。

有時落差是因為注意力的不平均分配，吳爾芙，就是這樣。她在文字裡刻薄鋒利，驍勇無比，處處把人往死角裡逼，而在現實中，卻是個混沌不堪的低能兒。她的聰明半徑不外乎是她的小書房，一出了這個勢力範圍，廚娘不讓她幫忙，因為她不是把戒指丟在麵粉裡，就是把調味料弄混了。丈夫不敢攜她去社交舞會，因為她交際笨拙，不知進退，有一次甚至把襯裙都給穿反了。以吳爾芙的智性，應對這點柴米油鹽算什麼，只是她捨不得，她是高度地精神化，每一點注意力，都用去補給自己的精神生活了。她對現實生活中的人並不刻薄，不是因為她寬厚，而是因為她對他們沒興趣。

理念有潔癖的人，多半會給人製造錯覺。比如托爾斯泰君。老托同志太有自省力了，他體內有個二十四小時馬達不停的自我監控裝置。時時向他反饋個人道德指數的漲跌情況。為了維持大盤指數，老托同志非常辛苦，晚年他的文字，幾乎通篇都是道德說教，宗教救贖。但是他對家人卻非常冷淡，人情味稀薄，用他老婆的話說就是「家裡的孩子病了，他都不肯抱一下，然後就穿個袍子跑出去，在鐵道旁轉來轉去，尋找做善事的機會。」前一陣子看莎樂美日記，從浩如藍藻的廢話裡，我總算淘出一句有用的：「我去莊園看了托爾斯泰，他似乎很孤獨，家人都不搭理他。」

高瞻遠矚，常常造成近距離失焦。比如奧威爾（George Orwell）君，他在生活中使用的名字叫做布萊爾（Eric Blair），可是他把全部的精力都拿去營養那個叫做奧威爾的抽象存在了。重宏觀，輕生活，厚此薄彼，那個「把全部的愛都勇敢獻給他」的女人，差不多就是在他的眼皮底下，慢慢地被癌魔咀嚼吞噬的，而他呢，壓根就沒注意到這件事，因為他正忙著撰寫政治小說，去打擊極權，維護全人類的利益呢，實在無暇他顧。死之前，他囑咐別人勿要給他寫傳記，因為，奧威爾這個名字太重，布萊爾這個名字太輕，他怕別人找不到兼顧調和的落點。

這種落差也可以成於雙重自我的衝突。比如卡波提（Truman Capote），他自小寄人籬下，性格疏離冷淡，憑著一身伸縮自如的迎合技術混跡上流社會，可是再看他的《耶誕節憶舊》和《小童星》，我從未見過那樣春水般的柔軟和溫情，不能把這個平面地解釋為表演人格，或文字演技，我倒覺得是卡波提那個潛在世事水面下的隱性自我之花，在文字裡勇敢地盛開了而已。

有時，堅硬的文字，是因為作者羞於示弱，或者說是對自己柔軟內裡的保護和自衛心，比如麥卡勒斯（Carson McCullers）就是，文字是沙暴觸面的粗礪疼痛，可是人卻是極度地纖細敏感易挫。朋友忘記回覆的一封信箋，都能讓她難過得失眠；還有米切爾（Margaret Mitchell），人人都以為她就是《飄》中赫思佳的原形，也是那樣不顧來日地潑辣生猛，其實根本不是，《飄》才寫到一半，她看見有個九流南方作家寫的垃圾文章，立刻覺得自愧不如，幾乎封筆。她是個自信心嚴重匱乏的人。說起來生物規律就是這樣：往往看上去越硬的，骨子裡越柔軟，比如河蚌，貝殼類動物，而貌似軟體的，多半才是最毒的，比如蛇。

滿口真理的人往往比較危險。因為，人都是血肉之軀，公共語系之外，她們也需要一個私話的出口。西蒙．波娃，半個世紀以來的女權先鋒，獨立意志的形象代言人，看她的《第二性》，俯拾皆是格言語錄，錚錚作響的大道理，拿支彩色高光記號筆劃劃，估計立刻滿紙煙霞。《第二性》：「沒有理由認為，勞動會剝奪女人的性魅力。」「父權文明的價值與制度仍大部分存在，女性要爭取自己尚未得到的抽象權利。」再看此人的書信集，整個一老八婆。婦解語系一下轉變成「某是個和幾千個人男人睡過覺的放蕩女人，五十歲，但極力使自己看上去像三十歲。」「她是一個可憐的說謊作家，一個可悲的廢物。」

也怪她生不逢時，找不到發洩口，要是換在網路時代，波娃還可以穿個馬甲，罵完人後繼續正經。呵呵，我一個近身的女朋友就對我幹過這種事。個人經驗，越是在成天在文字裡「溫情」一來「慈悲」去的人，翻臉罵人的時候就越刻毒，因為，她們的敦厚，都是後天的修養調節的，你想那個被壓抑的刻薄機制，一旦反彈，多可怕。溫厚的人我也認識兩個，一個是我媽，她沒讀過什麼書，她做了一輩子好人，也說不出一句成型的大道理，另外一個是我外婆，一手養大了七個兒女，十來個孫輩。累的時候趴在硬木椅子上都能盹著，我猜她這輩子都沒聽說過溫情這個詞，哈哈，她是個文盲。大愛都是無聲的，文字表達從來也不是樸素的事情。

惆悵舊衣如夢

二十歲開始，她就在她的文字裡，穿著大人衣服，化著成人妝，佻㒓而行，她的文字，拉長著一張怨婦臉，比她本人的臉，比她的戀愛經驗，都蒼老得多。她並不與她的文字平行，也正是因為不平行，老來她才寫了《同學少年都不賤》，裡面有很多她在女校生活的遺跡，這些陳年的破碎光影，帶著水紋之下的微微錯位，是含在回憶這條大河裡，被吞吐著的水影，溫潤，低迴，恍兮惚兮，半明半暗，有了這塊遺失在角落裡的拼圖，才讓她的一生，有了完整的成長線索。

老掉的記憶，連轉角都是圓潤的，裡面有一個敏而寡言的少女，愛慕著另外一個運動健將，自然後者也是女的，她在廁所裡，遠遠地看著那個她來了，聲色不驚地避讓了，然後揀她坐過的馬桶，也不管髒不髒，就著那餘溫坐下去，這個枝節的溫情，大過整部張愛玲全集，慢著，我們幾乎要忘了張愛玲也是有青春期的，當然她有，只不過別人的青春期都是綠葉青枝，她卻是慘紅少女，那是繼母淘汰的一件舊紅棉旗袍，凍瘡的腫紅，穿不完似的穿著，一冬又一冬，凍瘡後來是好了，心底還留著凍瘡的疤。女校的學生大多家世出眾，更何況女孩子之間隱約匍匐的攀比風氣，她又是那樣地心細如針尖，一點小小的起落對她都是驚濤駭浪，她沒有先天的眉目綺麗，沒有後天的華服配置，紅花綠葉的鏗鏘鬥豔中，她只有選擇沉默，正如她後來對這段不愉快的記憶保持沉默一樣。

一直到後來見到了他，她才有了與她年紀平行的意興揚揚，「暖雨晴風初破凍，夾衫乍著心情好」，她的暖雨，她的晴風，都源於這個男人眼裡的溫情，只要他坐在那裡，漫山遍野都是春天，春天，她的冬眠期結束了，她想，那件凍瘡色的舊衣，代言她醜小鴨時代全部自卑感的舊衣，可以徹底在她的生命裡隱去了吧，他就是她的夾衫，柔軟，貼身，輕俏，卸了冬衣的沉重，整個人輕快得好像要飛起來一樣，然而也正是春衫輕薄的質地，命定它不足以禦寒，他和她的緣分，只是一件春衫而已。然而也顧不得這麼多了，來日大難，那是來日的事，今日相見，亦當喜樂。人生最快樂的，不就是撒手的這一剎那麼，她想。他是她的春衫，她則是他的一襲織錦浴袍，華美，奢侈，精緻，卻不是家常的物事。果然，大難來了，他不要她了，你怎麼能奢求一襲春衫陪你禦冬呢？

她是個寫小說的人，慣於預設結局，她可以干涉小說裡的情節走向，「上帝說有了光，就有了光，」這是小說家的權利，可是這次，她做不了自己的神了，但她至少可以，袖手等待那滾熱的，致命的一擊，她把傾斜的自己，潑出去的一部分，一點點收回來，也許，揮劍的功用，可以讓斷裂的部分，從此與眾不同吧，她隔著遠遠地看著，像冬日一抹淡白的陽光，明晰，冷淡，卻沒有能力干涉……這一切：亂世，敗局，驟然降溫的人與事。她不哭，不鬧，也不多話，落幕的一刻是頂頂肅穆，需要敬意的一刻，噓！不要驚擾了回憶，這一絲絲溫柔的纖維，是要咀嚼一輩子的，是要捧在水晶花瓶裡供著的——這是她最初和最後的愛。

那件凍瘡色的舊衣，並沒有在她的生命裡徹底隱去，老來她又把它翻出來，也是在那本叫做《同學少年都不賤》的書裡，還是那個叫趙珏的女人，她像張愛玲一樣去國離鄉，潦倒晚年，懶得置辦晚禮服，隨手扯上幾尺碧紗料子，粗針大線地一縫，就披掛上陣接見外賓了，冬衣亦是陳年的，把扣子往裡釘一下，改成斜襟，腰身變小，就這麼充新衣把自己和冬天一起打發了，男人多看她一樣，就心頭一緊，想著是不是舊衣被識破了。自卑感的舊瘡疤還在，只是欲振乏力，過去是財力，現在是心力，置衣情緒的疲勞，是一個女人徹底放棄的標誌，寫書的那個女人，張愛玲，亦是如此的疲塌相：才情的支架還在，可是文氣已瀉，很多漂亮的小細節，隨手就扔那裡了，根本就沒有心力去經營，要是依著她從前的任性使才，還不知道要鋪張陳設成什麼樣。我還記得最初看她的小說，真像是元春省親，隨手掐枝的都是華美的細節，看的人心裡只默歎奢華太過：這樣的才滿而溢，一路拔高上去，到時要怎麼收場呢？

「天上星河轉，人間簾幕垂」，這次是一個九百年前的女人在失眠，這個女人：國破了，家亡了，她每每借著一點酒意才能睡去，這點昏昏的睡意，卻又脆薄如紙，夜來初涼的枕簟是孤枕，抵抗不了四下伏著的沉沉秋意，被凍醒後，她起身翻箱子找禦涼的衣服，燭光搖影，窗外有零落的蟬鳴，她找出一件舊衣胡亂披上，對著竹簾篩出的滿地碎影，發呆，她冷，她抱緊自己，她除了自己，什麼都沒有，便是這一點呵手的暖氣，也是她自己的，這是個亂世，她找不到無邊荒涼裡的小歡喜，她想哭。前塵是一場紛紛搖落的舊雨，怎麼下也下不完，天就怎麼也亮不了，我每次看這首〈南河子〉，心裡都是不見天日的洪荒。

小歡喜……這件舊羅裙一如她的身體，亦有過豐美的華年，羅裙上繡著的，曾經是連綿的蓮蓬和藕葉，藕葉的金是織金，蓮蓬的翠是翠茸，南宋文獻記載，邕洲右江地區有一種翠鳥，取其背羽織線為翠茸，翠茸天賦異稟，在不同的光線效果下會異色，忽而紅焰，忽而綠暗，好像是「暗紅塵霎時雪亮，熱春光一陣冰涼」，這麼想著，便是連這件衣服也帶著炎涼的意思了。她摸摸上面已經被磨平，洗褪色的蓮蓬，藕葉，還有荷花，它們也是她在詞裡寵愛的意象，荷葉田田，荷花亭亭，她想，多麼像女人盛年時的身體呵，豐盈的肩與臂，起伏出暖紅的色情。

她有過肆意的少女時代，官宦人家的小姐，錦衣玉食地被寵溺著，閑時和姐妹去後花園盪秋千，「蹴罷秋千，微汗濕輕衣」，濕的是這件舊衣麼？羅裙漸漸地被體溫暖了，丈夫死後，她終日慵懶於梳洗，更沒有置過新衣，便是南下逃難時帶來的這件舊衣，也早已「翠貼蓮蓬小，金銷藕葉稀」了，丈夫早亡，長年寡居，至於國……國早已不國，這麼嬌媚的衣服禁不起亂世的揉搓，等李清照翻出這件舊衣的時候，南宋小王朝已經偏安杭州，她本人亦流寓金華，出產翠羽的右江，早已成為當局無心也無力收拾的舊山河，千里江山，別時容易見時難，即使見了又如何？蓮子已成荷葉老，她憔悴了，她羅裙上的花兒憔悴了，她的詞句也憔悴了，紅底飛金的錦繡華年，早就隨頹勢「翠小，金銷」了。一個女人的老去，一個王朝的衰落，一個意象的敗局，已被一件華服的凋敗道盡。

現在，是一個活在現時的女人，她像貓一樣警覺而輕盈地出沒於人群之中，她所有的衣服都是安全色系，以不引人注目為要旨，在二〇〇五年最後一個可以曬衣的好日子裡，她站在陽臺上收衣服，她打開窗戶，收回竹竿，想著馬上就要是穿冬衣的日子，連舉臂的動作，也立刻沉滯起來，心裡更是無端地縈絜，又想起那些曾經在紙上與她對坐晤談的，清詞麗句裡，旖旎而過的女人們，她們的冬衣，輕愁與幽怨，她想著想著，手裡的動作便慢下來，她把衣服折好，收起來，放進衣櫥深處，想著保持好身材，來年好不辜負了這些舊衣，她還想了很多很多，而她能做的只有：在例行而來的一個人的長夜裡，聽著雪霰敲窗的簞撥聲，對著雪意壓頂的天幕，默默地把它寫下。

張愛玲的小資情調

罵張愛玲的男人真多，而且罪名都設立得讓人哭笑不得。昨天我看見有個人說「她從頭到尾洋溢著小資的情調」，不禁想起數月前，我和我媽研究完打折廣告，直奔華聯買了五十斤東北大米，平日裡賣一塊七，那天是一塊五毛九，五十斤，可省五塊五毛錢，話說我氣喘吁吁把它拖回家，正在感慨自己的潦倒，那廂就看見有人寫了幾千字的長文，論證我是個小資，我很吃驚地問朋友，何謂小資？我窘迫至此，連飯都快吃不上了，還小資？我朋友說：「這有啥，有個男人就因為我養狗，也認定我是小資了，有些人天生就仇視情趣。」

有些以文推人的人，邏輯非常簡單粗暴，判斷一個人，不是從虛處，而該從落腳實處。一個終日泡妞的資深色狼，肯定寫不出《洛麗塔》，同樣，餐餐海鮮生猛的是貪官和大款，而他們，也絕不可能寫好食記。最好的食記，是兩種人寫的，一是清苦文人，想吃又不得，只能任饞蟲在筆端活躍，比如梁實秋，周作人，汪曾祺，另外一種是落魄世家，比如張岱和曹雪芹，都是在衣食匱乏，晚景淒涼中描摹當年的錦衣玉食，要麼就是背井離鄉或是改朝換代，靠回憶取暖的，比如唐魯孫和王世襄。同樣，張愛玲骨子裡是清冷精神化的白玫瑰，所以她筆下最生動傳神的，都是活色生香，肉欲熾熱的紅玫瑰。

人們總是忘記，文字最大的功用，不是操作，而是意淫。

那天我發了兩個博客給朋友，一個是金牛妹妹，一個是天秤，都是熱衷享樂的主，前一個博上全是旅行照片，法語歌，另外一個上面都是冷門香水，義大利裙子，那標牌都是我讀不出來的。我說你看看，這才叫小資，她一瓶香水是港幣一千多，夠我和女兒幾個月的開銷了，像我這種窮人有什麼資格小資？撐死了也就文藝罷了。是啊，我每天都喝咖啡，那是家樂福打折時買的，三十四塊錢，四十八袋，劃到八毛錢一袋，也就是兩袋豆漿，或男人兩根菸的錢，還不是什麼好菸。

同樣，你去看歐陽應霽，韓良露，舒非，蔡珠兒的文，再去對比張愛玲，就會發現其中的技術落差是很大的。那幾個港臺作家，寫的全是吃喝玩樂，而且遠遠超過日常所需，都是短小的千字文，理念和文字都是速食性質，無法深究，另外附帶店家位址，有絕對的操作性，圖片很精美，沒有任何對世態人性的探討，純粹就是物質生活。我看葉怡蘭的家居訪談，天，光是咖啡杯就有幾百個之多，而張愛玲呢，去某處住了半年，連食具包都沒打開，就靠一個小勺子吃飯，什麼叫戀物，什麼叫小資，比一下就有數了。

並且可以發現一個規律，文字越精緻的人呢，生活就越粗陋（當然，也有例外），這其實是個最簡單的利比多原理，人的精力有限，每個人的分配都不一樣。你看我如上所舉的小資作家，個個都穿著精緻，精於享樂，而他們的文字，都粗糙簡陋，反之，吳爾芙成天穿粗布衣服，尤瑟納爾落伍得讓學生捂嘴嗤笑，再回頭看他們文章的精細縝密，——一個人的時間花在哪裡，是絕對看得出來的。

張愛玲繁花似錦的堆砌物質，不外是反襯人性的蒼涼與落寞，吳爾芙可以花幾百字去描述女人的衣物，那是文學層面上的興趣，尤瑟納爾也會細考歷史人物的穿著，那是治學嚴謹，和小資八杆子打不著。

我不是張迷，很多年沒看此人的書了。但我不會批評她，雖說她通身都是缺點，按她自己的話是「我就是件鏤空衣服？」但她至少很率性，敞懷自剖，從不掩飾瑕疵。批評她實在太低難度了，把人家自己端出來的供詞整合一下就行了，這種勝之不武的事，我不幹。

風情是個傾斜的詞

看卡沙特（Mary Cassatt）的〈絕代美女〉。除了「女」以外，這個標題的四分之三內容我都無法對號入座，左右思躊原因，是這個女人的姿勢缺乏流動感，她的面容太端肅了，下頷骨又厚重，她的表情固定在下頷骨的底座上，就像她自己的紀念碑似的。說到底風情還是個傾斜的詞，風情是——瑪麗蓮．夢露把左腳的鞋跟鋸掉了半寸，使步態失衡，造就搖曳生姿的美感——風情就是道德感的一點點傾斜，體態的一點點傾斜，張愛玲是個明白人，在〈第一爐香〉裡借喬琪的口說出「一個女人，太四平八穩了，端正得過分，始終是不可愛的」——結果薇龍傾斜得可不是一點點，她把自己都潑了出去。

看納博科夫的《黑暗中的笑聲》，裡面有一段寫到瑪戈「在鋪著紅地磚的陰涼的房間裡，光線從百葉窗隙射進來，成為一道道白亮的光柵，瑪戈像蛇一樣扭著蛻去了游泳衣，裸著身子，趿一雙高跟涼鞋，踢躂踢躂踱來踱去，嘴裡唏噓地啃著一個桃子」，我總覺得這是個走到半路的角色，後來這個角色吸收了一些黑暗物質，又生出了洛麗塔。納博科夫的東西，頂好是當作一個老紳士的精緻惡作劇來看，就像是曹雪芹筆下的茄鯗一樣，用想像完成就最好。與現實對位，就髒而無趣了。

包法利夫人亦有一個性感的出場鏡頭：「外頭窗板放下，陽光穿過板縫，落在石板地上，變成一道一道的細線，碰到家具欹角就拐過去；蒼蠅順著玻璃壁爬，壁爐裡冷卻的煙灰呈淡藍色；艾瑪低著頭做針線，沒有披肩巾，光著的肩膀上冒著汗。」福樓拜擅長使用這種扇型句式，就是用一堆意象平行疊加，最後用個小口徑的動作收口，使文字的詩情寬舒而有層次。意義就在意象的流動中被直陳，根本不需要輔以解析性的文字。

想來《紅樓夢》裡，寶釵輸給黛玉的，就是一個傾斜度，婦德婦容婦功，她是處處都好，事事都懂得。她要求寶玉的，不過是個專心仕途經濟，這亦是一個妻，最端正，最正當的一點點要求。有一些女人身上，具有建設性的東西，可以成就一個近身的男性。而瑪戈，包法利夫人，她們卻是具有毀滅氣質的女人，她們會摧毀身邊的男人。然而誰說毀滅不是一種樂趣呢？《黑暗中的笑聲》裡，那個男人就是在一步步把玩著自己的墮落，和失陷。

然而，風情並不像歇斯底里，生理期，衛生棉那樣為女性專用詞，我常常會遇見有風情的男人。昨天晚上一個男人和我說了很久的話，我的感覺就是：這個人太性感了——我對性感的定義是：很男的男人，或很女的女人，這個男人，他的聲音很糙，他的語速決斷有力，他的話語鏗鏘，他的文字像重金屬的衝撞。他的熱力，或破壞力，一蓬蓬地逼近著，與文字交接的地帶，第一次見到這麼男的男人，特記之。

我的城

我的城

因為最近的活計，是關於民國建築，所以一直都埋首民國史料中。為了寫這幾篇小稿，主編還專門組織我們去了舊址參觀。頤和路民國建築群，都已經被悉數推翻重建，甚至為了將來招商，連裡面的格局都改動過了，我本來是想看到一個實物化的《上海的風花雪月》，結果眼前是塑鋼門，水泥地，一水兒的山寨版。晚宴上，區委的朋友，很熱情地向我們介紹，他們將怎樣打造鼓樓的知性氛圍，力圖將它興建文化大區——他們都不是本地人，耳邊的異地口音，

嫋嫋不絕，我有點走神。你們是把異鄉當故鄉，而只有我，是因熟稔而緘默——這是我的城啊。

每每有朋友來寧，我們都會去先鋒書店，然後再回湖南路，途徑頤和路老建築群。他們都很詫然，南京的氣質，原來是深埋在這裡。南京不同於蘇州，蘇州的新老城區劃分得很鮮明。在老城區，連銀行都是飛簷青瓦，滿溢著時間感。南京則迥異，我從小到大進出數次的幹休所，是國民黨的軍政部；中學時，在裡面買過書的政治學院書店，是國民黨的鐵道部；失學之後，求知若渴的年代，淘過舊書的鬼市，是首都高等法院；幼時參加婚禮，在雙門樓賓館，和表妹躲貓貓，被執勤的用手電筒照出，差點當小偷抓了，我們一直驚歎的那個白樓，原來是英國大使館。這些最高級行政語彙，過去只有要人才能進入的森嚴領地，他們被戰火洗禮，被時間蒙塵，灰頭土臉，落魄潦倒，混跡市井。

去先鋒書店的路上，遠眺頤和路，舊時陳布雷，陳璧君們的故居，早被後人占掉，很多是軍界人士，一個房子裡住著數戶人家——權力的敗落，失勢，轉移，賦予形，原來就是老虎窗上安著窗式空調，西班牙露臺曬著香腸，木頭窗子朽得快爛了，尿布成陣地迎風飄揚。胡老師意興洋洋地告訴我，他曾經在老房子裡租住過，夏天有股神秘的氣味，是腐爛的木頭，陰濕的黴跡，野貓的體味？都不具體。後來我們脫口而出，是「時間的氣味」。在南師老樓上課，在太平南路工行取錢，都能嗅到這股味道。它們全是老建築，被建委的人抱怨，說使用料太多太堅實，炸都炸不掉。

就是這種來不及收拾的狼狽，才是南京的一個基調。總統府裡，蔣介石辦公室的日曆還停留在四月，那是他倉皇出逃的日子，每個導遊在大門口，都會慷慨激昂地介紹：「就是四月二十三號，英勇的解放軍越過長江，解放南京，扯下了國民黨的青天白日旗，掛上了五星紅旗。」而這之後呢？老人們都說，因為是國民舊都，南京在解放數年後都不許大興建設，從首都被降成獨立市，最後是省會。

每每愛上一個男人，就想去看看他的城市，近水樓臺的，買張車票，遠在天邊的，就在地圖上意淫。久而久之，連附近的村鎮，學校都了然於心。在他出生的地方吃點小吃——好清淡，心中暗笑原來他溫暾的口味發源於此，走一走他的小學，操場上的那棵大樹，是不是蔭蔽過我心愛的人呢？拔一些野花回來種吧，只怕活不了。老公帶我看他小時候玩過的水井，打水的軲轆居然還在，進村的土路那麼長，婆婆就是沿著這條路，走走停停，一直堅持走到醫院，生了老公，當年她只有二十二歲。

和朋友散步時，最喜歡聽到這樣的句子：「那個窗戶，是我當年租的啊，開窗就是大樹，風吹過時有松濤，讓人想戀愛。」那天和朋友去玄武湖，在一個偏僻的旮旯，發現河對岸有個很另類的建築，屋頂是波濤起伏狀，我們慨歎不已，我說下次一定找個懂建築的人隨行，要不我們系統地讀一下建築史？朋友說很像聖心教堂。及我們到了對岸，面面相覷——那是一個廁所！上了以後，還是挺欣慰，這個廁所連細節都很精緻，「設計師好用心，哪怕是廁所都這麼認真去做。」

文字也好，書也好，建築也好，在我看來，它們的價值，就是能與生活發生生動的關係。什麼美感，深刻，優雅，通通是附加值，我不關心，我看到的，是他們背後，一個個伸葉發芽長葉的，蓬勃的人。

南京　南京

初二的下午，在街上遊走，所有的人都去走親訪友或是猛喝海吃了，大街上，人跡寥寥，密度正符合我對這個城市的要求。魏微寫《薛家巷》，絮絮幾千字有餘，常年寫小說的人，有時一寫散文就真散了，其實是不拿它當正業，放手的緣故。青石板，曬衣杆，暮年老妓，那種舊時氣味，我有點疏離，因為我是本地人，距離造就審美快感，而身在其中的人看到的，只是齒齧狀的生活小煩惱。和我媽去教敷巷訪友，剝落的青磚，一家人蝸居在一間房裡，沒有衛浴設施，糞便橫陳的公廁，院子裡的下水道，淘米水，洗菜水帶來的蚊蟲陣，我的媽，秦淮古韻，簡直是一場噩夢。李香君故居樓上，是老幹部工作室，後者為和一個妓女同樓憤憤不已，上告到市委，妓女也妄想躋身忠烈？不過是朽木雕花，癡情枉種而已。

我在南京呆了三十一年，外地朋友抵寧，到阿英煲吃飯，向東一指，五百米，是我的小學，向西一指，不出一里，是我的中學，南邊八百米左右，則是我娘家，最遠一次出走，是嫁人，也不過穿了個湖底隧道。這三十一年來，我的活動半徑，居然不超過五里地。有次搭飛機從福建回南京，下雲層的時候，窺見這個城市的遠景，混沌，沒個性，規劃混亂，潦草敷衍，像超市的折價櫃檯，削價蘋果靠著清倉羊毛衫，東一個高樓西一塊廣場，頓覺喪氣。

南京地處戰略重心，歷來是兵家必爭之地，人口流動性也大，這些都把它自己的個性稀釋了。南京菜，相容性太強，我都不知是什麼菜系菜式，差不多就是蘇杭菜，淮揚菜，徽菜的大雜燴，滿街都是福建扁食，蘭州拉麵，江西瓦罐湯，無錫小籠包的連鎖店，老南京個個吃得樂此不疲。

我一個朋友做醫藥，每每喜歡選南京做試點，因為南京人輕信，憨厚，不排外，低難度。談戀愛時，爹媽一聽我找了本地人，立時放下半吊子心。南京的女孩子也很模糊，話說地處吳頭楚尾，卻無江南女子的軟糯和內裡精明，無四川女子的性情熱辣，也無北方女人的喧鬧熱乎。多數都面貌中上，端麗中正，不化妝，體型類於我們地產的桂花鴨，瘦而無骨，骨肉亭勻，不過有點開口死，林立果意淫了秦淮流韻，起意到南京選妃，大概是沒聽過南京人說話——南京話隸屬徽方言，語音渾濁，粗噶難聽，恰似滾滾長江水。

南京美女的代表人物，可見梅婷，既無大紅大紫，也無作秀，有種流動的適應性，什麼角色都能填充一下，都是本色自我的延展，就是她的美，也是和諧善意，毫無侵略性的。再有一個是丁薇，她是揚子乙烯的，我幾個親戚是那個廠裡的職工，所以她對我是種具體的存在，不溫不火，也不高調炒作，出道九年，只做了三張唱片，媒體稱她為「中國第一靈魂女聲」。和一個姐姐吃飯，她定定地看著我說「男人有時也喜歡和你這樣的人交流，不需要漂亮的」，我說「你是南京本地人吧？」哈哈，南京人說話，貼近本意，不是修辭。小Z有次和我說過某地人甜而冷的「分寸感」，我想這就是南京人匱乏的。

西北一帶的文氣燥鬱生猛，東南偏港臺風，偏珍珠奶茶味。南京的調和地氣，養文人，沒有北方的幫派意識，沒有商業氛圍，恰好在一個亞中心的地帶，枯榮自守，自開自落，再遠就閉塞，再近又焦灼了。我（很恬不知恥地）以為，中國最好的小說家，都在南京，蘇童，葉兆言，畢飛宇，朱文，韓東，魏微。

上海人的小說裡，有很多的物質，衛慧的上海寶貝，脫了CK內褲和洋人性交，陳丹燕的吧女林達，用全部的工資在波特曼買杯檸檬水，品牌，格調，什麼文字給這些名詞一噴，都香氣襲人。南京人生來沒有對這些細節的敏感度。南京才女，過去我最喜歡崔曼莉，《兩千五百公里之外》，一個女孩子愛上一個男人，跑到兩千五百公里之外他的城市，給他打電話，說你吃飯了麼？和什麼人在一起啊，之類之類，只有在戀愛中才能存活的廢話傻話，然後又飛回來。我把這個小說下載列印，雪裡梅花一樣地清白無辜，看了幾遍，喜歡得哭了，她在長篇裡寫口交，我驚奇她的口交比好多人的握手都乾淨，我（很恬不知恥地）以為，那種乾淨，只有在南京才理直氣壯，換成任何一個更功利的城市，這樣白癡無果的愛情都讓我蒙羞。再後來看到她北上，任某IT公司老總，寫了本號稱「職場版士兵突擊」的小說正在熱播，嚇得我屁滾尿流，立馬刪了她的所有文檔，就此記憶封存。

春來野菜譜

春來的一大快事，是食野菜。農業社會時，還有採摘的樂趣：婦女平日皆是拘於一室，雜事拖累，甚少戶外活動，開春之際，頭面收拾整齊，出去踏青，掃墓，採野菜，都是閨閣生活中僅有的發光時刻。這個盛景，在周作人筆下有，看老先生的日記，上墳日誌裡，多記花木事。「山野間無花木可取，婦孺們多採摘紫雲英，小孩做花球，鮮紅可玩，婦人們則拿它的嫩莖做菜。」紫雲英是一種低賤的野菜，江浙的叫法叫「紅花郎」，鄉人不屑食用，常常採了它的莖葉做肥料，花開時頗可觀，如一片錦繡地毯。浙東的做法是用醃菜老鹵煮，味道據說如鮮嫩的豌豆苗。

紫雲英我沒有吃過，豌豆苗倒是常常吃的。這個「豌」字我們這裡讀「AN」的音。我奶奶是揚州江都人，嗜好這一口。初春的時候常常炒來吃，在飯店裡它的學名叫豆苗，油鹽爆炒即可盛盤上桌，鮮綠可愛，滿目春色。梁實秋喜歡吃芙蓉雞片，起鍋時配兩根豌豆苗，有配色和調味之妙用，似不是我們南方人的吃法。又有人說豌豆苗是詩經裡的「薇」，〈采薇〉大家都是記得的，「采薇采薇，薇亦作止。曰歸曰歸，歲亦莫止」、「昔我往矣，楊柳依依，今我來思，雨雪霏霏，行道遲遲，載饑載渴。我心傷悲，莫知我哀。」詩經的樸素，很重要的一點是因為，它的興賦都發源於日常物事，手頭之物，眼前可見的，可見「薇」是古代人常食的東西。

說到江南初春的野菜，不可不提蔞蒿（我們一般稱之為蘆蒿），這是南京八卦洲的特產，因其沒有任何種植技術，有沼地和灘塗的地方，隨手可植，如今已經各地普及。最早出現蔞蒿的典籍，當然還是《詩經》（說實話，我常常把詩經當植物志看）。〈漢廣〉裡的「言刈其蔞」，這個「蔞」就是「蔞蒿」，漢廣的漢是漢水，蒿是長在水邊的嘛。汪曾祺的《大淖記事》裡面，巧雲和十一子幽會的地方，就是一片蔞蒿地。「春初水暖，大淖上冒出很多紫紅的蘆芽和灰綠的蔞蒿，很快便一片翠綠了」——蔞蒿的生長期短，成熟以後要雇人來採，不然它很快就老了，去年雪災，八卦洲路被封，損失最大的是種蔞蒿的菜農。

關於蔞蒿的味道，汪老先生有具體的注釋「生長於水邊的野草，粗如筆管，有節，加肉炒食極清香，有如初漲春水。」蔞蒿的香氣很難形容，附之於文學化語言，就飄了，那種蒿類植物意興揚揚的清鮮氣味，只可意會。汪曾祺說的很明顯是野生蔞蒿，不是現在那種大棚出來的統貨。野生蔞蒿是紫紅灰綠的，香氣更盛，根系粗大，一臉桀驁神色。大棚蔞蒿，按車前子的說法「差不多就是一根綠色塑膠管」。蔞蒿一般爆炒，取其鮮嫩，葷素皆可，葷食加鹹肉，切絲就好了，好比二八少女偕白衣公子，肉片就太粗拙了，不配蔞蒿的嬌嫩，素食是配臭干，後者之異臭醜型，正好可以反襯前者的暗香清秀。上次武漢朋友過來，吃了蔞蒿以後，告訴我，他們那裡確實無此物，但是有一種叫黎蒿的東西，有點類似蔞蒿。

每次去鄉下上墳，必吃的還有馬蘭頭。紹興童謠曰「薺菜馬蘭頭，姐姐嫁在後門頭」，這是江南人家常食的野菜，我去田間挖過，長在田壟菜地邊角，好像也沒有人特地點播它，就那麼灰頭土臉，背天伏地地長著。挎個小竹籃，瞅準了，拿小鏟刀一挖即得。我媽慣用熱油爆炒，多放油，少撒糖，倒也清鮮，就是像被招安的山寨土匪一樣，比涼拌少了幾分野味。車前子那個比喻特好玩，「馬蘭頭讓我想起曹雪芹，窮歸窮，家裡還有三擔銅」。車前子的形容常常像禪宗公案，我的直解是，馬蘭頭的苦味可玩，並不單薄……我覺得車前子的比喻很切合馬蘭頭初食微澀，繼而在舌尖上漫渙開的回味，很溫柔的伏擊，不是韭菜那種暴虐直擊的烈香。

我喜歡吃的還有薺菜，清甜適口，「誰言荼苦，其甘如薺」，薺菜本身身材孱弱，口感又偏乾，不潤澤，多是做混合雙打選手中的一個，比如薺菜肉餡餃子，或餛飩，調劑一下渾濁的肉味。因其味甜，常給曲折隱晦的中國人拿來做表達的暗器，用以反襯心苦。王寶釧苦守寒窯十八年，春來在田野上幹活，頭插著薺菜花，彎腰挑薺菜，正逢夫君回家，這個鏡頭倒是蠻甜的。不過薺菜一開花就老了，口感全失，可見王寶釧的日子清苦。前兩天給外婆上墳，墳地附近的荒地廢墟上，看到星星點點的薺菜，因無人採摘，已經開了婉約的小白花，薺菜還可以拿來煮雞蛋，說是避邪明目。其實我想這些食野菜的風俗，撇除它故弄玄虛的語言外殼，其內核是有藥理基礎的，野菜多味苦，性涼，清火，春來天地復暖，日頭燥熱，內火重，野菜可以去火嘛。

有次去阿壩，天荒地寒，伙食清苦，晚來無事可做，步行出門打牙祭，烤羊肉肉質可疑，犛牛乾剛硬如石，倒是覓得一盤蕨菜炒牛肉，牛肉滑嫩，蕨菜有異香，頗難忘，館子裡吃的蕨菜，通常是臘肉炒的，這道菜，前期準備工作是重頭戲，一定要擇其嫩枝才行，不然粗噶難吃。這也是自古常食蔬鮮，「陟彼南山，言采其蕨」。呵呵，我個人最偏愛的野菜，是菊花腦，在餐館裡暴食葷腥之後，常常點一個菊葉湯去油膩，消食，我家附近是蔬果超市，與菜市場迥異，總是傍晚上鮮菜，帶皮皮散步之時，順路去採購一點菊花腦，粗葉稀，瀝水也少，回來略加摘撿，打個鴨蛋，用濃郁的葉香，逼退鴨蛋的腥氣，滴幾滴現磨麻油，有歲月靜好之味。

初夏的況味

初夏是個美好的季節，既沒有炎夏的燠熱，又無冬天的寒濕。瓜果紛紜上市，N同學的「紅黃論」——擔子上總是一個黃色水果搭一個紅的。比如荔枝與芒果比肩，櫻桃和枇杷鬥豔，而黃壤西瓜又對峙著紅心的。春末野菜下市，而初夏的菜蔬也算繽紛，絲瓜碧綠，莧菜嫣紅，荸薺煮排骨是平平教我的，風味不錯。

初夏的密林裡，陽光尚未肆虐，有時，我們會上山，看看小漿果們怎麼度夏，或是在靈谷寺頂，看夏陽怎麼把塔的影子拉得又尖又長。長裙短褲皆可，兩雙涼拖，處處如履平地。

初夏從端午開始，今年我琢磨著讓皮皮體會下傳統節日的儀式感，無奈四處尋不到香囊和小彩粽。說來也巧，正好有個杭州豆友寫了個手製香包的配方。就去藥店配來，我沉迷其中的那股子清苦的藥味，應該是得自蒼朮。後來愈發借題發揮，又去茶葉店找了人家嫌碎賤賣的菊花和陳皮末，配了個日用香包，放在書櫥和衣櫃裡，一是防蟲，二是添香。夏日是氣味特別熱鬧的季節。梔子五塊錢四把，可以放一個星期。艾草一塊錢兩把，懸在門上，蚊蟲不擾。小店門口的金銀花，又妖嬈起來，可以掐下煮著喝。

夏日說來喧囂，入夜還有當街喝涼啤的醉漢，看世界盃的球迷，但是到了淩晨，涼風驟起，樹葉歔歔響起。就覺得特別澄靜。一遍遍地聽老歌，〈海上花〉，〈不了情〉——無垠的黑夜裡我又想起你，往事像鮮花開遍原野。太陽一出，這些氤氳心思頓如晨露散。而且覺得不可思議。鄭怡翻唱〈海上花〉的時候，說它是一條幽深的峽谷。而峽谷，白日裡看，就是一股尋常的水。只有在心特別靜穆的時候，才能覺出它的靜流水深。

蚊香氣味一起，微風吊扇輕旋，馬上就有放假的錯覺，少時暑假的輕鬆解脫感，遺毒太深了。蚊香也味道各異——除蟲菊熱辣，艾草清香，薄荷宜人，紫羅蘭纏綿，今年特別愛用除蟲草香型的，有天晚上琢磨了半天蚊香，古人是怎麼驅蚊的？汪曾祺小說《歲寒三友》裡有個造鞭炮兼做蚊香的，配方是芒硝鋸末加鱔魚骨。突然明白為什麼周作人說蚊香熏蚊更熏人。夏日熱毒上身，古人的所謂各式應季禮儀，其實無不為了實用目的，艾草香囊加各種中藥，貼身佩戴，應該也有熏蚊的目的。

夏日還有我最喜歡的梅雨季節，冬衣洗曬完了，換季結束，雨季無事，正好可以休息一陣。前陣子看幸田露伴的《書齋閒話》，「可比民國的翻譯」，很滯澀，惟有打井瓷器幾篇尚可讀，有一篇甚好，是談四時讀書的。夏夜苦長，又奇熱難擋，正應讀清涼透氣的俳句。我的四季讀品是這樣的：冬夜苦寒寂寥，萬籟俱寂。人心容易沉溺，需要現世的體味，所以，於被窩裡讀舊俄小說，或十九世紀末寫實巨著。夏日一般讀精神化的，篇幅短的，隱世出塵有清揚之氣，一句話可以含在嘴裡半天，反復咀嚼的。少時一本叫《呢喃小語》的港臺美文選，各類植物志，《詩經》的各個析本，《空谷幽蘭》之類的隱士考。就這麼時間慢慢地過去，睡意漸漸生起，「夏日苦短，猶如竹節，竹節細密，頃刻天明」。

報秋

秋天是——風的幅度開始大了，掀起的裙角不是一點點了:)逆風走的時候，風裡裹著桂花香，有暖香撲面，哈哈，記憶裡一個溫軟的折角翻轉過來，這是糖炒栗子的香啊，可惜，現在的栗子好多是隔年的，為打重用糖精水泡了，味還在，味是糖精的甜俗，可是質感鬆絮了，吃在嘴裡木木的，讓人懷疑舌頭中了風:)剛談戀愛時，去看電影，栗子紙袋放在兩人座位中間，手指伸進熱乎乎的出爐栗子裡，無意中觸了對方手指，零星的溫熱，間雜在夾起栗子的渾圓觸感裡——到現在還記得。

最好的栗子在古書裡，《東京夢華錄》裡。載有李和家炒栗，以新荷葉裹了，繫上小紅索，裡面摻了麝香——說的都是外包裝的精緻，好像並未提及栗子本身的味道，然後不經意地，沉吟一下，說個故事給你聽——一個太守出外作官，有家鄉人帶了土產給他，遠遠地他聞著香氣，眼淚就簌簌掉下來了，「這就是李家的栗子啊」——最好的食物，都是超現實的——混著記憶的香，附著舊事的厚，古人最是這個閑筆蕩得好，既經濟文字，又清淡筆墨。

秋天是——我常常想像鄉村的秋天。一想就想到了俄羅斯的巡迴畫派:)花楸樹，大白楊，葉隙有明麗的秋天陽光，直接經驗匱乏如斯，丟臉啊丟臉。山裡的早秋，我倒是住過幾天，和朋友去江西，宿在山裡，谷地是陰濕的，牆上的黴斑像「瑪瑙染」，深深淺淺的，沒有自來水，是用半剖開的竹管引了水上山，早晨把找到的衣服都披上，才瑟瑟地跑出去，壯了膽子刷牙——漱口水是山泉呀，涼得直打哆嗦：）半夜聽到零星的雞叫，好半天才反應過來，呀，這就是「雞鳴起三更」嘛。山裡的秋夜真靜啊，有時「趴」地一聲，我就疑心是不是樹上的鳥睡著了，從棲身的地方掉下來了，先篡改一句詩來寫意一下：「深山有鳥落，幽人還未眠」，然後又覺得自己很傻：）樂和了下。

秋天是——古代的秋天是這樣的：太史把梧桐樹栽在殿下，到了立秋時，大喝一聲「秋來」，眾生肅穆，呵呵，就這麼著，禮成了。其間或許還飄飛一兩片梧桐葉，就更添意趣了：）城裡鄉間，婦女各個爭買花楸葉，剪了花樣，貼在鬢角，娛人娛己——古代的娛樂專案大概不多，家常日子裡總要人造點熱鬧，掀起點峰值情緒，哈哈，就好像冬至時皇帝「授衣」給百官一樣，雖不過是幾件棉袍子，應景應時序的物事罷了，其中卻漾著暖紅色的人情味。：）

秋天是——報秋的還有應時果子呀，水紅菱鮮豔水靈，開水汆一下就得出鍋。不然就真「水」了，像是二八少女，輕侮不得，不長稜角的是和尚菱，它圓頭圓腦，是個穿僧衣的小沙彌：）就像出家人一樣圓潤溫暾，與人為善，觸感融合，可是和尚菱的口味卻不近人，如木屑，寡淡有經書味，嗯，不喜歡。我最喜歡吃石榴，喜歡那種酸甜臨界的味道，好比「榴花照眼」，石榴的味道也很明豔。喜歡吃沙梨，它的水甜清潤，像秋水，這比喻真蠢，還有個更蠢的，西瓜的潤，就像是春水湯湯，很漫漶。

秋天是——怨詩的季節。古人有用桐葉傳書，書生在繡樓下走過，飄出桐葉——都題了詩了，承了水墨氣，應該不會是鏘然一葉落了吧？我是個無趣的人，專在這些無謂的細節上較真：）——書生檢視了葉子，上有豔詩一首，不然就是怨詩吧，左不過是這些，和紅葉傳詩一個套路的故事，有宮女題詩紅葉，然後順御溝的水流出宮外——結局都是千篇一律，寫詩和讀詩的人最後結合了，簡直是個超現實超邏輯的愛情奇蹟——紅葉的效果肯定比桐葉好，桐葉本身的氣質陽剛不說，就說它葉面那麼大，寫的詩肯定是長詩，不如紅葉寫的短句那樣，有留白的餘味，有舒卷的餘情。但是紅葉和桐葉都是秋天的物事，秋天天氣清長，萬物凋落，易生怨氣，所以是怨詩洶湧和傳播的季節。

冬日讀書

不曉得別人怎麼處理冬天夜讀的問題？我專指長江中下游地區。夏溽暑，冬酷寒。還沒有室內暖氣。看看朋友們，也是十八般武藝上陣。腳踏暖腳寶，身披嬰兒毯，懷揣熱水袋。去年，在網上看中了麥考林的小炕桌。哦，實物為一短腿木桌，可以放在被子上，攤電腦和書本於其上，還附有水杯座和小雜物抽屜。彼時我正好身懷六甲，大肚磬然，根本塞不進去。計劃就擱淺了。今年再去訂購，只有塑膠製品。本來線條就冷硬，再加上塑膠的清寒。望之就不可親。超市也有類似款型，無奈木工粗劣，吾所不取。

夜看古人書，突發奇想，在沒有空調和電暖器的古代。讀書人是怎麼辦的呢？唐宋之前，臥具尚未盛行。印刷術也未普及，書是一卷一卷的。讀書都是憑几翻閱。在名物新證裡，發現一款臥讀書架。形制類似於麥考林小桌。但不是放在被子上方，而是在一側。就是一個T字型的木架。上端可以把卷牖的兩端打開，固定，看完一卷，再換下一卷。免雙手展卷之累。妙極。不過，從「席」上，引頸扭頭讀書，長時間保持這個姿勢，也會脊椎僵硬吧。在西洋人的畫作裡，見過它的遠親，閱讀架。用來攤放一本精裝書。有次看《上海的風花雪月》，顏文梁的家裡，就有這個一個，不過久不使用，已經蒙塵。

突然想起前兩天看的陶淵明，他是江西人，歷代畫家都喜歡美化他的讀書場景。光是「歸去來兮」圖，就不止一幅。把陶同學畫得仙風道骨，神氣俱清。倚「養和」，焚沉香，左稚子，右嬌妻。養和是一種靠具。依松枝的天然紋理而截成，極具野趣。然而這只是圖像學意義上的閑趣。畫家喜歡這麼處理隱士而已。倪瓚那幅畫配置雷同。倪的乖戾氣是眾所周知的，傳聞他命童僕挑水，只取前擔，說後擔有異味。童僕想了半天，「哦，回來的路上，我放了個屁！」，第二天又說前擔是臭的，童僕說沒放啊，今天，「想起來了，小的有口臭！」遂命其每天帶口罩運水。我一想到這個人像驢子樣帶嚼子幹活，就笑得半死，比這個老傢夥讓僕人天天掃落葉，使書房外片葉皆無，那種陰森的潔癖，好玩多了。倪有錢也罷了，就說陶潛。看陶的飲酒詩，就知道，此人窮得敝廬漏風，衣不蔽體，「饑寒飽所經，披褐守長夜」，怕是凍得不成眠，才起來賦詩的。

宋人的「暖閣」，為我懷想不置。是在室內，用木格糊紙，隔離出一個小房間。到夏天可以自行拆去，所謂冬設夏除。很機動靈活。內置炭火，炭是精製過的煤，燃燒率高，煙火氣少。狹小的空間裡如此取暖，節能又高效。有一種暖閣，看得我快流口水，是竹子編制，束筠為籬。大概七尺見方，宋尺是三十三公分。也就四五平方大小吧。留一個小柴扉般的入口，裡面架書櫥若干，有榻。有几，有沉香。宋人喜歡私密的空間。又或許我有洞穴幽閉症？反正，我特別親近這種狹小密閉的自處。「獨坐閑無事，燒香賦小詩。」「衰眸頓清澈，不畏字如蟻。」這是陸遊的詩。晚年他疲於官場，歸隱田園，回到紹興老家，就常在一個僅能容膝的小暖閣裡，無事此靜坐，書中日月長。為什麼宋總讓我覺得是個老齡的年代。宋詩，比起唐詩的勃發，也顯得克制，沉靜，老氣相。也許正因為如此，才親宋吧。

明清之後，好像開始注意外景配置。文震亨那本《長物志》裡，連書房外種的花啊草啊，都規定好了，要什麼格高的，真是腐儒得要死。瑞香就不行，因為香味酷烈，沒品。桃花肯定也不行，格低，有風塵氣息。什麼最合適我忘記了，大概是梅蘭竹菊之類吧。真正有條件實踐他的風雅標準的，都是世家。比如張岱的梅花書屋。這個我原來寫過。記得是花開成海，牡丹和海棠？木本的，開起來自然架勢不弱。花影扶疏，映得綠紗櫥裡，人面皆綠。記得最清楚的是，這個書房是配臥榻的，可以午休。對面還有假山，神倦時可歇目。我草，這哪是貧士所能消費得起。「梧葉落，臘梅開，暖日映窗，紅爐鰟嶝。」哦，可見還是用爐火。他也是紹興人。

西門慶的書房很牛啊。光交椅就有六把。還有拔步床，我草。一點安然自守的靜謐氣息都沒有。梭羅怎麼說的，椅子兩把就嫌多了。算了，本來人家也不是讀書人嘛。架子床，其實也是一個不錯的蝸居地。「人生百年，所歷之時，晝居其半，夜居其半，日間所處之地，或堂或廡，或舟或車，總無一定之在，而夜間所處，則止有一床。」這種生活熱度，一看就是李漁。他的架子床，是供梅花，置小几，美妾環繞，紅袖添香的。民國小說裡也有這種床，蘇青和張愛玲都寫過。蘇寫她怎麼會壞牙齒呢，因為祖母老給她吃糖。就是在這種老式架子床上。一老一少，搶零嘴吃。在蘇的喧鬧世情裡，這是很溫馨的場面，我一直記得。張愛玲寫〈金鎖記〉，那個癱瘓在床的丈夫，瀕死的肉身，把周圍所有的活人氣，都撲滅了。他吃喝拉撒都不離那張床。那床本是極慘烈的獻祭之地，可是我一看就心嚮往之。要是冬天窩在這種床上。帷帳一拉，零食，雜書，筆記本一攤開，自成小天地。爽死。

泡圖書館的好日子

最早去圖書館，是十年前，那時去得最頻繁的，是金陵圖書館。金圖位於鬧市，南臨夫子廟，北接珠江路。我坐十一路車到雞鳴寺下，穿成賢街，春來滿街槐影成陣，初夏頭茬梔子飄香，又臨近東大，滿目都是各地小吃，民族風的服飾店，並散落著幾家舊書店。一路望野眼，淘舊版書，再去金圖借幾本西方小說，很自得的一天。有一陣我上班的地方在網巾市，午休也是帶瓶礦泉水，去閱覽室讀書，寫點懶散的小文。

彼時，金圖的服務，配置，包括書目更新，都遠比南京圖書館要年輕化。在南圖辦證，補證，都手續繁瑣，甚至工作人員都有濃重的國營體制味，懶散沉滯。現在南圖開了新館，廣廈高樓，甚是氣派，連帶軟體也更新了——都是清一色的眉目清新的小姑娘。夏陽灼熱，無處可去，圖書館倒是個好去處。周末晨起，見是個薄雲天，騎車去，或是下午寶寶睡午覺了，就搭三十一路車到大行宮北站，看兩個小時書，再回家，接著做家事。

去圖書館不見得為了做學問——南圖的一樓，近來人頭湧湧，不知是假期已至還是跑來避暑，橫七豎八歪著倒著的，男女老少都有，有次還見到一個嘟嘟囔囔的瘋子，接待小姐對領導說「你看，他今天不願意看報紙了」，領導無奈「唉！那就給他看畫冊吧」——南圖的服務真是人性化了！二樓文學部，林立的書架上良莠不齊，落地窗邊有散置的桌椅，很多人挑一堆書，靜靜閱讀，讀累了就趴在桌上打瞌睡，還有人私語，親吻，帶著筆記本聊天。我布裙涼拖，索性席地而坐。像遊牧民族逐水草而居一樣，隨著閱讀進度，遷徙到不同的書架邊。

我每次都是刷卡進館，但並不外借，而是當堂閱讀，我喜歡穿行在滿滿的書架裡，聞騎馬釘微妙的鏽味，我喜歡看書脊上的名字，有些是我的精神導師，伴我長大，有些是我的文友，我親見她們嬉笑怒罵，有些是千年前的峨冠古人，但他們的心思，我都懂得。我翻閱唐代服飾，看陳寅恪暢談「青衫」，想起他穿一件小白布褂，在臨時充作書桌的衣箱邊夾腿攥書，他是在汗濕白褂的時候寫的「青衫」麼？看周佩紅寫博物館之旅，記起小時候在雜誌上看她論名畫的篇章，一篇篇剪貼下來。看老車的舊書，因為偏愛他，連他前妻我都愛上了，燕華君的散文集，我放在車前子系列的右首，想了下，又讓它們分居了。

我是這樣的一個女子，懼怕一切尖利之物，輕微的人際摩擦都讓我生痛，沒有強韌的神經和鬥志，在硝煙彌漫的人事競技中，總是落敗，沒有很多錢去滋養物欲，極其匱乏安全感，一旦愛上一個人，會緊張得徹夜難眠，被種種自來的恐懼沒頂吞噬。常對N同學說，別說男人，就是朋友，只一兩個深交也罷了，朋友就像植物，時時需要光照澆灌除蟲，我的心力不足以維持叢生的深度關係。所以，圖書館對我是個好地方。

戀戀舊書

去吃中飯，順路繞道三源買書。這家店是琅嬛倒閉以後，離我家最近的一家舊書店。門臉不大，十幾平米的樣子。也是現在流行的書店經營模式，八折新書，半價舊版書，加上三折盜版書混合出售。今天的驚喜，是那套上海譯文的《發現之旅》系列在打三折，這套書可能是版權成本的緣故，定價偏高，基本都是三十五以上，我過去都是在南圖借閱。

我自小愛書成癡。但是大量藏書還是在兩千年以後，也就是舊書店大規模興起的時代。去年夏天做過一次專訪，和復興書店的老闆娘談起兩千年左右的舊書店潮，大家都很興奮。復興書店的發展史，是個典型個例。復興最早是朝天宮書市的一個攤位，老闆夫婦都是安徽人。嘗試做書只是經商的一個轉向。老闆娘說當時一天賣幾十塊都很滿足，後來在三牌樓有了門店，〇三年轉戰青島路。正逢兩千年舊書業興起，大量過期正版書流入市場，他們也就跟風了一把。

那些舊書店都到哪裡去了呢？兩千年的我，欣喜異常，每隔三五天直奔夫子廟一次。那麼多我想看的書，都三折兩折地賣，瞬間可以占為己有，求知若渴的年代，胃口大得出奇，前陣子我說要送N一套宗教史，N很吃驚，說你還看這個？我汗顏。其實我有整套的斯坦尼（Constantin Stanislavski）（電影出版社倒閉時在先鋒三折買的，幾乎沒看），建築史（看不懂），有次我發現自己還有本《死亡形而上學本體論導引》，這名字啥意思啊？這麼多年我都沒弄懂，上面居然還勾畫得密密麻麻。

淘書，逛小商品市場，自得其樂，在沒有網路，豆瓣和朋友的年代，我並不孤苦。夫子廟的舊書店，全是未經改造的老房子，樓上洗手間的穢水，滴落在我的頭髮裡，臭不可聞，陰濕的空氣，銹蝕了舊書的騎馬釘。老闆攤開鋼絲床，兩元一本的小書裡，我淘到過陳丹燕給她女兒寫的童話書，三十多本一套的林語堂，我跑了好幾次才悉數運回家。也是在這堆破爛裡，我第一次讀到麥兜，《屎撈人》讓我笑出了聲。前陣子和N去城南，特地跑到健康路，在僅剩的一家書香齋，淘了本《野菜博錄》，N說，天！居然還有羅斯金（John Ruskin），這可是藝術史必讀的啊。它灰頭土臉地埋沒在書堆裡，左邊是《求醫不用問人》，右邊是《家庭養花》。

我漫長荒蕪，寸草不生的青春期啊，就是在這麼一點點，像螞蟻搬家一樣，從書店的庫存，變成我書架的藏品，再消化成我腦子裡的精神養分之間，過去了。我埋首其中，沒有戀愛，沒有豔遇，不知有漢，無論魏晉。米拉總是笑話我，說「你平靜得真蒼白」。那種暗湧的狂喜和快樂，大概只有同道中人，才明白，也是在那次採訪中，我還遇見了一些重量級的書癡，像薛老師那樣的，和書同住還不夠，還專門租了房子來放書。

復興的老闆娘說，賣書還是以生意之道為上。真正的讀書人多半迂腐，不能靈活應對市場，舊書店又都是現款結帳，不能有資金積壓，必須迅速流通周轉，這就要靠進貨人對業務的嫻熟，對行業的資訊更新能力了。有時，以為好賣的書反而滯銷。百忙之中，她也看《中國版本文化業書活字本》這樣的版本書，還有《舊書資訊報》，從中尋找進書的靈感。

賣書的樂趣，不僅僅是盈利，更有一種知遇感，復興剛開張時，還是荒僻之地，偶有老師閒逛而至，被超低價的書驚呆了，遂一傳十，十傳百，口口相傳，人氣高漲，老闆娘回想起折價書最早的暢銷勝景，懷想不置。常常有人開了車來買幾大包的書，回去存儲起來，做精神食糧，有次，幾個蘇州老師，淩晨就到南京了，在店門口敲門，老闆趕緊起床做生意。一點都不怠慢生客。洞庭的湯老闆說，常常見到一身襤褸，料及出手不會闊綽的寒酸老人，一下手就讓自己嚇一跳，全是最有投資潛力的書。就像武俠小說裡的掃地僧人一樣，最貌不驚人的，往往是高人。這樣的人，老闆也器重。

那些舊書店，曾經餵哺過很多讀書人的恩物，它們到哪裡去了？鼓樓的幾家，過去常去淘古書的，關張了。還有我家門口的琅嬛。它是一個地下書店。像個大商城。書量之大，品類之全，初見時把我駭住了。它大概把好幾個出版社的歷年庫存都搜羅來了，我在裡面買到過米切爾傳記，米羅的畫冊，春風文藝好幾年的布老虎系列，為了看完當時還沒有單行本的《夏日一九八六》，我買了四本連載它的布老虎。也是因為它的投資太大，周轉不利，數年後就倒閉了，臨近關門之際，我看見他們拋售。書都是三兩塊錢地賣，店員臉色漠然地為顧客捆紮。前兩天看見門簾掀開，已經淪為車庫了，書們不見蹤影，只有幾個工人在洗車。潦倒而終，這是大多數舊書店的收場。

我媽和書

我媽今年六十三，是個樸實憨厚的主婦，家務之餘，偶爾會翻翻我的書。朋友寄來的書，有時我還沒來得及閱畢，就給她老人家捷足先登了，她告訴我，最近有兩本書，她看完了，覺得很好，一本是《布魯克林有棵樹》，另外一本是賴同學給我寄的台版書──《不用讀完一本書》。我從不評論沒看過的書，但是我相信，一本連婦孺都樂在其中的書，一定是淺顯，質樸，感人的。

早晨皮皮調皮，坐在小床上，閑極無聊就撕書，一頁頁地，撕木木阿姨給她買的小熊毛毛畫冊，我媽看見了，盛怒之下，狠狠地打了她的手心，然後當著她的面，把書一張張地粘貼好了。皮皮抽噎著睡著了。我媽的頭髮在晨光裡泛著白光。

我媽初中畢業，沒啥文化，但是她非常愛惜書本。家裡我用過的課本，翻過的畫冊，甚至宣家宣傳手冊，她都一本本摞好，收拾整齊，教育部改過好幾次大綱，畫冊上的明星都已經結婚生子，那些書早就資訊落伍，成為遺跡了，她還不忍丟棄。這裡面，有種無知階層對書的，近於宗教情緒的敬意。這些日子，我認識了一些書店經營者，他們都不是科班出身，基本是農村的，對書籍的熱愛，源於農閒時翻弄的連環畫。可是他們卻營養了無數的讀書人。古人尊崇文化，有字跡的紙張都要集中焚毀，我媽對書的盲信和膜拜裡，就有這種古意。

我媽出身小資本家，少時受到家庭出身連累，八歲就下鄉，一直到十二歲才回城上學，她一輩子都頭腦簡單，非常稚齒，大概就是入學太遲，心智發育滯後。初中畢業她去建設兵團插隊，返城後結婚生子，後來我爸上電大，她專心做家務，照顧我（她覺得上大學是件神聖的事，哪怕是電大，其實我爹大多數時間都在約同學搓麻）。我還記得小時候買書是多麼理直氣壯，就是在前面翻著翻著，看順眼了，就一摞取走，反正我媽會老老實實地跟在後面付錢，其實她自己非常儉省，連眼鏡都捨不得配新的，活活把視力都累及了，到現在，只能趁天光做飯，一到天黑就幾乎靠手摸。

夜深時，清點自己的沒心沒肺，幾欲落淚。我時常覺得自己是一條河流，青春正盛時，又窄又深，愛恨嶙峋對峙的兩岸，日夜被洶湧的感情席捲波動，求安不得。待年歲漸長，慢慢接近出海口，日益平緩和開闊，學會把途經的一切險惡的人事，都化為營養的水滴。我媽和我老公一樣，他們都不明白我心底的波瀾，看不懂我筆底的波瀾，至於鱗紋更是無視。但是卻日出而作，日落而息，孜孜不倦地照耀著我，讓我對人世的信心，始終沒有被凍結。

世界上最幸福的事，就是做一個巨蟹媽媽的女兒。我一想到我媽有天會辭世，我從此煢煢，就非常惶恐。後來屈指算了下，好歹那時我也五十多了，估計也離死不遠了。那天和高教社的何大姐吃飯，她說起自己的女兒，簡直有種戀愛般的癡著和狂熱，她說她女兒畢業時對工作地點的唯一要求，就是靠近媽媽。我說你是巨蟹吧？她說是啊，我女兒是天蠍。從此我就開始不厭其煩地騷擾我的每個巨蟹女友，讓他們生天蠍女兒。

時光慢遊

隱藏了豆瓣的博客公開頁面，是漸漸覺得，自己越來越慢，不值得別人浪費那麼多注意力。有時去豆瓣溜達，蜂擁的新面孔，而他們說的話題，我都很陌生。憤青的荷爾蒙浮沫，話癆狂的八卦噴濺，到處都是言語的碎片，而我得不到營養。那句話怎麼說的，在資訊的海洋裡，我卻時時感到饑渴欲死。

而我賴以棲息的，始終是書本。書是什麼呢？車前子有次去揚州，看作坊裡，手工製版刻書。油墨，宣紙，鬃帚，兩個白髮老人，埋首勞作。我一直牢記這個畫面。它時時提醒我，書是一種成於耐心的東西。我在書本裡想尋覓的，是一顆安靜生動的心。

書裡有那麼多有趣的人事：幸田露伴描述日本人打井，為了防止地下水經地表回滲，必須在鑽頭前裹粘土，這樣井壁就會被粘土密封。還有一個漢學家描述絲綢產業和清代經濟環境的互動，來月經的女人不允許接近蠶房，這是為了保持意象的潔淨，河童手繪了川端康成寫《雪國》的房間，每次侍者敲門，和他同居的歌女就得逃進一個小隔間。那個圖上還畫了個俏皮的小箭頭，我笑死了。

而網路流傳的那些。什麼鳳姐露點，貼眉毛，某某雞姦了某某——抱歉，這既非求知，又沒有審美快感，甚至不在我的幽默半徑裡，為什麼要花那麼多時間看這些？如果是市井趣聞，倒是不妨一看，然而又不是，只是無良媒體任意添油加醋。用重口味刺激觀眾而已。就像沈宏非描寫臺灣香腸：「一根盛放調料的通道。」

前陣子天涼，我去南博看展，免票的，就是一個漆器區，就癡癡看了一下午。展區是暗的，有人趨近就感應生光，像打開歷史的通道。有一個像痰盂一樣的高腳物事，製作精美，壺口嵌一條黑線，一線流光過去，整個圓熟的線條都被勾勒出來，美極了。我以為它是迷你花瓶。結果一看資料是渣鬥，渣鬥是什麼？就是放在桌子上供人吐魚刺的，也就是桌面垃圾筐。而它，被一顆靜靜的心，靈巧的手，做得那麼美。時隔千年，還深深地打動著觀者——因為它是生命的分泌物，又添加了時間的重量——一件雲錦的成衣，要半年。我看港臺專欄文，千字的，即寫即發。讀者和寫手都沒打算讓它「一文永流傳」。它們是閒暇中的精神零食，速食，無關生命。

我很羨慕慢悠悠的風景——街邊對弈的老者，一口一口品味美食的老饕。甚至我愛的人，都是慢性子。他們吃飯比我慢，看書比我慢，逛街都是我在前方焦灼地等待。而分開以後，每每想起他們，都是一些慢動作，讓我心疼，而我發現，他們記憶的網，都比我密實，能打撈更多的細節。慢人更有生命的質感吧。

生活記憶的文字氣質

你是我的玫瑰你是我的花：《奈波爾家書》

一九三二年，奈波爾出生在南美洲的英殖民地：千里達，印度人的聚居地，他是第三代印裔，對印度殘存的記憶是年節時，父母洗手焚香的那一刻，和祖父母交談時，一些印度語的碎片。他不是繁茂的根系上衍生出來的一個枝節，一朵花，完全不是，他受英式教育長大，在十八歲考取獎學金離開這個小島去牛津，飛機緩緩離地的時候，第一次看見他生於斯長於斯的小島之全貌，芭蕉樹的綠蔭，蔽翼在簡陋的小鐵皮房子上方，裹著沙龍的蟻民四處攢動，碌碌地

奔走。那一刻，他決定把與印度相關的一切都從記憶中篩除掉，他要去經歷最大密度的生活，獲得一切與作家這個頭銜相配的生活經驗。

僅僅是兩個小時後，印度人的因數就在他體內發作了，他發現自己無法吃下飛機上提供的食物，在旅館裡，他循著香氣找到媽媽留在他手袋裡的一串香蕉，幾乎流淚地把它吃下去，這以後的若干年，他都在盡力把自己體內的印度因數，殖民因數打敗。不久他發現，即使到了英國，他體內仍殘存著一個隔離帶，使他無法滲透，或者別人也是，他自己的周圍，全是和他一樣的殖民後裔，他們來到英國，要重新學習一切，學習吃飯，學習打招呼，學習在打完招呼的十五分鐘內不能再打一次，學習背身關門，溫和地改造自己，甚至改造自己的背景（他把自己塑造成一個印度革命家的孫子），這是失根生活的唯一一個良性後果吧。

他試圖去寫，寫他不熟悉的英式生活，寫他的旅行，寫與他擬想中的格調相配的一切東西，他發現自己的筆是澀的，他在隔著一個結霜的玻璃窗，去描摹一棵樹的細節，這是多麼可笑而無功的事情。直到有一天，他隨口吟出了一句「每天早晨，海特起床後，便騎在他家陽臺上，朝對面喊道『有什麼新鮮事麼？博加特？』」他摩挲著這個句子的鮮活節奏，捕捉著熟悉的情節，海特，博加特，大腳，勞拉……數月的時間，他的印度背景在他體內蘇醒過來，並被複製，《米格爾街》是奈波爾最成功的一本短篇小說集。

以上這些文字是我在看《抵達之謎》和《畢斯沃斯先生的房子》*的時候，為奈波爾做的一點筆記，自制的作家一向是這樣：在自傳體小說裡，比在自傳裡更能舒展自我，像清水裡漂開的大襯衫似的，但是當時，我還是有些模糊地帶，存疑的地方，比如奈波爾的父親，出生於農家，半生都倚仗妻子的娘家為生，他在報社的工作是很臨時性的，並不足以糊口，他帶著一家人寄居在孩子的外婆家，仰人鼻息，備受小舅子和連襟們的欺侮，甚至有一次，奈波爾親見他爸爸被這些惡俗的勢力小人群毆，可以說處境困窘，那麼到底是什麼，讓這個被眾人踩在腳下，視若微塵的男人，還能被他的孩子平視，敬慕呢？而且，這可不是個一般的孩子，這個孩子敏感，偏激，生來一身的傲骨，十七歲的時候，他就從好幾千人中脫穎而出，考取了牛津的獎學金。到底是什麼呢？

也許只有像我這樣對混血質的殖民地作家這麼感興趣的人，才會看《父子家書》吧，書如我預期，並不很好看，家書家書，不可能看到斐然的文采，指點江山的激昂，和八卦誹聞什麼的，它只有絮絮的家務事，往來帳單，因為這個爸爸太窮了，只能靠向政府借貸才能供他的幾個孩子讀書，他連養一盆蘭花都要三思，得了病都捨不得花錢買藥，卻一定要讓他的女兒們帶著學歷證書和薪水出嫁——他受了一輩子寄人籬下的屈辱，他能做的，只能慘然地笑笑，轉過身去，用自己面積有限的脊背去給孩子們擋住淒風苦雨，唇槍舌劍。他唯一的寄託，就是自己對文字的愛，雖然他一輩子都是一個不得志的小記者，可是至死他都沒有放棄過。我想，這種不屈的鬥志，才使他贏得孩子們的尊重。

家書裡除了父子，還有母和女，細細辨別的話，能看出細微的表情差異——文字表情。奈波爾寫給爸爸的信，是兩個成年男人，同為文字工作者並肩探討文字理想，交流文字技術的硬朗，寫給媽媽都是隻言片語，溫軟的，談點家族瑣事，甚至帶點呵哄的語氣，有點大男人主義的保護傾向，只報喜不報憂，寫給姐姐的信，到底是同齡人，不那麼遮掩了，態度激越得多，骨子裡精英意識的銳角穿刺出來，他已經把自己從舊日的殖民地背景裡扯下來了，自認是一個沉靜，開闊的牛津人了，且看他看似抽離實乃淩駕的視角——姐姐在印度上學，他逕直警告她「印度人都是賊種」，全然淡忘自己也是個印度後裔，談起舅舅家的孩子，毫不避諱，「那些蠢豬」。在《畢斯沃斯先生的房子》裡那個出於敘述者的職業道德，隱退在第三人稱，全知視角的孩子，原來，對著那些欺負他爸爸的舅舅們，是滿懷義憤的。

很多糾結的地方，攻守失據處：身體想念著印度食物，做一個純正牛津人的意念卻強迫自己吃慣下午茶，最大密度的生活，又渴望印度禪宗裡那種寧靜無為的從容，對異族女子的好奇和渴念，又覺得媽媽叮嚀的同宗通婚未嘗不可……種族文化的衝突，讓自己溶解在異族文化裡的努力，對根系既厭棄又不捨的徘徊去意——兒子的信很粗略，爸爸的信很細緻和平靜。他吸納了所有的屈辱，所以，他最引以為傲的孩子，他的玫瑰，他的花，根本就無暇寫信，他滿

*台灣譯作《米格爾大街》與《畢斯華斯先生的房子》，遠流出版。

懷鬥志，要戰勝自己的出身，戰勝自己灰暗的前途，完成爸爸的未酬壯志。他在高速運轉的工作，發展自己的文學事業，打開自己的生活格局，他就是為此而生的，他收集一切與作家生活相配的生活經驗，嘗試與作家身份相配的生活方式。爸爸是沒有點燃的燈，所以，他一定要最大效率地去吸熱和發光。

在書信裡，就像我們常常在男人們之間看到的那樣：沒有直白的抒情，他不說，可是他的身體卻記得。爸爸的這朵玫瑰，有著和他一樣的語速，口音，步態，甚至躺在床上吸菸時身體擺放的角度，當他得了失眠症的時候，爸爸從千里達為他寄來《超越焦慮》，看到這裡我笑得半死，我突然想起來，奈波爾記錄他的初夜，愛已做完，他卻逕直奔向圖書館，看看性手冊上，正常的勃起時間應該是多長，這種凡事都要參照抽象標準，信任書本，處處在抽象層面上求解的習慣，原來是遺自其父啊。

再後來，再後來我發現自己在流淚，在午後陰霾的速食店裡，在喧騰的人聲裡，在鴨血粉絲的茴香氣味和牛肉拉麵的蒸汽裡，我居然很沒出息地在流淚。我不知道為什麼，這些父子間的絮絮叨叨，讓我想起我的媽媽，我想起她那雙手，那雙曾經拉過提琴的手，那個在沒有窗戶的閣樓裡都能放聲高歌的開朗女孩，三十年後，再也不敢在人前伸出她的手，也不敢拿它去摸小孩子的臉，因為那雙手，做了太多的家務，被洗滌劑，洗衣粉水，浸蝕得全是皺紋和皴皮。可是她沒有怨言，所有的媽媽都是最偉大的，爸爸也是。

一九五三年，奈波爾的爸爸在西印度港去世，死於操勞過度和沒有及時求醫。死之前他的孩子們幫他取了個外號叫「英國人」，因為他的長子，他的牛津玫瑰，寫信給他說一掙了錢，就會接他去英國，每次別人用這個外號喊他時，他都裝出氣惱的樣子，然後甜蜜地應答著——他死於一個月後。

村上的魔羯氣質，及他的長跑

人的體能和他的智慧模式，往往有奇怪的契合。作家和哲學家熱愛的健身方式，基本上都是散步，長跑，或是旅行。這些運動的共同點是：一，單槍匹馬，不需要對手。二，全程密閉，在身體保持勻速運作的時候，更能信馬由韁地思考。就像村上春樹在隨筆裡寫的那樣，種種思緒像不成形的雲絮一樣飄過，雲朵穿過天空，而天空留存——這句話，在我看來是有禪意的。也就是說，他就是為了獲得雲朵之後的天空，才跑步的，這個天空，就是自制的，小巧玲瓏的空白。

村上是個摩羯座男人，這是個堅忍，低溫，而又超強耐力的星座，長跑作為村上的生存隱喻，真他媽太匹配了。首先它完全以自我為座標，沒有競技性，村上自二十歲離開學校，最早是開酒吧，後來是旅居異國，自由寫作，根本沒有過紀律生活，他缺乏和人群的協調性，和任何人一較高下，都不是他的興趣所在。長跑是以自身為參照物，與自己的體力，意志，懈怠為敵。其次長跑以耐力勝，村上的寫作，自二十九始，至今已三十年——村上的長跑並不隨性，像大多數魔羯，他也屬於計劃性的工作狂，高價的平衡牌慢跑鞋，耿直地抓緊地面，細細畫好訓練曲線圖，在參賽前一周，讓自己度過疲勞極限，達到最高峰值，絕不讓肉體過於委屈，那樣會把儲備的體力本利全蝕。

魔羯的工作熱情，有濃濃的自律，淡淡的自虐，他們天生就是要與安逸與滯重的惰性為敵，一定要在消耗中才能得到快感。村上寫到一次跑完馬拉松後的情景：「我終於坐在了地面上，用毛巾擦汗，盡興地喝水。解開跑鞋的鞋帶，在周遭一片蒼茫暮色中，精心地做腳腕舒展運動……這是一個人的喜悅。體內那仿佛牢固的結扣的東西，正在一點點解開。」如同寫完長篇，擱筆，輕吐一口氣。呼。他一點點地拉長體能的極限，四十二公里標準馬拉松，一百公里超級馬拉松，超越之後，興味轉淡，開始挑戰更為艱巨的鐵人三項，同樣地，到六十歲了，他還興致勃勃地期待著自己的下一步小說。

這套高效率，低能耗的長跑理念，可以全盤對位這個魔羯座男人的創作觀。每天上午，在腦力最明晰的清晨，寫下洗淨的字句，午休，寫點小隨筆健腦，晚上喝酒消遣，給大腦做放鬆活動，像健美操的收梢處，不讓腦力過於透支，也和跑步一樣，文思和身體一樣，會有「文字憔悴」，一旦想像力和支撐它的體力之間的平衡瓦解，作者哪怕用類似餘熱的技巧，繼續把作品的邊緣打磨漂亮，也只能日暮途窮。

按說小說無非寫實派和現代派，但是村上的作品常感覺比較臨界，既不像真的，也不像假的。其實跑步是個絕妙的隱喻，就像他沿河慢跑，觀摩湖面的解凍的冰稜，金髮姑娘揚起的辮稍一樣，村上作品的真實感，來源於情節的律動和自顧自前行，而它的虛假，得自它與人世的疏離。比如《世界盡頭與冷酷仙境》*中，大雪紛飛中的圖書館，又比如《挪威的森林》裡，渡邊去找直子，聽爵士，自種蔬食的療養院。

魔羯總是有種隱忍的小溫柔——有句話快把我看哭了，他寫自己每每受了非難，就去跑步，心裡苦痛多一分，就多跑一里，物理性地丈量一下人的局限性。《重慶森林》裡，金城武說：「失戀以後我開始練習跑步，把所有淚水都揮發成汗水。」——很難想像村上或金城武去打撞球，或是扣籃緩解創痛，那種內心深處的鹹苦，只能在無人處，一點點厚顏舔舐，再緩釋。

所以，《少女小漁》裡，與她合謀騙綠卡的老男，問她有什麼愛好，她會說，I walk, because I have no money to do anything else——她卻從不拖欠老男的房租，老男最終被小漁喚醒良知，幡然新生。嚴歌苓說給主角起小漁這個名字，是為了紀念人魚的獻祭精神，我相信她並非妄言。《少女小漁》的MV裡，小漁穿著江偉的大夾克，倔強地牽起一絲嘴角，唱著「我在春天走來，你在秋天說要分開……想要問你敢不敢，像我這樣為愛癡狂。」她在海邊走著，唱著，小小的，單薄的身影漸行漸遠。

近半年來，每每傷心欲絕的時候，我就穿了白跑鞋，下樓去夜市溜達，買久久鴨脖的麻辣肫腸，和絕味，千里香眾品牌不同，久久的花椒比例特重，不僅辣，而且麻，辣只是刺激味蕾，麻簡直可以電擊毛孔，幾口囫圇下去，全身一哆嗦，腸胃微微痙攣一下，眼淚就順理成章地下來了——我們可能是類似的內心質地，敏於思，訥於言，只能把傷害扭製成另外一種形狀的物事，跑步，走路，都是我們的容器。

*台灣譯作《世界末日與冷酷異境》，時報出版。

黑白氣質

有些城市是以黑白色塊，在我的記憶庫中成像的，比如帕慕克（Ferit Orhan Pamuk）筆下的伊斯坦堡，奧茲筆下的耶路撒冷，安東尼奧尼的費拉拉，托爾斯泰的聖彼得堡，某出版社的《日常中國》之六十年代那卷。帕慕克出生於五二年，正好是鄂圖曼帝國徹底瓦解的時分，經濟蕭條，民心惶惶，陰影滲入孩童的記憶，他最難忘的童年印跡，就是伊斯坦堡的「黑白之霧」，博斯普魯斯海邊的村落，颳風的雨夜，海鷗築巢的清真寺屋頂，穿道袍的學童，冬夜的泥雪，煤煙，灰白低飛的群鴨，報紙上是屢屢不絕的兇殺案，政治陰謀，篡權，流放，貴族們紛紛逃亡，他們留下的木頭房子年久失修，半朽的木頭是黑色的，慢慢這個孩子開始沉溺於陰影，一回家就拉上窗簾，做白日夢。成年後寫回憶錄，他也在強調「觀看黑白影像的城市，透過晦暗的歷史觀看它，帝國終結的憂傷，面對不治之症必須忍受的老式貧困，認命的態度滋養了伊斯坦堡的內視靈魂。」

黑白自古就是中國的「孝色」，在陵墓，墳崗這種地方是常用色，它生來具有壓抑，肅穆，追憶，收斂的氣質。所以毫不奇怪，奧茲筆下，剛剛經歷過中東戰爭的耶路撒冷，百廢待建的時代，也是黑白的。外匯不足，內憂煩擾，以色列在廢墟上重建，地下室的入口堵著沙袋，日常用水是清晨排隊恭候的，豬肉要憑票供應，罕見的花園，是從遠處運來的土壤堆建。房子都是為了抵禦沙漠溫差而建的，不管一開始是什麼色系，最後都變成灰撲撲，久了，也就沒有了抵抗的心。「人們的唇齒間，都含著沙土，最後大家不再熱愛交談。」多少為以色列復國計劃鼓舞動心，激昂歸國報效的教授，學者，最後只能到大街上擺小攤，因為大學裡的學生都沒有教授人數多。一顆被老歐洲情調蠱惑，渴慕色彩，嚮往精緻物質生活的心，比如像奧茲媽媽那樣的，必然忍受不了黑白的壓抑，最後只能走向滅亡。

黑白是禁欲的顏色。新婦穿紅裙，寡婦只能著黑，修女都是穿黑衣帶白袍，《雪山飛狐》裡袁紫衣的名字，其實是暗暗契合了「緇衣」，她性冷難近，後來她果然出家了。《日常中國》六〇年代那卷中的實景，我常聽我媽說起。綠軍褲是高級時裝，彩色翻領都是小資情調，只能怯怯地翻出一角，在藍海洋裡也算是奪目的小浪花了。大家普遍穿著藍與黑的中山裝，瑟瑟前行。那年頭只剩下黑白灰綠，人們都像被鞭子抽傻的狗一樣，緘默不語，只求自保，顏色也是專制的一部分，而且比暴虐的政行，更能摧殘一個人的生活。我特能理解我媽和我婆婆的裙子情結，她們二位老人家到冬天都穿著褲襪著呢子裙，其實這就是封閉年代，被壓抑過度的欲望的反彈。

和我同時代的人，應該記得教科書上何為的一篇文，〈第二次考試〉，說是一個女孩子去應考音樂系，穿著綠上衣，像一棵挺拔的小樹，大家紛紛驚豔著。彼時我年幼，很詫異，後來才想起這篇文寫於一九五六年，那時一件綠衣可能是極先鋒前衛的穿著了，想想張愛玲繁華褪盡，穿件藍旗袍開會都被人瞠目呢。《愛，是不能忘記的》的故事裡，女孩子的一連串禍事，都是起於一件緊身手織紅毛衣，它直白地勾勒出她發育中的身體線條，引發了男女之事！專制的年代，往往人們的衣著也非常晦暗，漢代都是緇衣，清代的錦繡華服，是罩在藍黑大袍裡的。再看唐代的衣服，那個解恨啊，袒胸露肩，繡花嵌珠，簡直都奔著發情去的。

《雲上的日子》在費拉拉拍攝，那是一個義大利小城，石頭建築密集，佈滿了洛可可式的細節。自始至終，這個男人和女人都沒有肉體的短兵相接，雖然他未娶，她未嫁，彼此都以抽象的忠貞酬答對方的愛。這個故事是黑白色調的，低溫，精神化，沒有肉欲的暖意。《辛德勒名單》中的黑白就凜冽得多，那是隆冬的殺氣，唯一的生機是小女孩手中的紅氣球。

聖彼得堡處於高寒地帶，一到秋天，十月份初雪剛落，便開始天地異色，只剩下黑白景觀。雲很低，水面結著藍色的冰凍，滿地的雪泥。人們開始不得不靠喝酒來禦寒的漫長冬季開始了，那是一個作家只能蝸居奮筆疾書，懶人越睡越軟，酒鬼越喝越多的季節。所以很能理解，為什麼普希金，愛倫堡，奧斯特洛夫（Nikolai Ostrovsky），柴可夫斯基都出在聖彼得堡，而那裡的教堂都是濃豔逼人，色彩鮮豔得像糖果，簡直是童話裡才有的精美，那是彩色和黑白在鬥嘴，給自己的心境一抹亮色。就像沙漠裡的居民，都愛穿大花衣服，其實也是一種反抗。

亦舒筆下的男女，都愛穿黑白二色，《喜寶》裡，勾搭她的家明說，「原來這個世界上真有只穿白色的女人，還穿得那麼好看」（他自己只穿黑白灰），可惜這兩個雅人，都是費盡心機攀上豪門的野心家。喜寶絕非俗物，從她對顏色的嗜好上就能看出，白色是何等的驕矜！又顯胖，又不耐髒，非要軟硬體都很出眾的女人，才可以壓得住，勖存堅疊懂得投其所好，給她的金屋，也只是藍白二色，英國式的田園風範，少即是多，暴發戶才會急著堆砌顯擺。亦舒最懂得格調二字了，反之，《曾經深愛過》裡，被拋棄的男人出去尋歡，遇見一個妓女「你為什麼愛穿黑？」「耐髒啊，客人的手再怎麼摸也沒事」——他自己的老婆也最愛穿黑色，可是都沒有妓女的率性，連隻言片語也沒留下，就離家出走，永不回轉了。可見黑和白，是安全的格調，也是危險的心機，是矜口的高貴，也是污穢的同謀。

小碎花

去相熟的店家買衣服，閒聊起來，才知道自己一直嗜好的著裝風格，叫做「冷運動」。幾個定位的關鍵字是：素色，無花飾，直身線條擔綱，蕾絲，花邊，蝴蝶結，絨飾這些甜美的調味糖塊，一概皆無。哈哈，一杯素茶了這麼多年，近日突然對碎花興致猛漲。逛街的時候，視線總是流連於那些粉粉嫩嫩的色系，蔓蔓枝枝的花紋圖樣上。我對服裝見識不廣，印象中好像江南布衣，播，淑女屋，佛羅倫，艾格的青春系列，比較喜歡做碎花的文章。但碎花真的很挑人，踩準溫婉穴位，穿出綠色田園感覺的人不多，大多數都是奔著村姑的路子去了。

在抽象層面上，比如讀書看電影時，我很關注衣飾。喜歡碎花的，記得最清楚的，是武漢的麥琪。寫文章的麥琪，無法在我腦海中塑出具體的樣貌，但是，聽聞她愛穿淑女屋，一下啟動了我的同步造型力。哈哈，肯定是個五官秀巧，身材纖柔的女孩子，淑女屋那種牌子，窄胸，收腰，領袖上全是花飾，帶著成長期青澀的植物氣味。最適合「瘦得只剩下一縷詩魂」的單薄身材。如果是三圍豐滿的女孩，根本就塞不進去。

我看臻生的博，因為我對她的衣櫥很有興趣。她皮膚白，眉目清新，有一點微甜的稚氣，像韓劇裡的女孩子。可是，她說是穿基本款比較多。倒是靠墊，小女紅啊，這些不上身的角落裡，我看到好多讓人心動的碎花。喜歡她家的客廳，滿滿的陽光，拖得很乾淨的原木地板，條紋棉布靠墊，釘了木扣子做眼睛的小布狗。

安妮寶貝也喜歡碎花，《八月未央》裡，她寫家門口的小店，女學生開的，她走進去，試一條多層次的碎花蕾絲裙。沒有女孩子能擋住碎花的纏綿氣息。但是她買下後，心裡想「我可能永遠都不會穿上它吧」。《素年錦時》的封面，她說她很喜歡，哈哈，那是折枝花卉。這個「錦」，是不是片刻的心性溫軟，小碎花心境呢。常日裡，還是素打扮吧。

為什麼愛碎花的人，文字裡都會有那樣的女性氣息。溫婉，戀物，窄窄的視野，呵手日常的體溫，關於電影，書，音樂的碎碎念。小小的，局部的精靈，沒有（也不想有）什麼系統的，硬朗的大視角。她們很少寫什麼嚴肅的大文章，只是心裡兀自開落著小小喜悲。

冬天，晝短夜長涼泊日。每年我都會找幾個老的長篇重溫一下。今年的計劃原是托爾斯泰。不知怎的，看著看著，我突然對老托有點不耐煩，就改看谷崎的《細雪》。我注意到，在四姐妹裡，雪子是鵝蛋臉，長挑身材，常年穿和服，上面是花草圖案，從不穿條紋西服。她的妹妹，開朗重實利的妙子，是穿洋裝的。與衣飾配套，雪子的性格，也最有日本趣味。雪子正如其名，纖塵不染。筷子要用熱水消毒，掉在乾淨的桌子上的食物也不吃。卻又如貞之助所說，「她的性格並不陰鬱，內心反倒有璀璨的一面。」這個璀璨，就是小碎花般的女人味。把侄女兒當成自己孩子一樣，帶著睡覺，教她鋼琴，一起撲螢火蟲，賞櫻花。

看畫冊，總是沉溺於連綿花朵圖案的，喜歡畫花的，莫內是一個，他那麼愛花，乾脆自己蓋了個花園，在上面架了日本橋，與它朝夕相伴。天女散花般，把上千種奇花異卉撒在園地上，任其爭奇鬥豔，用一個畫家的口味去配色，佈局，那真是一個視覺的盛宴。

我還買了各式各樣的花卉圖譜，淡彩的，素描的，有時候，一個晚上，就在分辨七姐妹花和薔薇的時間裡，過去了。我羨慕那個用一輩子時間來為花朵留影的園藝師，Basilius Besler？他有一顆多麼安靜舒張的心。

小時候看正大綜藝，記得有一個電影叫《風雨紅顏》，媽媽很辛苦地培養女兒畫畫，女兒卻執意要做服裝設計師。母女從此開始漫長時間的對峙。直到有一天，媽媽去看女兒第一場作品展，哇！模特的裙邊上，全是女兒手繪的花葉。才知道，女兒一直沒辜負她栽培的童子功。那是我記憶中最漂亮的裙子。

日劇和韓劇裡，把小碎花穿得明麗照眼的，太多了。我常把它們當活動時裝雜誌看。《花與愛麗斯》裡，愛麗斯穿小碎花和芭蕾舞裙，比花同學好看。可能因為她更纖巧靈秀，東方一點吧。可是，家裡種了好多小草花的那個，卻是花同學。愛麗斯的愛，是外向釋放的，花是內向收斂。花同學，像是一種折中路線的小碎花，就是在純色的冷調衣服上，怯怯地，翻出一點碎花的衣領或袖口什麼的。這個溫柔的邊角，細想之下，也是惹人愛憐的。

長褲

長褲對於女人，可以是一種最簡約的獨立宣言，比如喬治·桑（George Sand）。她是真正的混血氣質，不是指血統，而是指出身的落差，她媽媽是個隨軍妓女，而她爸爸是個男爵，她自幼在一個大莊園裡孤獨地長大，和尤瑟納爾一樣，因為沒有參照系，只好把自己活成了一個自轉的星系，她的稜角從來也沒有被打磨的機會，所以她根本用不著在人群裡製造個性凸現自己，作為彼時法國唯一一個養活自己，且順手養活情人的女人，穿長褲，馬甲，馬靴，抽菸斗，出沒文學沙龍，只是她幼年穿著騎馬裝，獨自涉水遠足的延伸線而已。

對於喬治·桑而言，長褲也是一種態勢，如果說她選擇用男名出入文壇，是為了贏得一種沒有被偏見污染的解讀，不至於讓讀者打開卷首就進入閱讀閨閣文學的閒散和惰性中，那穿長褲就是她在用身體語言說：「我，生而為我，是多麼愉悅的事情，我很享受這個，對我來說生活就是此時，這一刻，永遠是最好的，我只追隨自己的本性做事，散步，騎馬，穿男裝在田頭睡午覺，自由選擇情人，別想拿狹隘的女性行為路徑拘泥住我。」

這個當時法國唯一一個穿長褲的女人很幸運，生在一個新舊價值觀交接的年代，整個浪漫派陣營，都是她的精神後盾，所以，得罪主流審美觀，對她來說，只有娛樂的快感，而不必付出離群的慘重代價，如果早生一百年，她的叛逆激情會讓她被送進瘋人院，晚一百年，她難免不被草草塞到西蒙波娃的女權模式裡去，事實上喬治．桑的可愛處恰恰在於：她的熱力，既不是宗教情緒式的獻祭熱情，也不是女權分子式的兩性對抗，她就是一個女人的原始欲力和自由意志，她愛男人，也在享受他們的愛，到了六十歲她還在堅持洗冷水澡，只是為了讓身體保持最佳狀態，皮膚緊實，欲力充沛，好和那個比她小二十二歲的男人共用魚水之歡。她在愛能上，和她在物質上一樣慷慨大方，那種貌似清淡的碎碎的小喜歡，可滿足不了她的大胃口，「我被一口口地，斷斷續續地弄得筋疲力盡，我站立不住，多麼瘋狂的幸福。」哈哈，這就是兩百年前的婦解性愛日記。

有時，穿長褲的女人會愛上一個穿長裙的女人，比如麥卡勒斯對凱．安．波特。以上兩位女士都隸屬於美國南方作家群，這個文學團體，就像中國的江南作家群一樣，都是我的最愛，居移體，養移氣，文氣一樣是受地氣和血統影響的，他們的文字裡，都有分外纖細的神經末梢，陰濕的情緒流，暗影中出沒的情節，製造這些文字的南方派作家身上，也有相應的配置，凱．安．波特是老式的南方派淑女，這種女孩子在《飄》裡俯拾皆是。她們是骨架沉重，品質精良的老紅木家具：塵土飛揚的旅途中，頭髮也要梳得一絲不亂，戰火喧囂的太平洋艦隊上，也要用骨瓷杯喝咖啡，沉澱在骨子裡的世家修養，通身的貴族氣派，一舉手，一投足，都有傳統的重量，這個修養裡的一個預設值，就是女士一定要穿裙裝。

可是麥卡勒斯呢，上帝造她時肯定是分了心，造到半路就丟了手，既沒有給她配備女性的嫵媚身線，也沒有給她善於討好的甜美性格，她就是她筆下的弗蘭棋：「一切都得從弗蘭棋十二歲的那個夏天說起，這個夏天，她離群已久，她不屬於任何一個團體，她無所依附。」（《婚禮的成員》）只是開篇的一句話，洶湧的痛感撲面而來，如果你曾經是一個被群體排斥的孩子，如果你有一個被群體排斥的孩子，你就會明白。麥卡勒斯老是讓我想起《男孩不哭》裡那個女孩，孤絕，倨傲，中性，游離在人群的邊緣，想湊近人氣密集的地方取暖，不得，也不怒，只是扁起嘴角，幾絲自嘲，裝出一副不在乎地蕭然，因為沒有自憐的黏液來潤滑傷口，連痛都是生冷的乾痛，反正不能見容於主流審美，索性來點孩子氣的惡作劇，徹底走到對立面去自寵好了……麥卡勒斯也是一個終身穿男裝的女孩。她的奇裝異服是她隨身攜帶的小型舞臺，她自己是出入其中的唯一舞者，舞美，導演，和觀者。它讓她可以保護好自己的被疏離，安全地自戀著。

且不提反常的性向，就是穿長褲，衣衫邋遢，不修邊幅，就足以讓凱·安·波特徹底地厭棄麥卡勒斯了，想想郝思佳因為不帶陽傘就被黑媽媽訓斥的場景，老式淑女的教養，有時甚至是一種潔癖，對不諳此道的麥卡勒斯而言，則乾脆是一個屏障，南方淑女的外柔內剛，我們在《亂世佳人》裡見得多了，所以，當麥卡勒斯絮絮地敲著波特的房門而後者無動於衷時，基本吻合我的預想，可是以下的發展多少讓我有點吃驚：當波特以為麥卡勒斯已經知難而退而打開房門時，卻發現後者匍匐在門檻下準備爬進來，這時，她！居然！從後者身上目不斜視地跨過去了！我想在這場角逐中，穿長裙的，打敗了穿長褲的，因為，波特的理直氣壯是有一個階層的價值觀，對自己是個正常人的自得，佔領道德高地的優勢感，被這些內在力量支撐著的，麥卡勒斯有什麼？除了孩子氣的遺世獨立，暫且達到最高峰值，可以衝破理智堤壩的感情，一旦峰值回落，她會比任何人都尷尬，所以，如果說穿長褲的女人硬勢，那只是表象。

示弱和依人，是舊時女人最基本的兩個技術活，穿裙子操作起來一定比穿褲子方便，所以，赫本一定是穿裙裝的，而嘉寶肯定是穿褲裝的。赫本小時候被爸爸拋棄過，雖然有維多利亞式的淑女教養使她自制，既不多話也不濫情，但她骨子裡是個情緒化且沒有安全感的人，每次上臺演出前都瑟瑟如風中荷葉，也許這才是她最動人的地方，一種惹人愛憐的無助。嘉寶整個人大概都溶解進了她的角色「瑞典女王」中，硬朗，專權，獨立，自持，完全不介意外界的座標。

我有個姑母，從小當男孩養的，一輩子都沒穿過裙子，文革時去了新疆建設兵團，千里塞外，明月孤燈，耳鬢廝磨，青春期的萌動，眼前卻沒有合適的觸媒，結果戀上了同屋一個溫柔婉轉，纖柔弱質的女孩子，兩人好得如膠似漆，後來人家動用關係提前回城了，我這個姑媽也沒哭沒鬧，悶著頭給她準備了一籃子吃食，送人家回來的路上，就跳了馬車，後來我一直在想那個場景：漫天大雪，如絮如柳煙，疾弛的馬車，一個穿紅衣服的女孩子，內心決絕如鐵，眼裡凍結的殺氣……當然她沒死，她也胡亂嫁了個男人，借此回了城，女兒還在繈褓裡就離了婚，法庭上男方痛斥她「滾熱的熱水瓶啊，就那麼劈頭蓋臉地扔過來。」她慘澹地笑，並不否認，更沒提他在外面有人。我家裡人一直說男方齷齪誹謗她，我卻暗想她是做得出的，我這個姑母，愛恨都好走極端，沒有調和的中間路線，愛就是生死相隨的狂愛，恨就是欲置對方於死地而後快。我爸一直說我的烈性有點像她，我想到底是不同的，她是在刀鋒上赤足走過，知道那種淩虐痛感的人，是真正豁出自己，無所保留的人，我怎麼捨得……她再也沒有結過婚。

洗衣服

下午，爸媽去看牙，把孩子皮皮也帶去了，家裡有了驟然的，久違的靜謐。做點什麼好呢？洗了一條牛仔褲，這條褲子是我去年買的最貴的一件衣物，上面繡著花開富貴，珠片和墜珠。我怕洗衣機會絞壞，一直在等待一個好天氣，用肥皂和軟刷細細地手洗了，過清水，朗朗的陽光下晾出去。我們家在二樓，一樓是鄰居搭建的違章小屋，屋頂成了我家的曬衣場。晾完衣服，遠眺一下，爸爸說「七九八九，河邊插柳」，我仔細地看了，果然柳樹上面有點綠茸茸的，春意無所不在，連冬青這樣粗陋的樹，都長了苞芽。

我問N怎麼排解鬱結，她說失眠時，會想像一場抽象的謀殺，嘩啦，剁掉手，然後是腳，最後是頭，一想到整個人都不存在了，馬上覺得輕鬆，就沉沉睡去。我的習慣是：情緒低落，或是和老公吵架的時候，就去洗衣服。找出幾件髒衣服，大塊的檸檬皂，搓出很多香香的泡沫，一盆盆灰水倒出去，用竹竿把它們穿起來曬乾，心情就好了。

絕非賢良，而是類似於一種心理治療。嚴歌苓筆下的一個女人是燙衣服，平時總是積著很多衣服，到心情不好時一件件熨平，心情就轉晴了。可能慢條斯理的動作，像瑜伽，慢跑之類，會讓人心境舒緩平和。「心之憂矣，如匪浣衣」，心中憂患洗不淨，正如一堆髒衣服，隱隱的齟齬，貼皮貼肉，卻難以啟齒——這個比喻真絕。

讀《挪威的森林》最讓我唏噓的一段，不是直子的死，而是禮拜天的下午，渡邊給直子寫信，他說我平時已經旋緊了螺絲，用功讀書，而今天是周末，可以放鬆一下，我洗了衣服，餵了貓，還能給你寫寫信。渡邊的這顆意志螺絲，在直子生病的時候，還一直自勵奮發，他很想用自己的一點微光，照亮直子昏黑的心靈深處，一直到直子自殺，這顆螺絲徹底垮了。他在海邊走了幾個月，衣衫不整，渾身發臭。陳丹燕最讓我喜歡的一個比喻是「心情一下舒展了，像清水裡飄開的白襯衫」。這大概是一顆心最好的狀態，潔淨，潤澤，舒張，肆意。

生皮皮那年，因為孩子貼身衣服只能手洗，手面手掌全部洗粗了，有個見面的男孩後來短信給我：你那粗糙的媽媽手——寫字對我來說，也很像洗衣服，把那些不堪的，齷齪的，霧數的，都洗掉，粗礪的皮膚成為掌心的秘密，給別人看見的，總是一個收拾得整整齊齊，煥發的人，帶著陽光的氣味。

樹

很希望自己是一棵樹，守靜，向光，安然，敏感的神經末梢，觸著流雲和微風，竊竊地歡喜。腳下踩著最卑賤的泥，很塌實。還有，每一天都在隱秘成長。想做樹的人比比皆是：陳丹燕說她來世想做托斯卡納的一棵樹。長在全歐洲最醇美的陽光下，一個向陽的山坡上，她倒是滿會選地方的，當德國的天空開始陰霾密布，俄羅斯已經初雪飄揚的時候，義大利還是秋意盎然的。席慕容也想做一棵樹，那是為了對抗時間，可是樹其實也是會衰老的啊。黃山那棵不老松都死翹翹了，只好做了個假樹以慰遊客。

有人以情趣取樹。周作人最喜歡楊樹。楊樹葉大承風，被風輕拂時會淅瀝作響，「白楊多悲聲，蕭蕭愁煞人」。因此很多人厭棄它，比如《紅樓夢》裡的麝月。可是周作人喜歡它，也是因為同樣的原因。有客夜來，微語唏噓，楊樹時作細碎聲響，疑是雨下，推門出戶，別有情趣。我想這還是和心境有關的，焦灼的人比較怕碎聲，更添煩亂吧。他兄弟魯迅偏愛槐樹。此樹的陰影，豐滿，圓融，邊緣溫潤。是魯迅小說中高頻出現的敘事道具，他筆下的主人公，從酒樓中，病床上，目光炯炯地，或耿耿地，看著槐樹的葉隙，反芻一些細碎的悲歡。如果沒有槐樹，大概魯迅小說的意境要大打折扣。

有的人，愛把樹附會成某種精神圖騰。豐子愷愛柳樹，因為所有的樹都朝天而生，只有柳葉是下垂的。他喜其「謙卑不忘本」。再說他又是畫家，柳樹色彩明豔，姿態婀娜。很入畫。列賓（Ilya Repin）愛花楸樹應該是同理。有的樹，浸潤了回憶的香氣。汪曾祺最戀戀的，應該是小花園裡，那棵龍爪槐吧。這棵樹是他童年的樂土。常常抓了個鴨肫乾就爬上樹讀小說，看野史，這棵槐樹長得姿態流麗，遒曲適度，正好契合他的身體大小。樹植在小山坡上，有海拔優勢。汪借它可以偷窺毗鄰的尼姑庵，看禿頭小尼姑打水，念經，做日課什麼的。那篇〈受戒〉，是不是在「樹上的歲月」裡，就開始孕育了呢？

梁實秋寫過梨樹，那是植在他家老宅子裡的，花開時一片富麗，可是抗戰結束被砍掉了，大亂之後，人心惶惶，風聲鶴唳，戰戰兢兢。「梨」同「離」。大家一聽就怕。可見做樹也不是很安全的事，尤其是頂著個不祥的名號。但是也有很勇敢的樹，大江健三郎最喜歡在小說裡設置的意象，就是樹，樹對他而言，是承重的力量，是承上啟下的生命，是無畏的熱情，他老婆就叫「由加利」，呵呵，由加利是一種熱帶樹，不值錢，也不名貴，但是抗震，常用做枕木。看大江寫他們夫妻撫養弱智兒子的書，就覺得這對夫妻真有點枕木的韌性。

比較青春期的樹，是櫻花。四月的櫻花，顏色像初雪。櫻花是岩井電影中高頻出現的抒情道具——正如我們所知，這是一種開起來不留餘地的花，生得熱烈，死得壯烈，在日語裡，櫻花的寓意就是「殉青春」。而岩井俊二呢，正是個有「青春期鄉愁」，執迷於成長題材的導演。生來老相的是榕樹。樹皮疙瘩流秋，枝葉上垂髯縷縷，生長期長，成材緩慢，是很韜晦的樹。「榕樹下」是個網站的名字，據說在他們的辦公室裡，真的有一棵假樹。哈哈，努力壯大，事業長青，這個佈景是很積極的隱喻和暗示。

很深情的樹是交讓，日本民歌裡唱「在樹葉都變紅的時候，我才會忘記你」，這種樹是長綠小喬木，也就是長情，不變心。可是私心裡，好像還是偏愛會變色的樹，比如銀杏和楓樹．秋來之際，斑斕的層林盡染。沒辦法，這個世界上的人，都是愛壞蛋甚於愛悶蛋。比較敏感脆弱的樹，玉蘭，開的時候固然明麗宜人，經雨則狼籍滿地，不堪收拾。堅強的樹，是松柏吧。別說是經雨，就是經霜經雪經雷擊，它們永遠是青翠挺拔傲然的樣子。可是我真討厭它們那副喜怒不驚的泰然。神經遲鈍的樹。

樹可以是你的妻子，比如林逋的「梅妻鶴子」，樹也可以是你的孩子，夏多布里昂，一生酷愛植樹，他悉心地照料它們，除蟲，施肥，修剪枝葉。他給每棵樹都起了名字和暱稱，把它們當作自己的血脈支流，「死在它們身邊，我就瞑目了」。樹還可以是朋友。《芒果街上的小屋》*裡那個女孩，最好的朋友，就是窗外的四棵瘦樹，她每晚都對它喃喃述說心事，樹明白她的寂寞，我也明白。拉丁移民區屬於貧民地帶，所以種的樹，都是市政淘汰下來的劣質品種，這本書的很多旮旯裡，其實都是「處處潛酸辛」的。這個小女孩想：我要向這棵樹學習，雖然低賤，也要拼命地默默長大，自救救人。這是一棵希望之樹。

林懷民很像一棵活得很認真的樹。他的舞蹈裡，有的是不竭的細節，如果把一場演出比作是一棵參天大樹的話，他通常讓我們看到的，卻是枝枝葉葉細碎的搖曳。「滿天的枝葉正是樂趣所在，日常生活的一點一滴，都是智慧的結晶。一段家常的對話，一片雲，一個匆匆的背影，一首歌，蘊藏著某截時間裡最珍貴的記憶，串起來便成一生。」

歌手胡德夫是一棵動靜隨心的樹。他常常從工作中失蹤一小會兒，據說是去看樹了。他說看樹才是他的正職，唱歌反而在其次。他有樹的定力，靜氣，執於自我的生長節奏，哈哈，所以才能保證乾爽的個人風格不被滲透吧。淡淡的處世，濃濃的個性。蔡明亮同學，則是一棵舒展自如的樹。他說，「就當自己是一棵樹好了，反正也不會有什麼激進的發展，就是每天長點枝葉什麼的，我當然會一直地把電影拍下去。很多年後，你會看到我還在這裡，做類似的事情。」一棵獨樂樂的樹，活在自來的幸福裡，也不去功利性地苛求什麼，靜靜地打磨時光，在細節裡看清生命的肌理。等著時間告訴我們最後的答案。這是我想在心裡種的歡喜樹。

*台灣譯作《我家住在四〇〇六芒果街》，布波族出版。

茉莉

亂七八糟地看了幾本草木書。有些解惑了。之前一直不明白，為什麼在古書裡，有些花木是很少出場的。比如茉莉。現在知道了，原來，它不是中國的花。「茉莉原產印度、阿拉伯一帶，中心產區在波斯灣附近，現廣泛植栽於亞熱帶地區。也名沒利，末麗。」哦，難怪。之前我是養過一盆茉莉的，很便宜，才五塊錢，買菜時順便帶回來的。我是個植物白癡，只曉得晝夜澆水。現在，這盆茉莉的殘屍。還在我家閣樓陽臺上。淪為一盆雜草了。準備留著栽個蒜苗什麼的。後來看見書上說茉莉嗜肥土，所謂「清蘭花，濁茉莉」。要是早點埋點魚肚腸就好了。

茉莉長得小家碧玉，並不以色迷人，小說裡登場的茉莉，多是取香。朱文穎寫過一篇〈浮生〉，是翻寫芸娘和三白的故事。黃昏的時候，芸娘就會倚在窗邊，翹首盼賣了畫的三白歸家，一邊看對面的賣茉莉的老婆子在忙活，樹影映的人面皆綠。嗯，這是實景，滄浪亭附近，是有幾棵蒼莽大樹。而在明清年間，也確實有類似習俗。午後，有小販沿街叫賣茉莉花，主婦們買來串了花球，或用銅絲串結成飛鳥，魚等圖案。懸掛在碧紗櫥裡。茉莉在白天是含苞的，而到了夜來，則依次開放，平增香氛。李時珍《本草綱目》裡寫「其花皆夜開，芬香可愛。女人穿為首飾，或合面香。亦可熏茶，或蒸取液代薔薇水」。哈哈，還記得芸娘在荷花花芯裡放茶葉的段子麼，茉莉熏茶肯定也是家常事吧。不過，說起來，花茶都是北方人愛喝的，因為茶葉吸味敏感，保留不易，長途運輸中很容易變味，所以乾脆就熏成花茶了。南方人只喝綠茶。過去老北京的茶葉店賣茉莉雙薰，都是薰好的茶葉外，再撒幾朵新鮮茉莉花，大一點規模的茶葉店，店堂上就種著茉莉花。

在成都時，常和他們喝茉莉花茶。五塊錢一杯，用蓋碗喝，塵土彌漫的小路邊，大樹濃蔭下，老房子屋簷下，坐著一兩個穿短褂的閒人，哈哈，是茶攤主人，你要了花茶，先幫你用半杯水沏著，醒一下，最後用滾水沖開，不然，一開始就滿杯水的話，那花會給燙死。至於，那個碗蓋，是用來撇開花沫的，這些，都是Y說的。大家一邊喝茶，一邊有一搭沒一搭地說話，翻剛淘來的舊書，小J給我看他的薩羅特（Nathalie Sarraute），我不喜歡，他說你都沒有仔細逐行看，我說可是她的省略號太多了呀……很懷戀那個城市，和我的朋友們，還有我的茉莉花茶時光。

至於茉莉水的記載，李漁那裡有，他說希望女人都在沐浴後，塗抹一點香露，妙在似花非花，似露非露，似有似無之間。這個香露裡就包括茉莉水。這種花露，摻了油以後，就是頭油，晨起擦一點，可以保養頭髮的。還記得《紅樓夢》裡那幾個小姑娘為了頭油，和乾媽幹架的事麼？至於，「喜出望外平兒理妝」裡，用的是草茉莉的花粉。草茉莉就是我們平常說的紫茉莉，我們這裡叫做晚飯花，隨處可見的，紫的，黃的，白的，雜色的，繽紛爛漫。晨夕開放，餘時閉合，小時候我喜歡收集它的花籽，像小地雷似的，有時會抓到形態類似的西瓜蟲，嚇一跳。

插個閒話，剛才我在想，汪曾祺的《人間草木》裡，為什麼沒有寫到草茉莉呢，這是江淮常見的花種啊。後來突然想起來，他寫過，在《晚飯花集》的序裡。他說這種花很野，撒籽即活，無足珍貴，但是家常親切，平淡中孕育活潑的生命力。這點，和他的小說是相通的。啊，這正是它的親民可愛處。草茉莉結籽之後，狀如小赤豆，破開之後，裡面有細膩的白粉，拿它上妝，勻淨，潤澤，比鉛粉好。

再說回木本茉莉吧。它可以拿來釀酒，《金瓶梅》裡，眾妻妾聚餐，喝的就是茉莉花酒。這種花酒的釀製很詩情，是在裝滿白酒的瓶子裡，液體上方一寸處，懸掛茉莉花串，然後密封保存，隔月乃成，開瓶時香氣襲人。還可以做成茉莉香飲，方法是把一個塗了蜜的碗，倒扣在另外一個放了茉莉花的碗上，任由花香熏潤蜜汁，半天之後取下，沖服，就是一碗香冽的茉莉飲了。古人的生活，真的是很精緻的。

要是以花喻人的話，我倒覺得芸娘的氣質有點像茉莉，反正是一種白色香花吧，看上去無甚大姿色，骨子裡卻很精靈可人，靜心品玩，暗香自來。我這話，要放過去可不是什麼恭維，中國人最喜歡把什麼附加成精神圖騰，比如蘅蕪啊蘭花啊，就高級，屈原曹操搶著戴，而茉莉桃花都低級。基本規律是，越難伺候的，越高級。余懷的《板橋雜記》，說女人喜歡把茉莉簪頭上，茉莉「開於枕上，媚夜之妖葩」，所以，是妖草。簡直是欲加之罪。李漁算是客氣的了：「茉莉一花，單為助妝而設，其天生以媚婦人乎？」只是看作小女人氣，也罷了。

茉莉也是常用人名，說起來很怪，叫茉莉的人，都是很可愛，而且滿有主見的。還記得《阿拉丁》裡那個茉莉公主麼？一定要排除眾議為自己尋如意郎君，絕對不苟且一生。還有梁靜茹的英文名字就叫茉莉，想起她的〈美麗人生〉MV，一手執菸，一邊眺望田野遠景時的自在佻撻，很低調的自主獨立。

比較陰森的是馬爾克斯筆下的茉莉，他說「茉莉是種會走路的花」，他寫它附在鬼魂身上，凡著夜裡聞著它的氣味，就可以循著找到魂魄，太恐怖了。他好像是拉丁人裡比較喜歡茉莉的。小時候他家裡的庭院裡，種過這些。張愛的〈茉莉香片〉是苦的，正如其名，觸鼻香濃，茶菸迷離，只可惜嘗起來就是苦的。真要附會起來，我覺得茉莉的香，像暗戀，若有若無，似去還留，清淡致遠，不離左右，小時候常讀的一首席慕容，到現在還記得：

茉莉好像

沒有什麼季節
在日裡在夜裡
時時開著小朵的
清香的蓓蕾

想你
好像也沒有什麼分別
在日裡在夜裡
在每一個
恍惚的剎那間

關於藝術

你看，你看，文藝復興的臉

好像是莒哈絲在哪本書裡寫過，是《直布羅陀水手》？她寫道「汽車緩緩地攀爬上了高處，在山頂上，我們回望小城，夜色降臨，星星點起的燈火像是被打翻的星海」，這個意象一直儲備在我的審美經驗庫裡，我覺得讀書的快感正類於此，我們作為人，而不是一頭蒙著眼睛拉磨的驢，繞著一個固定的點，僵化的半徑生活，我們得以戰勝這個點和半徑，以及蒙眼布的武器之一就是書，這塊蒙眼布可能是一個男人，可能是一個家庭，可能是一份工作，它們匯流

成卑瑣的形而下生活，書，是明亮的島嶼，是回首燈火人家處的一個山頂。

最近我爬上的一個山頂是文藝復興，文藝復興的字面意思是古羅馬人文精神的復蘇，這個精神在漫長的中世紀被打斷過兩次，第一次是匈奴和日爾曼人的入侵，第二記狠狠的耳光是拜占庭藝術的淩虐，西元十四世紀的羅馬只餘下文化和物質的雙重廢墟：貴婦被擄掠，修女在賣淫，古宮殿的遺址上野草離離，農人吹著牧笛在放羊，甚至連政治意義上的義大利也不存在，只是分散的城幫，離亂，血光，陰晦的政治鬥爭，城池的得與失，真像中國的戰國。

所有的精神文明都是物質生產力推動的，為文藝復興買單的就是富有的美第奇家族式的君主，當他們的商隊越過了阿爾卑斯山，他們的商船橫跨過黑海，經過無數的算計，投資，貸款，他們口袋裡的錢，多的足以漫出來，多到在買完了政府，議院，妓院之後，尚有餘額，他們就去找個米開朗基羅或提香來，把過剩的金錢幻化成教堂的一幅濕壁畫，議院的一個廊柱，讓金幣凝露成文化的芬芳。

亂世不僅出英雄和佳人，而且出天才，這種天才長滿了文藝復興的節節寸寸，天才在拉丁文裡的意思就是「心裡被神靈激勵的人」，安潔利扣修士就是這樣的一個人，他不僅被神靈激勵，他差不多就是和他的宗教幻象生活在一起，他在一個小修道院的密室裡修行了一輩子，安潔利扣並不是他的本名，只是暗喻他是「天使般可愛的人」，他的住處，也真是個天使棲居的地方，全歐洲最好的陽光，像玻璃杯底的蜂蜜水一樣，甜甜香香的，修行密室的木頭小窗子，像嬰孩的耳朵眼一樣小而深邃，推開那扇小窗子，安潔利扣修士，仰起他金髮下，有點孤寒的，長長的刀把臉，就可以看到太陽像金針一樣在空中飛來飛去，樓下是溫柔的灰綠色草地，四季不敗的花草，他是個多麼幸福的人呵，被他的宗教熱情滋養著，在他心裡，上帝，聖母，都是活潑潑，和他生活在一起的家人，他大隱隱於心，在文藝復興喧囂的技術革新吶喊中，守著一顆安安靜靜的心，孤身走他的中古路線。

他曾經受教於羅倫佐，但是並沒有掌握好透視技術和解剖學原理，技巧上的軟弱，使他筆下的聖母像，像是一個蒼白的扁平切片，或是天堂裡長出來的無土栽培花朵，全無一點泥土氣，完全沒有文藝復興後期人物像的肌理堅實，血氣充沛，和逼人的體積感。也正是技巧上的軟肋，讓他筆下的聖母，成為最有神性的聖母。據傳從來沒有人成功的激怒過安潔利扣，他差不多是個活體版的天使，我也不相信有人能激怒他筆下那些神遊方外的聖母。

與他相反的是里皮修士，他對世俗生活的熱情遠遠大於一個遠距離的上帝，領導把他關在房間裡畫畫，結果他難耐欲火，把床單割開，編成攀索，從窗子裡爬出去泡妞：）可能正因為他旺盛的原欲，他對女性的身體有一種直白的熱愛和理解力，因而他筆下的聖母是最有女人味的，眼睛裡溫熱的笑意，嘴角微微漾開的笑紋，這些常規甜味劑他都不屑使用，可是那純淨的甜意，全溶解在她低垂的眉睫，弓起的唇角，合十的手勢，起伏的衣紋裡，一點渣滓都沒有，他是你家隔壁的糖加工廠，你看不見一星糖霜，可是空氣都是甜的。

達文西，文藝復興的全能選手之一，他的興趣面，幾乎賽過了最廣角的相機鏡頭，他整天在街市遊蕩，記錄男女老幼的面部表情，動植物的運動與器官，田野裡麥波的潮起，天空中飛鳥拍翅的動作，山脈的環蝕與起伏，天地間風雷的湧動，他對萬物都有興趣，以至於最耐心的手也無法跟上他狂奔的思路，畫家只是他多稜身份中的一稜，他還精於物理學，天文學，化學，解剖學，他體內的清潔理性即使沒有打敗他的宗教情緒，至少也沖淡了後者，他的宗教畫中沒有其他畫家筆下常見的懷揣敬畏，哦，對了，還要補充一點，這個廣角鏡頭的注意力缺口，他唯一不感興趣的東西，是……女人。看看，從女人那裡節省下來的注意力，就可以成就一個全能大師。

他是個私生子，在母愛缺席的冷場中長大，與繼母的惡劣關係強化了他先天反常的性向，他對女人的理解，看蒙娜麗莎就知道了，她眼睛裡閃閃發光的灼目神情，與其說是善意，莫若說是狡黠，她的眼睛太聰明了，似乎從裡面伸出手來，把對面的男人愛慕她的心思，都像大橘子一樣放在手心上掂量把玩。還是看達文西的聖母像，感覺比較安全一點，他筆下的聖母是最家常的，〈班瓦聖母〉，好像剛從廚房裡出來，身上還帶著煙火氣，油光水滑的大腦門沾染著油哈氣，微禿的淡金色眉睫有點過日子的疲塌，嘴角掛著吃力的紅笑，窗戶開著，這笑被吹冷了，風乾了，還在笑，她的兒子將來是要救世的，還好她沒被這飛來的重任和幸福砸暈了，她只是很馴良的良家婦女，不管怎樣的命運，她都會卑順的與它和解——她笑了七百年。

拉斐爾筆下的聖母，臉盤子小而精美，是一個淺淺的容器，裡面裝著熱帶水果的甜而微醺——插個閒話，常常有人問我為什麼沒有笑的照片，我的回答很無奈：因為我是圓臉啊，笑起來臉會變短，更顯得無腦。要是男人就會做不解狀：圓臉好看呀，比較甜美嘛。發現很多男人都是圓臉擁護者，可能圓臉比較乖甜相。反觀長臉比較苦味和孤寒相，老了血肉鬆弛以後更是，但卻比較清峻，有種骨骼清奇的知性美，波提切利（Sandro Botticelli）的聖母都是優雅纖柔的長臉，拉斐爾的聖母卻都是幸福而祥和的圓臉。

他是個御用畫家的兒子，自幼生長在公爵府，他經驗中的女人就是宮廷貴婦，他把她們提純複製在他的聖母像裡，她們長著尖翹的小鼻子，那鼻子是用來聞花香，酒香，甜點香的，她們也有心事，不外乎是點奢侈的閑愁，社交場上的杯水風波，她們嘴角甜甜的，那是剛吃過奶油櫻桃，被情人深吻過的甜蜜，然而她們仍然有一種母性的舵樣氣質——拉斐爾自幼失母，這些貴婦對他還是母愛的代償，他長的漂亮，從來都是貴婦的寵兒。

有時我疑心文藝復興精神就是一種優美的均衡律，這種走平衡木的高手在文藝復興裡俯拾皆是：文藝復興之父佩脫拉克，愛上了薩德公爵夫人，他為她寫了兩百零七首摧心肝的血淚情詩，她海水般明亮的眼睛，火焰般灼熱的發色，溶解在起伏的詩句裡，在地中海流域廣為流傳，可是據傳他連她的小手都沒摸過，而他自己卻縱情酒色，十幾歲時他就生了兩個私生子；薄伽丘，愛上了一個外號叫做小火焰的蕩婦，他為她寫了長達九千九百四十八行的情詩，這也沒耽誤他給另外一些更小的火焰寫了好幾百首情詩，他對前者的愛情批發，一點不影響他對後者的零售事業。灼熱的縱欲，絕塵的精神之愛並行著，婉妙的調和，溫柔的妥協，異質的對比和共生，層次紛紜的雜質之美，這是我理解的文藝復興精神。

與酒色生活同時，無垢的精神之愛又備受推崇，波提切利亦是個生活放浪的人，然而他渾濁的動物欲全沉溺在生活流裡，一點也沒有攪渾他在畫中對女人純淨的敬意，最美的聖母我覺得就是在他筆下：他筆下的女人都長著沉甸甸的乳和臀，開闊的骨盆，蓄滿了勃發的生育力，然而她們地母式的豐盈身材上長出的，卻是一張乾淨絕塵的處女臉，一看就是在蠟燭光下安靜長大的臉，完全沒有被電燈光催熟過的，光潔的月眉，纖柔的五官，象牙色的柔膚，欣欣垂散的金髮，在裙邊和背景上大朵大朵綻放的金色藤蔓纏枝花紋，都是當時翡冷翠貴族的口味。波提切尼本人輕視抽象理論，也許連他自己也不知道，他畫中漫溢的奢華，寧靜，明亮的享樂主義，欲望的繁茂與回春，就是真正的文藝復興的人本精神。

我愛夏卡爾

真是意外所得，在先鋒的特價區，淘到這本《我的生活》。夏卡爾的傳記，找了那麼久的，得來全不費功夫，還有書票送列！其實此君的文采，真是蠻貧瘠的，像是時下的網路文學，骨血單薄的樣子，一句一句，平行累加疊成，小小的碎步，沒有縱深。他的故事不好看，他也不是個能在文字中為自己的心事找到出口的人，感謝主，由此他只好另闢幽徑——成了個畫家。

但他常常有片刻出彩的時候：到底是畫家，視覺化語言運用的行雲流水，隨手拾得的就是「爸爸喝醉後的臉，糅合了磚紅和粉紅，折合成淡淡的酡色」，要麼就是「先生的臉呈赭石色，被蠟燭光映襯的分外明媚」，呵呵，遍地都是這種一小片，一小片的畫意。他還頗有詩情，三兩步敘事之後，就接上個抒情小跳，偏偏我最討厭這種不老實的詩化回憶錄，其實，他的畫裡有相同質地的東西，就是讓人微眩的，夢遊般沒有邏輯的超現實景物，但是他的畫，我倒不討厭。

我真想有個朝南的落地窗啊，我要找一面迎光的牆，就是早晨最初被旭日照亮的那面，我要在上面掛滿夏卡爾。他的色彩，那樣奢侈的狂歡氣息，我希望我的孩子，在這樣明亮的詩情中長大，他們，才配得上嬰孩乾淨的眼睛。算了，也許一幅就夠了，畢竟顏色太熱鬧喧嘩了，我想掛那幅〈孕婦〉，穿黃裙子的孕婦，身上撒滿了斑斕的光斑，一看就是能把過冬衣服都曬的香香甜甜的好陽光，肚子裡裝著一個胖寶寶，腳下是維台普斯克的農宅，鬆糕鞋般的小木頭房子，憨實笨拙，一看就是過日子的樣子，讓人安心，還有一隻在散步的笑面牛。

我喜歡他對生活的積極性，還有一點孩子氣的幻象：他筆下的魚是長著雙翅的，他的母雞是會淩空飛行的，他的牛是拉小提琴的。所以也只有他，可以去給拉封丹的動物寓言畫插圖。而一個人的成長經歷必然會影響到他的視角，夏卡爾曾經做過畫招牌的油漆工，所以他的畫有廣告化的裝飾性，及其帶來的直接作用於感官的愉悅感，看他的畫時，只覺得地面的景物，逼近了，更逼近了，然後我就有那種低飛和俯衝般的微眩，接著我就趕緊閉上眼睛，一點點的反芻他那些長著雙翅的魚，淩空飛行的母雞，拉小提琴的牛。

他是個貧苦的農家孩子，爸爸是個賣魚的小工。魚鱗的銀光勾勒出他的身型，魚腥的惡臭代言他的體味，「他弓著腰，用一雙粗手翻弄著冰凍的肺魚，他的老闆，像個標本一樣立在爸爸身邊，又肥又大」。這段話幾乎把我讀哭，夏卡爾的身體裡，怎麼都還封存一顆柔軟的小孩子的心呢？帶著小孩子的英雄主義。爸爸是「弓腰」「粗手」，老闆則是「又肥又大」，這個力量對比也太明顯了嘛，他憐惜爸爸的弱勢。雖然爸爸常常把被欺侮的苦怨，撒向更弱勢的孩子，他在他們耽睡的床前舉起皮鞭，給他們零用錢的時候撒得遍地都是，帶著施捨的倨傲，可是在這個孩子眼裡，爸爸始終是那個傍晚帶著一身魚臭，寒氣和星光回家的漢子。他時時對他們施以暴力的粗手裡，有時也會托著糕點和糖果，那一天，就是孩子的節日。他只想記得這個，不要怨氣，不要仇視，不要暗礁，把記憶中的寒意都過濾掉吧。

重讀這本書（過去那個是借來的畫傳版），才讀出了這個孩子的敏感，纖細和易折。小時候，他去外公家度假，外公是個屠夫，每天都要殺牛和羊，每次下手之前，外公就會對牛羊做一點思想疏通工作，「把你的蹄子伸出來，現在該殺你了，來吧，來吧，這就是你的命運啊」，牛羊們就會流著眼淚，伸出一條腿，引頸受死。夏卡爾抱著牛羊的脖子，也哭了，他也無力扭轉他們的死局，他能做的，就是不吃他們的肉，可是這筆感情債，陰鬱的內疚，一直盤旋在他的心裡，長大以後，他用畫筆為它們超度，他畫了好多笑面牛，咧嘴羊，它們拉著小提琴，環著手，圍著篝火跳舞。他們很快樂。

他的妻子，蓓拉，出身名門，兩人背景落差極大——夏卡爾的爹是賣魚的，蓓拉的爹是開珠寶店的，蹀躞閃耀的首飾，超出了夏卡爾的視覺經驗：「我只在夢幻主義的畫中，才見過這樣輝煌的陣勢。我們家呢，呵呵，我們的餐桌和菜肴，像極了夏爾丹（Jean-Baptiste-Siméon Chardin）的靜物畫」——人人都知道，夏爾丹是平民生活場景的視覺調查員。蓓拉的全家人，和她展開車輪戰，他們輪班說服她，取消這荒唐的婚約，她不置可否，只是逐日的，一早一晚，把她家裡的魚，肉，甜點，及她自己的甜美愛情，和肉體，帶來滋養我們的畫家。他只要打開他的窗戶，就可以看見，樹林，綠草，月亮掛在林間，馬留在農田裡，豬留在圈裡，一切都在它該安居的所在，蓓拉，帶著藍色的夏夜空氣，鮮花，和田野的氣味，朝他款款行來。……他們並不說很多的情話……夏卡爾的衣扣再也扣不上了。而她，穿著她的白衣服，或是黑衣服，在他的畫裡，飛來飛去，日益輕盈。

薔薇刑

一直以來，我都想說說這個女人。卻沒有足夠的安全感支撐我前行，我所說的安全感是指：你抵達某個事情的真相，然後滯留在那裡。很多人把她寫成傷花怒放，或是如鐵紅顏，但是這兩個詞，在我看來，都太單向了，不足以覆蓋她。她是個被痛苦翻耕過的女人，因而層次豐富，雜質紛紜，即便是我愛著她，我也無法忽視她的雜質：她極度自戀，兼有自虐傾向，酗酒，同性戀，菸不離手，會用好幾國語言罵「婊子養的」。

一般畫評家都把她歸作超現實畫派，這個畫派的大多數作品我都不喜歡。我常常被這些畫中盤旋的那些大大小小的假敘事，那些附著了太多意義和語境的象徵物弄的審美疲勞。這些畫作有太濃的虛構味和思考的苦味，而我看畫的時候總是習慣性的想找一個支撐物，在弗里達·卡洛的畫中我倒是找到了這個實物，這就是她的臉。她自戀，在自己的屋子裡懸掛了大大小小的鏡子，攬鏡自照，畫了二十多年的自畫像，這些自畫像基本可以視為一部視覺自傳，她將她的生活留給自己，也告訴別人。

成年以後她畫過一幅畫叫做〈我的出生〉，說實話我沒有看過如此漫溢著屍味的出生，產床上的母親奮力地拱起雙腿，嬰兒在血光中沖出產道，可是那母親的上半身卻蓋著屍布，儼然氣絕。弗里達的大多數畫作都是喧嘩熱鬧的，熱帶植物色系的歌劇，這幅畫卻是散場的死寂。事實上她確實是在母愛缺席的冷寂中長大。母親生下她之後由於身體的緣故，不能恪盡母職，哺乳，餵養，照顧等工作都是由一個奶媽代勞的，母親對弗里達而言不過是個活在雲端上的遠距離女人。

六歲時她染了腿疾，活動力受限，這使她的想像力反向地發達起來，她成了一個有臆想氣質的女孩。久臥病榻，沒有玩伴，她就趁家人不在的時候，對著玻璃哈一口氣，然後引那個虛擬的朋友進來。事後她用手塗掉了那個門，跑到院子裡的雪松樹下大哭了一場，因為「驚奇於得到如此之大的幸福」。病癒後她回到學校，卻遭到同學們的敵視和排斥，自尊心受挫之後的代償心理吧，我想，她開始有異常旺盛的表現欲，終其一生，她都致力於引人注目。

十四歲的時候她上了預科學校，她的雙性氣質開始萌芽：她穿男裝，留男孩的髮型，背著男式大書包，裡面裝著蝴蝶和植物標本。直到有一天她遇見了里維拉（Diego Rivera）——那就好像是什麼人錯手撞開了天亮的開關，她的女性心理一下被照亮。她躲在暗處看他畫畫，偷走他的午餐，在他經過的路上撒肥皂水——她試圖用孩子氣的惡作劇引起他的注意。她的最高理想由「做一個醫生」修正為「為這個醜胖子生個孩子」。

十八歲時她遭遇一場幾乎致命的車禍，她幾乎被碾成了碎片——脊椎，鎖骨，盆骨全斷了。一根鋼管刺穿了她的盆腔，在餘生的二十九年裡，她先後做過三十多次補救手術，並因此終生喪失生育能力。久臥病榻，為打發時日，她開始畫她的第一幅自畫像。那幅畫像是酒紅色調的，接近邊緣的紅，再走過一點就是深淵的黑，畫面掠過一點暗金質的光，連帶著畫中人物的絕望感也變成暗金質地的，在絕處又滋生出一些希望的微光。這幅自畫像讓我想起細江英公為三島由紀夫拍的那張拈花微笑的照片，三島長著那麼一副有暴力傾向的臉孔，而他玩於掌中的那朵薔薇花又是開到盡頭的，非常疲倦的花瓣。兩者間的質感對比，讓這張照片有一種悍然的痛感。三島後來將這幅照片命名為〈薔薇刑〉，這個名字我想是暗喻著美的蒙難，美的不可抵達與無法信任。弗里達的自畫像和三島的照片，對我而言，是一種共通的審美經驗。

二十一歲時她重遇里維拉，兩人的戀情迅速升溫。二十二歲，弗里達借了家中印地安女僕的一件背心，罩在她的西班牙洋裝上，嫁給了這個年齡是她的一倍而體重是她三倍的男人。這個男人結過兩次婚，有三個孩子，是當時墨西哥最負盛名的畫家，她是他生命中的一個華美的細節，而他，幾乎覆蓋了她的全部。這種不均衡處處可見：他站在腳手架上畫長達一百多英尺的巨幅壁畫，取材寬泛，從古阿茲特克文明史畫到近代的墨西哥獨立革命，她把畫架懸在胸前，用幼細的貂毛筆，畫了二十年的自畫像，畫幅通常不超過一英尺。但是他的風格還是滲透到她的畫風中去了，她也開始用木質感的線條，寬廣的，帶有民間風格的原色。

作為新婦的那個弗里達是我最喜歡的。她放下畫筆，頭上包著農婦的頭巾，用整個上午的時間採買洗摘，備了午飯，然後放在籃子裡，上面蓋著繡花手絹，手絹上繡著「我愛你」，用繩子吊上去給在腳手架上工作的里維拉。就像畫畫一樣，她在生活中的視角也如此之窄，窄到只剩下他，她按他的喜好，扔掉了那些男裝，改穿墨西哥農婦穿的色彩繽紛的大裙子——就像用性事示愛一樣，服裝其實也可以視作樸素的身體語言。

新婚伊始他就開始接連不斷地外遇，他認為所謂婚姻忠實都是布爾喬亞的惡習，他一直說自己對性和外遇的態度「就像尿尿一樣隨意」，對他來說，唯一一種可行的忠實就是絕對忠於自我，他就像那個剪刀手愛德華，無法正常地示愛，她痛心疾首，又重拾畫筆，把他畫進了她的自畫像，在畫中他線條臃腫的臉靜滯在她的腦海中，他是她玫瑰色的傷口，她用這些畫為自己療傷，直到它們結成大大小小的玫瑰疤。

二十五歲那年，她第三次流產，自此，她的畫中不斷出現關於生育的意象，她畫了懷孕的裸女，紫羅蘭般的子宮，子宮裡是個小小的里維拉，她在臥室裡放著甲醛中浸泡的胎兒，還有大大小小的玩偶，她反復的畫那個流掉的，不成型的胎兒。三十歲那年，她畫了那幅〈我和我的玩偶〉，那玩偶的臉上是一種機械化的笑，而畫中女人卻眼望前方，眼睛裡有疲塌的絕望。她在日記裡寫：「孩子是明天而我卻終於此。」我在她的畫中，看到越來越濃重的荒蕪感——生之荒蕪。

他們的家是兩幢彼此獨立的紅房子和藍房子，中間由一架天橋相連，隱喻了他們之間那種獨立和相對的奇怪關係，有報導稱這是主觀與客觀的相互關係存在於男人與女人的住房之間。此後的兩年，弗里達「被生活謀殺」，里維拉與弗里達的妹妹發生了曖昧關係，這件事將弗里達從可愛的妻子變成了更加複雜的女人，弗里達的痛苦難以名狀，畫下了〈稍稍掐了幾下〉。她搬了出來，這是許多分居中的第一次。她想儘量忘記此事，但三年後的〈一道開裂傷口的記憶〉還能看出那種延續的影響。

在所有的自畫像中，她都是杏眼圓睜目光灼灼地直視前方，除了三十三歲時畫的那幅〈夢〉，在那幅叫做〈夢〉的畫裡，她睡了，但那是怎樣稀薄的睡眠啊，肉身睡去了，疼痛卻還醒著，它們醒在她扭曲的睡姿裡，醒在她起伏的頭髮上，醒在她枕頭上那些因輾轉而生的折痕裡。就在那一年，她結束在巴黎的畫展回到墨西哥時，里維拉已經和一個好萊塢明星打得火熱，他提出和她離婚。或許是為了平衡痛苦並且重拾自信，弗里達開始在兩性戀情間漫長的征服與被征服道路上徜徉，她被迫學會了獨立自主，當然她仍然在里維拉的軌道上閃耀和發光。三十三歲那年，兩人離婚。然而僅僅一年後，這對彼此依然深愛對方的夫妻再度復合，弗里達說：我們是饑餓與食欲的結合。

她開始自棄地為自己變臉，剪掉里維拉最愛的長髮，她為了取悅於他，每天花很多時間去打理的頭髮（〈剪短髮的自畫像〉），在畫裡，她含著淚手執利剪，滿地都是崢嶸的碎髮，就像是無數被剪斷的神經末梢，甚可怖。當她在病中聞知里維拉另尋新歡時，她撕裂了自己剛作完脊椎手術的傷口，以至於第二天醫生給她打針，居然在她的背上找不到一塊完整的皮肉。她的自虐，說穿了就是想用不健康的負疚感去控制那個男人，從里維拉的角度來說，也許他覺得她是在用自己的犧牲勒索他的感情。可是我在她的暴烈中認出了我自己，我想我是無望遇見我的里維拉了，因此我體內的火山可以終生處於安全的休眠狀態。

臨終的時候，她叫別人把她那張四柱床從臥室的角落裡搬到過道上，她說她想再看一眼她的花草樹木，在這一視角她還可以看到里維拉養的鴿子。當夏雨驟降，她就長時間地觀察樹葉上跳動的光影，風中搖晃的枝條，雨珠敲打屋簷，順簷而下……她死在半個月後。弗里達四十七歲時逝世。度過了短暫而又激烈的一生後，她的最後遺言是：「我希望死是令人愉快的，而我希望永不再來。」——她終於可以在死亡中獲得平靜。

素情人

一九八五年，安東尼奧尼（Michelangelo Antonioni）中風後，大腦中的拼寫中樞和文字組織被破壞掉，他既不能聽，也不能說，只剩下能畫草圖的左手，一雙警醒著的「心智之眼」，以及十幾個義大利語基本語彙的模糊發音，這些語彙包括「是」，「不」，「你好」，「再見」，「明天」，「喝一杯」，「葡萄酒」，「吃飯」，還有——「費拉拉」。

費拉拉——位於義大利北部的一個工業城市，安東尼奧尼的故鄉，他曾經這樣寫到它：「這是一個平原上的城市，九月的夜來得十分輕巧，車前燈不經意地亮起時，就是白日的結束。夕陽在城牆上撒下一片魔魅的光，那是城市極為抽象的時刻。」在影片裡我看見那個城市，那是一個多霧，啞光，石頭質地的城市，密布著洛可可式的建築細節。就像安東尼奧尼的電影一樣，費拉拉是一個抒情氣質多於敘事元素的城市。

所以，理所當然的，〈從未發生的愛情故事〉*發生在此地——這是一句很安東尼奧尼的

*台灣譯作〈從未存在的愛情〉。

悖語。這個狡猾的義大利老頭，不動聲色，為所有的愛情電影做著減法，他徐徐推開一扇妄念之門，門後是所有愛情的負面空間。這個空間是皇帝的新衣，石女的陰道，卡爾維諾筆下那個看不見的城市——總之，是你能想到的一切事情的不可行性。

年輕男子席爾瓦諾旅經這座城市，遇見同樣年輕的教書女子卡門，他發現他與她投宿在同一家旅店，他們隨即墜入情網，在河邊長時間的散步，在石廊裡熱情地擁吻——看到這裡故事似乎滑入某種定勢，我鬆弛下來，等待那模糊的，滾熱的一擊——然而接下來我卻看見情欲的擱淺，因為某種我不能確定的原因，哎，我暫且把它設為一個變數吧，比如疲勞感，又比如驕傲，也可以是行動力的滯後，總之這個變數導致情欲之潮湧戛然而止——我幾乎被這種情節斷裂所引起的挫折感激怒了。這個男子又回到了自己的床上和衣而眠。醒來以後，她早已離開，而他繼續上路。

如是兩三年過去了，他四處流浪，她被調往另外一個城市工作，在這裡我們看見時間和空間的張力，它們強化了他們彼此的牽念，雖然他們再未見過面。直至有一天他們在電影院偶遇，她還年輕，依舊漂亮，他追隨至她的住處，低訴離懷，羅衫輕解，她打開自己，他愛撫她，他的手懸浮在她身體上方約一寸的地方，卻不曾降落，只是貼近她的體溫，沿著虛擬的曲線愛撫她。

這是一個象牙色的，異常精緻的肉體，那是一雙悸動著的，充滿肉欲的手，這雙手使我想起舍伍德‧安德森筆下的飛翼，同樣是一雙非常罪也非常美的手——看到這裡故事似乎又滑入某種定勢，我鬆弛下來，在椅子裡換個更舒適的坐姿，蓄勢等待那模糊的，滾熱的一擊——然而席爾瓦諾起身了，未做任何解釋就離開了。他又一次中斷了肢體語言的對話，只是這一次，是這個女人而不是我，幾乎被這種情節斷裂所引起的挫折感激怒了。

三年了，他未娶，她未嫁，兩人仍以抽象的忠貞酬答對方。他們是對方忠實的素情人——也就是說，這種愛情的保鮮是因為拒絕了肉欲的實踐，那男人之所以沒有進入她的身體，也許是因為他不想攪動某種欲望的成形。他是那種負數的愛法，用分離去愛，用放棄去愛。而她則說：人們之所以去愛，是因為想在對方那裡留下印記，他們都如此行事了，雖然是以不同的方式。愛情只存在於他的想像之中，卻沒有一個具體的行為可以附著，因此這個故事盤旋著，始終無法降落，它是個貼著事實地平線低飛的類愛情故事。

〈女孩與犯罪〉，一個電影導演在為自己的影片尋找故事，他追隨一個服裝店裡的姑娘，被她的氣質所吸引，女人突然主動向他陳述了自己的故事——她殺死了父親，捅了他十二刀，之後她被宣判無罪，一夜歡情之後，他離開了她，他身上混合著她的體溫，那弒父的十二刀，都變做喬伊斯筆下的落雪，靜靜的，飄落在他與她之間，往昔與現世之間，生者與死者之城。

在這段戲裡，所有的活動都是那個女人的，男人被過濾得只剩下一雙在場的眼睛，他看見這個女人，這個女人得以被照亮，這就足夠了。在片中，瑪索的肢體語言，顯然比〈不曾發生的愛情故事〉裡那個芮內斯成熟的多，三兩個轉身，就可以把一種懸疑不決的意念析出來，她向著鏡頭走過來，她摘下一片樹葉聞聞它雨後的味道，她直視著他的眼睛說，她殺了父親，一共是十二刀，她站在海邊的濕霧裡把殺人的地點指給他看——她是一個用背影都能演戲的女人。而芮內斯原是個模特，有職業本能的表現欲，即使在入戲時臉上也不時有模特走台時那種恍兮惚兮的笑容滑落，這嚴重地影響了我對那個角色的信任度。

雨夜，一個男人被煢煢孑立於風中的一女子吸引了。他走過去與女子攀談起來，我們發現他們其實是很和諧的一對：兩個人一同行走在靜謐的街道上，一起走進教堂祈禱，當然各有各的心事。雨越下越大了，雨夜下的街道藍幽幽地，充滿了浪漫的情趣，看樣子大師已經為一齣浪漫的戀情作了足夠的鋪陳，但是，被男子送回家中的女子卻對男子說我明天就要進修道院了。在關上她房門的同時，女子也向世上所有的男人關上了心門。此是故事四。

〈兩封電報〉，是《雲上的日子》裡第三個故事，我在《美錯》裡寫過它，在這裡，我不想再重複。實際上，我把它記錄下來的唯一原因是：我試圖徹底地拋棄它。經驗告訴我：被文字複製過的絕望，會轉化成絕望的客體。所以我費力地把它從泥濘的河底打撈上來，那是一個濕漉漉的，充滿了絕望感的故事，現在我對它的印象也只剩下一團模糊的絕望。那個故事是一道傷口——我和電影裡的女人一樣，忍受著對一個男人的渴念，就像忍受著一道傷口，我慶幸它終於痊癒了。

費里尼的詞典

嗯，來記點費里尼的筆記。費里尼？嗯，對了，就是那個義大利鬼才導演了，先說關鍵字吧。第一個是「家鄉」。居移體，養移氣，不一樣的地脈自能養育出不一樣的人文——費里尼來自里米尼，那是亞平寧山脈掩映下的一個小村落，彼時完全沒有被工業文明催熟過，一入夜則進入中世紀般昏黑悶重的靜謐。海水暗中澎湃，大霧抹殺一切，漁火勾勒出湮遠的海岸線，沒有電視，電影院在好幾里之外，歌劇院常年歇業。文化生活可謂是寸草不生。

精神上沒有營養源就算了，偏偏費里尼的成長期，是在三〇年代末四〇年代初，也就是二戰法西斯當政的年代，全民備戰，美化武功，神化戰爭，英雄主義，這些詞連同「政治，綱領，集團，結社，政黨」在內，後來都成了費里尼詞庫裡的貶義詞，冷感詞。他的爸爸被法西斯暴徒暴打過，他自己則差點被校長踢斷脊椎，他反抗的方式非常蒼白和微弱：比如集會時故意依次漏穿制服中的一件，這次是長桶靴，下次是無邊帽，直到他發現自己會無師自通地畫漫畫，他用孩童漫畫式地變形，去反抗周遭的成年人：修女長著氣球般的，沉甸甸的乳房，壞老師長著皮諾丘式的大鼻子，後來他的導演思路也是靠漫畫闡釋的，他先畫出他想像中的人物，然後才和服裝，美工，技術人員開始圍繞這個人物周圍的空白地帶設計場景和故事，我看他的電影，老有種與現實錯位的失重感，不曉得是不是緣於此。

他讓我想起少年魯迅，後者小時侯常常被一個叫八斤的大孩子欺負，一是體力上處於劣勢，二是家教森然，魯迅滿腔激憤的出口則是——有一天魯迅的爹巡檢孩子的房間，結果在床墊下面發現一大疊漫畫，上面草草畫了一個禿頭小人，身邊放利箭一支，上書「射死八斤！」魯迅後半生的口誅筆伐，我看也就是在「射死八斤」的延長線上。我覺得魯迅的處女作既不是《狂人日記》，也不是他在東京的譯作，而是「射死八斤！」一個孱弱又偏激的孩子，根據抗暴的途徑不同，或是訴諸筆墨，或是隱身聲色，分別成為作家，漫畫家，電影導演等等等等。魯迅成了前者，而費里尼成了後者。

到底是什麼？讓這個見了生人都會臉紅的孩子，成了掛著三個麥克風，五個口哨，手執導演桶，在黑壓壓的人頭之上，指揮千軍萬馬的大導演呢？可能是因為他太會說故事了，費里尼此人，如果非要用一個詞固定他的話，我覺得是「說謊者」，他存活於這個冷硬世界的方式，就是活在虛擬層面上。他說的第一句話是正史，第二句肯定就是戲說，第三句肯定就是大話（大話西遊的大話）。他的敘事技術我看比大多數小說家都強，就像KENZO能把一塊光滑的布料平攤在人體上直接裁衣一樣，費里尼說故事也是過場圓熟，毫無接縫，渾然天成。他說故事的筆法，就是把這個人物描述成他自己的漫畫，寥寥數筆，擇其凸凹，放大得當，神采即出。

費里尼的第二個關鍵字是「母性」。說起來義大利是個盛產母性圖騰的國度：比如文藝復興的聖母像，戰時的「羅馬媽媽」，烈女之類，但是在費里尼的字典裡，「母親」是缺席的。他幾乎從未提及過這個女人，他常常用的詞是「母性」。而代言母性的居然是「妓女」！母親生養我們，哺育我們，而妓女則是青春期最初的性啟蒙者，從這個意義上來說，母親和妓女同樣恩同再造，嘿嘿，別噓我，我只是在貼緊費里尼的思維曲線。

他總是溫情脈脈地回憶著那些妓女們，有一個叫小金魚的，因為只要給她幾條魚就能與她魚水共歡。甚至對孩子她也平視，一毛錢可以看屁股，兩毛錢加上性感的扭擺動作，四毛錢是下身，地母式的豐盈身材，溫馴的迎合，無垠的獸性，催人淚下的甜蜜愛撫，對一個生活在閉塞鄉間，每周一次要去教堂高聲懺悔，滌清罪惡的孩子，一個在話語高壓的騙局中長大的孩子，肉欲也許是唯一誠實的東西。

費里尼總讓我想起《西西里的美麗傳說》*裡的那個孩子，也是戰時的義大利，也是一個孱弱白皙，肋骨楚楚，在夏天從不敢穿泳衣的膽怯孩子，也是在亂世裡靠出賣肉體為生的墮落女性，用她熟而微醺的，熱帶水果般的肉體，營養著一個被神父，教堂，制式教育壓扁的，饑渴於性和生活的小男孩，費里尼和那個小男孩一樣，躲在建築物的陰影裡，等著那些成年女人

*台灣譯作《真愛伴我行》。

做完彌撒出來，哈哈，看，她們一窩蜂出來了！自行車坐墊上，橫槓上，後座上……四面八方，全義大利最漂亮的屁股像鮮花一樣盛開，一直開到了幾十後費里尼的電影裡。鏡頭的角落裡都漲滿了巨大，豐美的女體。像饑餓之後的過度飽食。

我寫每一個人的時候其實都是在等式的平衡點，這個人，他得以成立的樞紐，是什麼？我找到了費里尼的等式兩邊，他像所有騙局中長大的孩子一樣，走到對立面去，徹底成為懷疑論者，像中國的王小波，王朔，也是同理，在廢墟上艱難地重建，用近乎無厘頭的黑色幽默。他嗤笑中產階級華麗的無知，「他們在城堡裡養了一千隻羊，然後雇了農民來數它，哈哈，」他嗤笑宗教的救贖騙局，因此費里尼這幾個字，曾經被貼上教堂的大字報。他鏡頭裡的世界，活像馬戲團，混亂，無序，顛倒一切，啊，差點忘了費里尼詞庫裡的樞紐辭彙：馬戲丑。

是什麼拯救了這個痛恨身體暴力，敵視戰爭和流血的孩子？啊，是馬戲丑。這是費里尼褒義詞單上的頭牌。關於馬戲團最初的記憶是一個神奇的早晨，像是天外神秘飛行物一樣。一個五彩繽紛的馬戲團帳篷，降落在這個孩子的家門口。他第一次走進那潮濕沉靜又生氣昂然的所在時，內心便湧起山鳴鼓應般的大回響，圓拱棚下的火圈，馬匹在繞場時的嘶叫，訓練員的嘶嘶的口哨聲，啊，還有馬戲丑，小丑們用濕漉漉的大眼睛看著他，使他覺得自己是他們中的一分子。

也許這是他選擇導演工作的隱性理由，馬戲團生活和導演工作很有點相通之處啊，一些來自不同背景的人，技術人員，美工，演員，燈光，化裝，組成一個臨時的團體，過流動性的，輪子上的生活。每天附著在不同的外景上表演，爭吵，糾紛，協調，漫無秩序，緩慢地朝著一個目標進發，最後奇蹟般地實現了預期。如果要他選擇一個最看重的品質，他會說是「天真」，而只有在未經智性催熟的孩子，弱智者，馬戲丑，妓女，底層的蒙昧大眾身上，天真才得以保存，這也是他片中投以善意目光的人群。根本他自己，是始終固執的不願意長大，十七歲以後每次別人問他的年紀，他都目光迷離地說「不記得了」。哈哈，多麼無辜的謊言。

一九六八，全世界的青春在盛放

看貝托魯齊（Bernardo Bertolucci）的《戲夢巴黎》*：一九六八年，巴黎，三個狂愛電影的孩子，開場鏡頭像一隻負重的翅膀，一直往下滑，往下滑，最後降落在黑壓壓的示威人群頭上方。哦，對了，這是一九六八年呀，全世界都在搞學生運動，那一年度過心理發育期的孩子，血都分外地熱，分外地紅，分外地噴薄。正是在這裡，美國來修學的馬修，遇見了他的朱麗葉。後者正把自己銬在一根鐵柵欄上呢，當然，也不是真銬，只是擺個姿勢。她是一朵無法複製的野玫瑰——穿著老祖母的衣服，從不照鏡子，把最高級副詞，形容詞像羽毛球似的滿地扔，只嫌它們的調味不夠濃烈呢。她體內潮湧著的，是破壞欲，她要革命，要顛覆，要把什麼連根拔起，要破壞就得有個著力點，如果沒有她就自製一個，比如這個隨時可以鬆開的「鐐銬」。再後來，她介紹馬修認識了她的羅密歐——這個朱麗葉可是有羅密歐的，這對羅密歐與朱麗葉可不是表兄妹，他們是亂倫的親兄妹。

他們把馬修帶回了家——這是一個典型的中產之家，爸爸是個得志的詩人，滿口的冬烘氣，媽媽是個自我已經被壓扁的家庭主婦，以激發和保護丈夫過時的才華為己任，孩子的成長，已經在她的視線和餘力之外了。這個家，像個十八世紀的古堡，有一翼是孩子們自處的地盤，麻雀雖小，五臟俱全，有臥室，衛生間，他們在裡面擺上重金屬風的陳設，在床上玩他們倆之間的小動作，像一隻雙頭鳥，有時互相用喙愛撫，有時拼命啄對方的鳥羽。再後來，父母丟下一張支票去度假了，這個家，在父母的物質庇護下，成了臨時的，局部的伊甸園。

孩子們偽造了請假條和病歷，徹底隔絕在成年人的視線之外了。在這個伊甸園裡，他們為自己設計了一種激情遊戲，就是將電影和現實無限制的對位，任何一個人，都可以即興表演一段劇情，讓另外一個猜出出處，為了增加遊戲的刺激，必須有相應的懲戒機制，罰金從一法郎，兩法郎，最後變成：伊莎貝爾興孜孜地逼著泰奧手淫，泰奧的報復是：強迫伊莎貝爾和馬修在他眼前性交。亂倫欲，窺伺欲，最黑暗的欲望都借遊戲之名，被底朝天翻出來。崩潰的過程很經典：先是道德戒律的鬆動，最後是身體的失控。孩子們花完了錢，穿著髒內衣，去垃圾堆裡扒拉食物，最後吃了一罐過期的貓食，鏡頭裡是馬桶上痛苦拉稀的臉。父母悄然回來，看見這個伊甸園的廢墟，什麼也沒說，丟下一張新支票——原來，為破壞欲買單的，不僅僅是孩子。

我對情節其實很淡然，感興趣的是人物和背景。先說其一：白皙，羞澀，稚氣與童貞尚

*台灣譯作《巴黎初體驗》。

存，連鬚根都沒有長出的馬修，來自美國的聖地牙哥，準備在巴黎完成他最後的心理發育，羔羊般的乖甜溫馴，讓他成為伊莎貝爾和泰奧的誘捕物件。伊莎貝爾是，迎面撞上什麼，就破壞和玷污什麼。更何況馬修那麼白晃晃，那麼耀眼的純潔呢，密不可宣的是：在清教徒教養表皮覆蓋下的馬修，早已在黑暗中將自己誘捕過無數次：有時是一天一次，有時是一天兩次，床單下昂然地勃起，他每周都去小教堂為他的罪惡懺悔。懺悔？啊不，這只是欲望復蘇的一道程式罷了，真正驅動他去犯罪的，居然就是罪惡感本身，對他，罪惡感＝快感＝受虐＝自虐。

泰奧和伊莎貝爾，前後只相差一小時出生的孿生兄妹，他們同吃，同宿，他們的亂倫之愛因無知而無辜，這層無辜是粘稠的羊水，他們像在母體裡一樣安然躲開世人的眼光，無須鏡子，他／她就能在另外一個人的臉上看見自己的想法，他們體內有隱秘的地下河相通，而馬修的秘密是：在射精的臨界點上，要把性幻想物件由男轉變成女，才能獲得高潮。因此，這對兄妹的雌雄同體，正好迎合了他。這對兄妹又何嘗不是在利用馬修，通過他調節兄妹之間已經疲勞的那個點，或是微微地對峙。妹妹和馬修做完愛後，仍舊爬上哥哥的床，相擁而睡，比生理紐帶更堅韌的是：他們是精神雙胞胎，生命共同體，對一切經驗都要共振與分享。馬修呢？他永遠是被遺棄彼岸。

這部電影唯一的主角，我懷疑是破壞欲。它被很多東西掩護著：青春，熱血，革命，暴力，造反，一切大於日常振幅的，戲劇化的背景，它們都是釋放犯罪欲的途徑，觸媒，是意志的解壓筏，一九六八，一九六八，全世界的青春期在那一年盛放，中國是金水橋宣誓，上山下鄉，廣闊天地，大有作為，歐洲是嬉皮，花孩子，巴黎的五月事件，年輕人罷課罷工，衝上街頭，用石頭堆碉堡，水電氣都被切斷，口中喊著「不要相信三十歲以上的人」的孩子們，或是像劇中的泰奧一樣念念有聲「革命不是請客吃飯」的孩子們，帶著青春期酸氣盎然的標誌性表情，在催淚瓦斯的逼人氣味中流血流淚的孩子們，滿懷稚氣的相信，自己真的能打破一個舊秩序，重建一個新天新地。

一九六八，一九六八，是我生命中至為重要的一年，雖然那一年我遠未出生，連生命的跡象都沒有——正是那一年，我媽媽回應國家和主席的號召，剪了辮子，換了布鞋，拎著簡單的隨身行李，去了蘇北農村插隊落戶，被收稻時的烈日曬脫的皮，回城後大半年才長好，在那裡她認識了我爸爸；那一年的冬天來得晚，十二月才落了絮絮的初雪，一個和我媽媽同齡的女孩收拾了隨身衣物去醫院待產，她小心翼翼地繞開跳忠字舞的人群，一邊瞄兩眼沿街新貼的大字報，新鮮糨糊的氣味，讓她肚子轟轟地餓起來。第二天早晨她生了個男孩，孩子的爸爸於千里之外的駐地，用端正的楷書在日曆上寫下：「今晨八點，長子出生。」這個吃飽了奶就睡，乖得出奇的男嬰，二十九年後，成為我生命中最重要的男人，一九六八，一九六八，震天的武鬥吶喊聲中，遙遙地孕育了今天的我。

而那些六八年的孩子們呢？他們把大好青春全部浪擲在田頭地壟，最後帶著一身的傷病返城，大齡結婚，生子，拖兒帶女的上夜大，在視角已經僵化的年紀迎頭撞上改革的浪潮，運氣不好的還要趕上下崗，分流，提前病退。他們在歐洲的兄弟們呢，剪掉了長髮，丟掉了喇叭褲，一任披頭四唱片，毛主席語錄，托洛茨基（Leon Trotsky）自傳，格瓦拉的紅皮書在閣樓上蒙塵，重新打起又小又硬的領結上班，周末在房前鋤草，最熱和最冷的天氣裡則帶全家去度假，養大幾個比自己過去還難纏的孩子，過起當年拼命去反抗的中產階級生活。只是，偶爾，談起當年的豪情萬丈，他們的眼睛裡，還會有那麼一點點餘燼裡的火光，就像我在我爸眼睛裡看到過的那種，那是整整一代人的青春壯烈自燃後餘下的，滿地的碎紙屑。

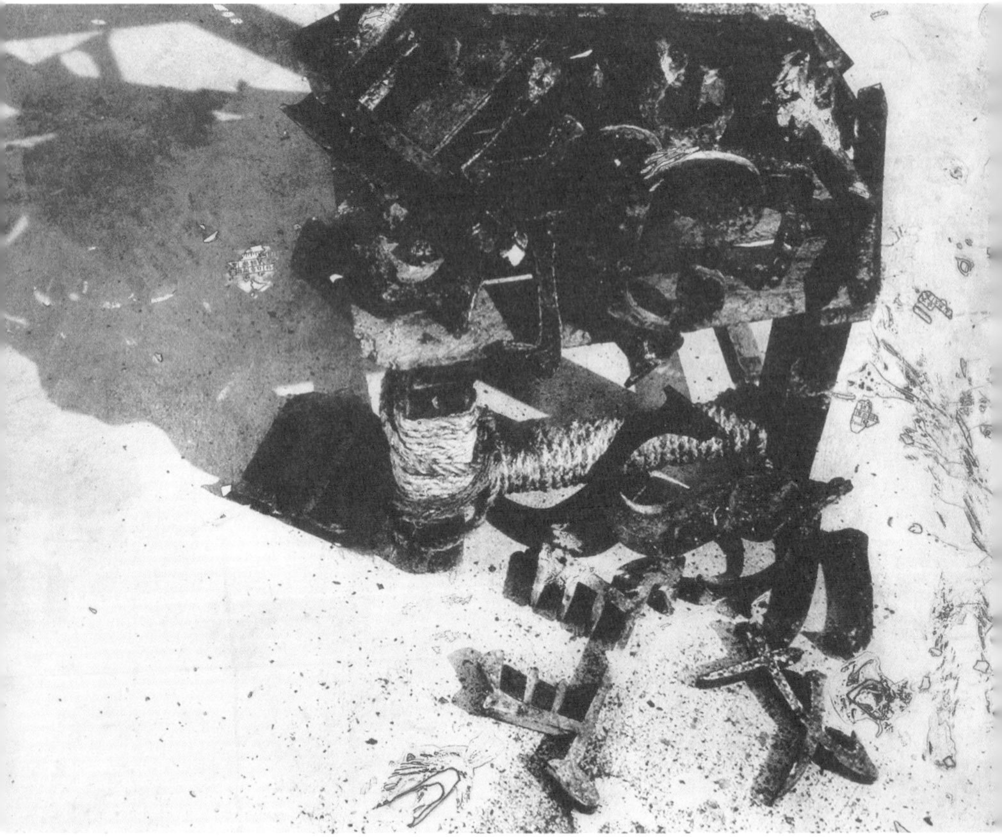

書寫的文字

契訶夫，低低的愛

內米洛夫斯基（Irène Némirovsky）《契訶夫的一生》

雖然雜務纏身，身心俱疲，但這麼好的書，還是不忍心不記一下。

那套《契訶夫短篇小說全集》十卷本，藍白封面，略密的排版，是從蘇州藍色書店淘回來的，非常沉實，一路抱著，很怕散佚。如果你順著十卷本看，就像看到一個冬春的日子，明亮輕諷的早期，渾濁迷茫的信仰迷失階段，最後是理念沉靜的夜。我現在看契訶夫，基本就是看

八、九、十這三卷。

契訶夫早年是個短篇諷刺小說家，那時的小說只有兩種，一種是供有閑階級謀殺閒暇的長篇連載，另外一種是速食消費品，按行數計費的，一般都是幾十行，契訶夫年輕時，一是自視甚低，二是為了養家糊口，寫的全是這類小文，這也練就了他文字的爆發力，行文效率，必須在規定的行數裡，讓劇情成熟，人物成型，還要有餘波。比如分配給人物外貌的文字，一般都只有幾十字。為什麼要推薦內米洛夫斯基的《契訶夫的一生》，這是一本傳記，十多萬字，可是它的文字密度，意象密集度，情緒飽滿的潤澤度，差不多就是契訶夫小說的質感，和抒情氣質，真的很奢侈。

契訶夫是個魔羯－水瓶。我和李老師討論過，這個時段出生的人，往往有水瓶的天賦，加上魔羯的隱忍。從表象上看，契訶夫溫和圓融，沒有稜角，和任何人都不會有劇烈地衝突，迥異於白羊高爾基和獅子托爾斯泰的烈性與好鬥，但是，也沒有人能真正地接近或是滲透進契訶夫的內心，他像少女維護自己的貞潔一樣，用一層月光般清冷的釉化劑，讓別人輕盈地滑過他的表層，而無法深入。受到屈辱的時候，他從不出惡言，而是隱於人群，慢慢消化和吞噬，他的第一部戲《海鷗》，被喝了數次倒彩，劇組人員，有的昏厥，有的痛哭，有的豪飲洩憤，繼而大家發現契訶夫失蹤了，第二天出現在人前的他，仍然是無波的平和，中間發生過什麼，他如何度過了崩潰期，沒有人知道。他屢屢豔遇，頻頻得手，可是他對妻子的要求是「最好是一個月亮，不要和我出現在同一個地平線上。」敏感柔脆的人，自衛的方法通常是兩種，一是尖銳的對立，二是用貌似溫柔的「不抵抗」，使對方的敵意變成無用功，契訶夫是後者。

他比托爾斯泰低很多。他出身低微，歷代農奴，父親那代才剛剛贖身成自由人；他落筆很低，筆下最成功的角色都是農民，小商人，小修士；他自視很低，撰文的前十年都不署自己的真名；他的信仰很低，童年時，爸爸用嚴苛的唱詩和行禮，徹底摧垮了他的信，望，愛；成年後，他視托爾斯泰為導師，用後者的救贖理論，以文為刀，力圖改良社會，最後他發現，過度介入的文字，完全喪失了小說的本來職責，他和他周圍的市井貧民，根本就是一塊布料上剪裁下來的，他是小說家，不是社會活動家，他實在無法擁有托爾斯泰那種俯瞰和救民於水火的半神視角。

之前看過契訶夫的薩哈林考察筆記，滿目的苦役犯，荒涼的凍土。平淡的口吻下，有種和黃色書頁一樣真實的力量，讓你知道，他所描述的東西，曾經存在過。我一直想不明白，為什麼契訶夫要在那個一個氛圍裡去西伯利亞考察苦役犯呢？當時的俄國文壇正好是個青黃不接的過度帶，托爾斯泰進入低谷，老陀死了，白銀時代還未到來，整個文壇就是他一個大腕。如果是現在的作家，趕上這種機會，還不知道怎麼炒作自己才好呢。他為什麼要用非常寶貴的大半年時間，在極不便利的交通條件下，去那個苦寒的地方，做一個調查員就可以做的事呢？我想起他在旅途中投宿的農家客棧，翻身就是一把臭蟲，西伯利亞鐵路當時還沒修好，全是靠馬車在夏天的非冰封期裡才能艱難地跋涉，一路都是泥濘的灘塗，而且他本身就有肺病，西伯利亞的苦寒對他的身體真是雪上加霜啊。

現在我才想通，正是這種浪費，才是他的價值所在，那就是一個俄羅斯知識份子的良知，社會責任心，像最纖細而優質的麻繩那樣，明知不可為而為之，把自己拴在已經陷入泥濘的社會現況上，咬著牙，拚命想把它拖出來，托爾斯泰是向上飛升，最後成了個宗教狂人，契訶夫是向下紮根，徹骨的寒心和絕望。高爾基也去史達林安排的西伯利亞監獄去勘察過，他是個被馴化了以後，很會領會主子意思的御用文人，他也知道眼前的一切都是被整頓安排過的，非現實版本的監獄狀況，他寫出來的，完全是貼著史達林心意曲線的東西吧，高爾基的境界，也就輸在這一點上，倒不是他的小說技術。內米洛夫斯基在這本契訶夫傳記裡，反復使用的辭彙是「當時的俄羅斯」，為什麼我覺得這本書好，因為它有根系力量。裡面湧動著內米對俄羅斯氣質的理解和愛。

契訶夫的愛很低，從少年時代，他就拖著孱弱的身體養家，這個沉重的負擔，消耗了他所有的財力和生命力，契訶夫熱愛土地，他種植果樹，給玫瑰修枝，帶著兩條獵犬在林中愈行愈遠，這些都是他荒漠般灰暗的一生中，僅有的幸福水滴。他是一個憂鬱溫吞的男人，按照互補原理，他愛的女人，都是生機勃勃，充滿青春活力，終於把他一腳踹上婚姻祭台的奧爾加，像試帽子一樣，不斷地調試著契訶夫的好感開關，揣測著他的易燃點。這個病弱而孤絕的男人，需要的是一個獨立而灼熱，且神經結實，性情剛猛的女性，她最終明白並且成功地實踐了。

暮年時他總算結了婚，奧爾加是個萬眾矚目的大明星，他自己在荒郊野外養病，捉老鼠打發時日，俄羅斯的冬天陰霾濕冷，沒人添柴，沒人斟茶，沒人盡妻職，妻子卻在莫斯科徹夜的狂歡和社交，享受著奢華的極致，而他，從不抱怨，臨終前，他焦灼得說不出話來，因為妻子為了看護他，沒有按時吃午飯。一直到生命的最後一刻，他都愛她甚於自己，力圖幫她成就自我，最大廣角地體驗生活——斗膽說一句，這是我很難在男性文人身上看到的優良品質。

納博科夫的眼睛，內米洛夫斯基的手

納博科夫（Vladimir Vladimirovich Nabokov）的《眼睛》，不知道怎麼給上海譯文做成單行本了，只是一個小長篇的形制啊。查了下年表，是在散文體寫實的《瑪麗》之後，《塞萊特的真實生活》之前。心裡掂量了下，差不多應該就是這個次序。

玩的技術是什麼呢？就是讓手退場。這是納博科夫最重要的創作理念：只剩下「在場的眼睛」。一開始，小說是以「我」的視角為支點的，「我」是一個十月革命後，流亡柏林的舊俄難民，愛上了一個富商的留守太太，被察覺後遭富商暴打，萌生死念。自殺未遂之後，「我」看破紅塵，只剩下一雙閱世的「眼睛」。特別要注意第二十一頁的那句話：「對我而言，這是一個新生的開端，至於自己嘛，我只是個旁觀者」，再然後，情節轉場，出現了萬尼亞一家人，還有他們的家庭聚會。

從此，情節都由一個叫「斯穆羅夫」的人承重了。隨後「我」又時時出場，並費盡心思想知道萬尼亞等人對斯穆羅夫的看法，這就是「眼睛」的寓義——可憐的斯穆羅夫的存在，只取決於他在別人的頭腦裡的反映。一大半的情節便是為此而設的，「我」所做的事便是窺探別人頭腦裡的斯穆羅夫。在最後斯穆羅夫被萬尼亞拒絕後，意欲對萬尼亞不軌但未遂，離去得到了最後一位也是萬尼亞的戀人——穆欣的看法：「我從來沒有想到你是這麼一個大混蛋。」此時，所有的迷團都浮出了水面，「我」即是斯穆羅夫。

謎底出水以後，再回頭看一遍小說，覺得搞笑得要死。比如斯穆羅夫這個人，在不同的「眼睛」裡有幾個版本，全知視角說他「偶爾說句笑話，就在沉悶的聚會中推開暗門，吹進清新的小風。優雅的輔音餘韻，意味他高貴的出身。」……哈哈，當知道第一人稱「我」就是斯穆羅夫本人之後，才明瞭這不過是他的自戀自賞而已。

寡言不合群的人，可供週邊讀解的參數比較少，總是容易被誤讀。在閱歷不深，間接經驗也只限於通俗小說的萬尼亞眼中，文青氣質，憂鬱少言的斯穆羅夫「很善良，太善良了，非常愛每一個人，所以總是荒唐又迷人」。而飽經世事，老於世故的穆欣，則一眼看破了斯穆羅夫為自己編排的華麗軍旅傳奇，知道他的酷，不外是羞澀膽怯加經歷蒼白。精於算計的商人赫魯雪夫（很明顯，叫赫魯雪夫，是為了揶揄紅色政權，納博科夫的小心眼，讓我哭笑不得。他總是不忘譏諷布爾什維克，暴發戶，通靈術，猶太人，德國人和佛洛伊德學派），只看見斯穆羅夫領帶上的洞，認定他窮困窘迫，是個賊。

和平主義者瑪麗亞娜，片刻不忘張顯自己的道德優勢，不容對方辯駁，就把斯穆羅夫說成一個「殺人不眨眼的白匪」。精神分析學擁促者羅曼，時時都在尋找下手分析的材料，他寫信告訴遠方的朋友，說斯穆羅夫是性倒錯。書店老闆，猶太人施托克，是個被迫害妄想症患者，他寡淡日常的唯一調料，就是滋養自己的疑心病，他恨不能活成愛倫坡的恐怖小說才帶勁……哈哈，他說斯穆羅夫是隱藏的特務。

真實的形象是不存在的。存在的，不過是映射他的千萬面鏡子。多認識一個人，幻象就多繁殖出一個母本，然後繼續增殖。像頑強的寄生物一樣四處蔓延。那句話怎麼說的？當你活成了一個錘子，你看誰都像釘子。人總是喜歡給自己的幻象找個下家。

其實，後來納博科夫寫的《塞萊特的真實生活》，也是通過好幾個人的眼睛，正面的，褒義的，貶斥的，各類視角，去拼湊，還原一個人。別忘記納博科夫是個文體實驗家，所以他把這個爛俗的愛情故事，放進了一個偵探小說裡來寫，先是收集了很多人對塞萊特的印象版本，然後讓讀者像偵探斷案一樣，自己推理剝離出一個塞萊特。這個《眼睛》，不妨看作抵達《真實生活》之前的小練習。

最好的寫實小說家，都是眼睛型的，比如托爾斯泰，契訶夫。控制力稍差，就有點動手動腳，我每次看內米諾夫斯基的小說，都提心吊膽地，她討厭她媽，還仇視農民，對貧苦階層不信任，有敵意，一寫到他們，她的筆法就降溫了。她寫她媽眼睛裡的欲望，開得很低的領口，都讓我覺得有點不潔。她始終念念不忘，這是個蕩婦，毀了她的童年。

那天和他們吃飯，說到小說技術的問題。奧斯特（Paul Auster）自然是玩技術，但是他那個結構，一看就是精心雕琢的，多少還是留下痕跡，雷蒙．卡佛（Raymond Carver）的技術就更熟練，幾乎是大化無形。我說：「一百個小說家裡，有一個是天才，剩下九十九個都是技術工人，當達文西畫了成千上百個雞蛋以後，他閉著眼睛畫個圓圈，也是技術，莒哈絲寫《情人》，外行看就是一個人內心的律動，但是寫小說的人，比如王小波，一眼就能看出那是精心編排過的，這裡有個悖論，就是：即使是真實的感情，也要有很好的技術，才能把它表達到位。」朋友說：「十九世紀就比較流行全知視角，那時人的思維惰性，接收資訊也比較老實。現在的讀者口味刁得很，非得寫成偵探小說一樣，一點點餵給他們，吊他們的胃口才行。」發現還是挖井型作家，比較愛玩技術，也是因為題材局限。像納博科夫，很明顯，他對政治很排斥，對世情也冷淡，交際面也不是很廣，如果依賴情節，他就太窄了。就好像手頭只有胡蘿蔔和青菜的廚師，只好在裝盤，配色和刀工，調味上下苦功了。

當表演人格遭遇肉體誠實

看了幾本毛姆。《月亮與六便士》，不好，但不完全是毛姆本人的問題——我看過幾本高更的傳記，都不好，有一本是略薩（Mario Vargas Llosa）的《天堂在街邊的那個拐角》*，我不喜歡略薩，長句多，敘述溫度高，主觀滲透多，有詩化的傾向，對於一個小說家來說，詩化可是個危險的詞。但這個詩化把高更的傳奇色彩強化了——本來印象派畫家就是這樣，個個是明星氣質大於現實氣息。撇掉技術原因不談，大概是高更脫離文明進程，回歸原始社會，過的那種純精神生活，太偏離一般人的經驗了，即使作為作家，以理解力和想像力為職業生存手段的人，也無法意會，所以幾本傳記都寫得很虛脫，隔得很。

再說回毛姆的小說，《刀鋒》好一些，最低限度拉里是個懷疑論者，他的氣質和毛姆很契合，經驗的近身，使這本書的人物心理刻畫比較浮凸和清晰。《劇院風情》很好，看出是寫貼身的生活，好像手邊的一棵樹一樣，隨手掐下來的枝節，都是水淋淋，活生生的，人物也好，

*台灣譯作《天堂在另一個街角》，聯經出版。

情節也好，細碎的小場景也好，都是樹叉投了影子在那裡，輪廓楚楚的，只等毛姆拿筆這麼描一描，勾一勾，哈，便成型啦。

朱麗亞是個天生的演員，首先是肉體配置：她有完美的身材，橡膠般活絡的臉，豐富的表情體系，可以清晰地析出角色的內心，其次她自幼生長在一個戲劇化的環境中，一路沐著春風春雨，她的表演人格被澆漓著，發育得極好——她會說話時便有人教她念臺詞，一個年老的過期演員教會她舞臺經驗和念臺詞的煽情方法，一個不得志的導演把她拉拔成一線女演員。還有一個枕邊人負責經營管理她的才能——那是她的丈夫，邁克爾。她把表演人格帶入日常生活中，無論是對著邁克爾，及他的父母，或周圍的什麼人，交際生活幾乎就是她訓練演技的舞臺——她一眼就看出邁克爾的父母喜歡賢婦，為了討他們的歡心，她立刻能把角色切換成村姑，並用她本色的演技打動了他們。

不經意做出的一個漂亮手勢，一經指出她便儲備在記憶裡了，只待時機便提檔複製出來，以供製造角色的需要，她的表演，是先行於生活的。甚至，她的社交能力，亦是源於她的舞臺經驗——她有成籮筐的角色經驗，遇到任何困境都可以抽出一個來從容應對——遇見調戲她的爵爺，她就是被羞辱的茶花女，聲音與肩膀發著抖，把食指指向肩膀的同向，遇見意欲離去的情人，她就是受委屈的包法利夫人，無聲的哭泣，節奏，分寸，拿捏得完美無缺。哦，對了，還有：婚外情遭遇群眾圍堵時，她立刻調整出安娜．卡列尼娜的姿態，哈，演戲生涯就是她的資料庫。

她的丈夫邁克爾，劍橋大學畢業後，因不忍浪費自己的美貌而進入戲劇界，與妻子相反，他生性清冷，對戲是，對女人也是，前者斷送了他的舞臺前途，後者使他不能成為妻子的肉體對手。肉欲上的溫差，在他是安之如素，在她是躁動不安——他最大的缺點是無能，最大的優點是無為，也就是安於自己的無能。但是他很有識別力，懂得尊崇妻子的才能，並把它們經營管理得很好，她的才能，是他們最大的無形資產，通過他的經營被發揚光大，變成財富和社會地位，從社會經濟學的角度來說，這對夫妻倒是互補的。

一旦肉體的魅力消失——當邁克爾服完兵役回家，朱麗亞發現他身上那種清鮮的，青年男子的體味已經褪掉了，只剩下老男人的濁氣，她頓時推翻了自己對他的迷戀，愛情始於肉體，亦終於肉體，在肉體退場的地方，他全部的性格缺點開始登臺——他自戀，吝嗇，平庸，一是為了保護自己生活和心靈的德行，二是覺得否定了當年的迷戀，就是間接被生活欺騙，這個強大的女人不能接受這個騙局，或是敗局，所以她繼續發揮演技，不遺餘力地逢迎邁克爾，心裡卻是在辛辣地笑話著他和自己。

日子就這麼流水般地過去了，直到托馬斯的出現。一開始托馬斯吸引她，不外乎是她自戀的一點折射——她是將日常生活舞臺化的人，她的修養，謙和，幽雅的動作，手勢，都帶著她演技的餘韻，她得意地看到，在他崇拜的仰視裡，自己的魅力，又多了一個映射的鏡面，這個女人的控制力是一流的——但是她對自己的肉欲卻是無力的，任何能喚起她的肉欲的人，都可以借肉體這個武器打敗她。二十歲時，她排除異議嫁給邁克爾，不外乎是貪戀他的美貌，她被肉欲打敗的結果是婚姻，二十多年後，她被肉欲打敗的結果是婚外情。

托馬斯並沒有肉體以外的優勢，他的性格平庸委瑣虛榮，但是他愛能充沛，倒不是愛朱麗亞，而是愛性行為本身，這正是朱麗亞需要的，她只是需要一個愛的對手，至於是誰倒次要。她也知道他在利用她，她甚至為這種利用創造了種種便利條件——這是個氣宇恢弘的女人。是個花錢買歡時手勢很漂亮的嫖客——小說的視角很新鮮，甚至可以說是女權，如果把角色的性別倒置一下，則這個故事破舊不堪，因為我們的定勢是：只有男人才會因為女人姿色衰退而厭棄對方，殊不知，女人對男人的愛情，也可以是基於肉體。類似的還有一篇是三島由紀夫的《肉體學校》。它直接指向肉體，它寫的是男妓，可是我看到的卻是女人在肉體困境中的失重。

最後，她發現托馬斯居然利用她為一個小女人鋪路，她下定決心，施展手腕，假意允許那女孩在她的新戲裡做配角，鼓勵她，支援她。最後在首場演出時毫不留情地搞砸了她的最重頭戲份——蓄意要使對方暗淡無光的戲服，吸引觀眾注意力的小道具，打亂對話節奏，臨時改變走台方位以使對方不得不背對觀眾，或者更糟：以最難看的側臉對著觀眾——一心要一鳴驚人的女孩在臺上驚惶失措，從此作為演員的前途也完了。而她呢，早就把這一切置之腦後，視若前塵了。

《刀鋒》裡的拉里，始終沒有戰勝虛無的失重，《人生的枷鎖》裡的菲利普，最後是毛姆施捨了美麗清純的女人來拯救他，但是前面的否定積壓得那麼厚實，這個在結尾姍姍來遲的拯救，也太虛弱了，唯有這個女人，是毛姆小說中唯一一個自救成功者，雖然她的手段險惡毒辣近乎於巫，我卻仍然被她的力量所折服。一個女人，面對愛的敗局，一聲痛都不喊，打碎牙和血吞，拍拍衣服，撣撣灰，微笑著爬起來。她成功地把自己代入了一個強者的角色，並演至終場。我沒有什麼可做的，只能起身，鼓掌。

如果毛姆……

如果毛姆不是自小口吃，那麼他組織語言的稟賦應該會有另外的出口，他會像他的哥哥，爸爸和爺爺那樣，循著司法世家的軌跡，做一個律師或法官，笑傲法庭，舌戰群雄，如果他不是身材矮小，樣貌平平，而是像哥哥們一樣高大俊美，運動能力出眾，那麼他也會憑著體能的優勢，悠遊於各大俱樂部，進入上流社會的社交圈。而他，因為口吃和矮小，深感自卑，在飯桌上只能淪為緘口的旁觀者，只有寫小說時，把自己代入敘事者角色，代理他人人格的時候，才會意氣風發。但這種自抑，及自抑後的舒張，其實是一個作家很重要的素質，自我狀態太粘稠的人，光顧著表現自己，無法充當一個高效收集資訊的反射板。太弱的人，容易被他人滲透，毛姆的時收時放，恰恰調節了這個。

如果毛姆飽讀詩書，滿腹經綸，或是天賦異稟，想像力出眾，那麼他會成為一個知識份子作家，一個完全建立在間接經驗上，或憑著想像力寫作的室內作家。不過毛姆十七歲就跑出去遊學了，他這輩子最不屑的，就是搭建空中樓閣，或是像亨利．詹姆斯（Henry James）那種窗型作家：在視野裡開個小窗，記錄一點空氣的氣味和流雲的形狀，他自己呢，倒更像是一道遊廊，嗯，就是我們常常在蘇州園林裡看到的那種，步步換景，處處有戲，字字落實。

他從不寫直接經驗之外的東西，他的關鍵字：一是「知識」，二是「合理」，三是「好玩」。他要是寫異域風情，就一定要實地考察，聽到他們的口音，嗅到他們的體味，知道他們日常生活的細節，他每天刮鬍子時都對著鏡子唸人物對白，反復掂量是不是合人物身份——寫小說的毛姆倒不自私，有的作家是自私到把每個人物都變成他自己的代言人了。毛姆一直堅信：故事才是硬道理，你看過他的小說就知道，不要說汁水豐盈的描述性細節，就是形容詞，他都用得極儉省，他從不在細節上流連，他總是腿腳利索地直奔下文，他的好處只是情節的好——你翻開了他的書，就再也放不下。

如果毛姆視金錢如糞土，那麼他不會那麼敏感於市場。他活到九十一歲，寫了六十五年，出版作品一百一十部，有些手稿的拍賣價和版權費至今保持紀錄。他口舌惡毒，心眼小得堪比針尖，凡是進入他注意力半徑的人，幾乎都被他菲薄過。他去參加皇家宴會，連女王都久聞他的「舌辣」而不敢坐在他的身邊進餐。他唯一保持敬意的，大概就是市場。他總是敏於收集資訊，戰時寫間諜小說，和平時期寫輕喜劇，維多利亞末期寫貴族戲，戰後寫偵探小說，蕭條時期寫遊記體小說，他不僅是文人，更是文學事業家，他很擅長經營自己，也正因為他太臣服於市場，所以他這輩子都成不了一個文體大師。他受不了那種離群的孤獨。

如果毛姆不是愛財如命，點滴計算，他不會在簽每個售書合同時都錙銖必較，討價還價，給好朋友寫個序或跋都要收費。五十年代，他在美國簽售《刀鋒》的合同，當時的版權費是五十萬美金，堪稱鉅款，他施施然走下出版社的樓，逆著迎面的暴風雪，就上了公車回家，連計程車都捨不得喊。但是他也可以花兩萬美金一年，雇僕役，請園丁，養著一個九個月都不去住的別墅，因為他覺得省錢必須在暗處，暴露在人前的部分，必須與他的紳士身份相配。

他並不像大多數作家那樣，只能粘貼於某個時間段，與某個時代共振，他整整寫了六十五年的暢銷書。跨越了維多利亞末期，愛德華時代，一戰，二戰，但是他本人，早已定居在他的青春期人格中，他愛財是因為他務實，他年輕時受過窮，自幼失孤，他需要金錢的溫暖和安全感，他揮霍是因為：在他維修保養良好的肉體容器內，始終住著一個愛德華時代的老靈魂。

愛德華時代是指一九〇一到一九一〇年，愛德華七世在位的十年，它是維多利亞時代和一戰之間的過渡地帶，理性時代和焦慮時代之間的環扣。愛德華時代的口頭禪是「門面工夫是一定要裝點的」，每個人都可以狎妓，酗酒，吸毒，同性戀，但是要尊重社會潛規則，就是不要在枱面上端出醜事，如果一個人家出了戲子，那麼大家在他家人面前就連「劇院」這個單詞也不提。

愛德華時代的生活要領就是：你一定熟知禮儀規矩。毛姆本人就是一部活體大英社會知識百科全書：如果想知道藝術家的生活，可以看他寫的《月亮與六便士》，如果想知道劇作家和演員的生活，可以看《劇院風情》。小到喝湯時出多大的聲響，跳方步舞事摟住對方的幾分之幾腰圍，如何使用小手帕，在哪家裁縫店做衣服，多少家產的紳士可以參加哪個檔次的俱樂部，大到每個季度該給情婦多少贍養費……他隨手亮一亮都是知識豪門的身家。他可以嘲笑亨利·詹姆斯是個連土語和客廳用語都分不清的拙劣寫字匠，他也會畢恭畢敬地給一個西班牙農民寫信，探聽某種他在小說裡要寫到的鄉間風俗——他尊重知識，和擁有知識的人。

如果毛姆是個無需成長期的，天才型作家，那麼他不用在長達六十五年的寫作生涯裡，無論疾病，挫折，戰時，都堅持工作三個小時以上，他的技術像雷諾瓦一樣，與其說來自天賦，莫若說來自苦練，很多人驚訝於雷諾瓦畫女體時的圓熟和流麗，卻不知這源自他的童子功，他自幼在瓷器廠學徒，在花瓶上畫過好幾千個裸女，早就把身體線條爛熟於胸。毛姆的經驗則是「我不知道什麼是靈感，反正我沒見過這玩意」。

如果他不是這麼敬業，也許不會老是官司纏身，直到他九十一歲逝世前，還有人控訴他在小說中盜用了他們的生活經歷，我相信凡是進入毛姆社交半徑的人，幾乎都在他的書裡投影成像了，他把點滴經驗都擠出來營養他的一百一十部作品了，他始終不肯寫印度，因為他覺得已經被吉普林（Joseph Rudyard Kipling）寫爛了，他的生活都為寫作儲備經驗，所以他自然也就不去印度旅行了。這個自私，利己，惡毒的人畢竟還有打動我的地方，比如：在成名以後，有一天他經過大劇院，裡面正在上演他的一齣戲，他聽到觀眾在落幕時雷鳴般的掌聲，對著落日長長舒了一口氣：「這下我終於可以從容地欣賞落日，而不用挖空心思想著如何優美地描寫它了。」

如果毛姆熱愛女人，那麼他的作品裡會多一些以女性為載體的「真」、「善」、「美」，但他是個同性戀，且沒有在筆下善待過除了他媽和女王以外的第三個女人，他文中的女人都是自私，惡毒，貪財，亂愛的勢力小人，且毒化了男性的思考力和靈性生活——公正地說吧，這倒更像毛姆本人在女人眼中的鏡像。

事實上他對所有人都是一種堅硬的防禦態勢。在他少年時代的照片裡，那個因為口吃，膽小，懦弱而被人欺侮的孩子，他對世界的敵意，就全定型在眼簾下垂的怯怯，嘴角耷拉的不屑裡了，直到有一天他發現自己有譏諷的能力，這些小毒針可以幫他防身和禦敵，在漫長的成長期裡，毒針硬化成了瓷釉。在他盛年時期的照片裡，他叼著大菸斗，睥睨人世，拒絕任何近身的暖意，直到他死之前得了老年癡呆症，這層硬釉才開始慢慢剝落，他開始躲在無人處哭泣，拉著別人的衣角泣訴，他臨終前的照片上，又還原成一張皺紋滾滾卻又畏怯的老娃娃臉，那是他體內那個口吃的膽小孩子露出了頭，以他最初的樣子，向這個世界告別。

都是想像力惹的禍

那天和小曾還說，喜歡書甚於電影。後來周姐姐在旁邊補充，因為文本會比較細膩地關照人物的內心。而且，好的電影，往往會浪費掉一個上佳的小說，劇本只要情節外殼就可以了。除非是情節劇，那是可以書而優則影的，比如《飄》。最近因為寫「嫉妒」主題的緣故，編輯說可以引證《贖罪》，我一向是有嚴謹求證癖的，觀影之後，就跑去查麥克尤恩（Ian McEwan）的原書，結果發現，小說那個美味的核，在電影中完全被置換掉了。麥克尤恩想寫的，不是妹妹嫉妒姐姐的魅力，繼而誣陷姐姐的情人羅賓是強姦犯，他真正的重心是：一個小說家的心路歷程，他發達的臆想癖和現實的不合拍，錯音。

只要把筆鋒倒轉一下，《贖罪》就是個天才小說家的傳奇。布里奧尼生活在中產家庭，一個風景如畫的城郊豪宅裡，沒有同齡的玩伴，自幼與自己的想像力嬉戲，這些都滋養了她的臆想氣質。她熱愛秩序，把自己的娃娃整齊地放在她們的起居室裡，而在小說裡，她可以把這個嗜好發揮到極致，所有的人物都可以在寫作中條理化。她需要劇本引發讀者的驚駭，隨之讓他們爬上情緒的巔峰，縱身一躍，最後跌落在現實冷硬的平臺上。讀劇本的時候，她眼睛直視著每個人——她毫無內疚地要求家人在她施展敘事魔力時集中全部的注意力……每個寫作的人，都應該很熟悉這種感覺。

良好的語感，就像使用熟練的身體會帶來性快感一樣，布里奧尼時時被文字搞得芳心蕩漾。「回眸一笑」，那是主人公已經墜入愛河，「陰戶」這個詞，她在羅賓寫給姐姐的情書上匆匆一瞥，立刻驚起波瀾壯闊的生理性厭惡。也就是說，對她來說，文字所激起的快感和痛感，遠遠大於生活。

一個好的小說家，他體內一定會有一種轉換機制……布里奧尼就是能直視她的幻象。「我看見了，我看見了」，她的真實，不是她的視覺性記憶的複製，而是她的幻象被逼真了。她說強暴小女孩的人是羅賓，因為只有這樣，她腦海中收集的事件碎片，比如猥瑣的情書，羅賓和姐姐在噴泉邊的對峙，書房裡的身體相契，就能被合理化，就像一個小說家終於理順了自己的情節流，使之可信一樣。麥克尤恩也真絕情，劇終時，讓她得了老年癡呆，對一切的控制力都徹底瓦解，不管是日常，男女，寫作，記憶，還是她那野蠻的想像力也好。

我有點興奮，這個主題，對我來說，比成長中的嫉妒好玩多了。小說家各有不同，一種是建築在直接經驗上，比如毛姆，他從不寫他眼界之外的東西，如果他要寫印度，他就一定要千里迢迢地奔赴現場，嗅到農民的體味，熟悉他們的起居細節，把自己的記憶庫都填滿，一直到件件都手到擒來，才開始落筆。毛姆本人就是一部活體大英社會知識百科全書：如果想知道藝術家的生活，可以看他寫的《月亮與六便士》，如果想知道劇作家和演員的生活，可以看《劇院風情》。小到喝湯時出多大的聲響，跳方步舞是摟住對方的幾分之幾腰圍，如何使用小手帕，在哪家裁縫店做衣服，多少家產的紳士可以參加哪個檔次的俱樂部，大到每個季度該給情婦多少贍養費……他隨手亮一亮都是知識豪門的身家。

但還有一種作家，是靠想像力寫作的。麥卡勒斯是個非常出色的小說家，但是她是個很失敗的新聞記者，當她在報社實習的時候，時時受到總編的喝斥，因為她總是任性地篡改情節，她覺得真實的事件缺乏刺激度，就把它打亂重新編排……其實這也是她寫小說的筆法，沒有什麼對現實的描摹和尊重，完全隨心所至，她可以在沒有見過一個啞巴，直接經驗全然空白的情況下，塑造出完美的啞巴解人——辛格。我到現在都記得，初讀麥卡勒斯時，那種心悸，啞巴辛格唯一饒舌的時候，就是對著那個胖啞巴，他的手指翻飛，愛意濃烈，其餘的時候他是個結實的情緒垃圾桶，任人傾訴。他的手總是藏在褲袋裡，沉默無語，像發育中小女孩藏起自己初萌的胸部一樣。這個虛構的啞巴，比任何一個我認識的啞巴都動人。

這種例子實在是數不勝數。香奈兒的自傳裡，說她在姨媽家的牧場裡長大，十六歲離家私奔，海藻般濃密的長髮，裹著百合般嬌嫩的小臉，可是傳記作家的考核結果是，她在保育院度過孤苦的童年，和十個小孩一起公用洗臉水和肥皂，毫無暖色背景的醜陋孩童期。海明威不停地對他身邊的粉絲宣講他前妻們的不忠和豔史，每個細節都水靈鮮活，可是拜託！所有的事實都表明，先出軌的人是他自己。薩伊德有講臺恐懼，上課的時候，一定把眼鏡取下，這樣他就能渾然地活在自己的思路裡，模糊掉周圍讓他驚懼的學生。尤瑟納爾一向是和她筆下的人物同聲同氣，她熟悉他們所有的生活細節，哈德良皇帝是雙魚座，另外一個是水瓶，到了生日她會記得給他們烤個小蛋糕，閑時她就對著臆想中的角色喃喃自語。

布里奧尼初顯創作天才的，不是她的小說，而是她的這份誣陷供詞，它毀掉了不止是兩個相愛的人，還有她自己，她本來可以循著正常的成長程式，進劍橋，在上流社會的交際圈裡觥籌進退，過完自己華美而豐潤的一生，可是為了自罰，她做了一個平淡無奇的護士，隱匿真名，只剩下一個號碼，在抹殺一切個性的制服下，便盆和生蛆傷口的惡臭中，最小收益地消耗掉了她的青春華章。對於一個在想像力裡馳騁無疆的，劃地為神的人，還有什麼比對她個性的碾壓更慘烈的犧牲呢？她用了半輩子，在小說裡履行她的贖罪，給了他們金色的海灘，纏綿的綠地，讓有情人終成眷屬，這是她所能做到的善行的極致，對絕望的抗衡……羅賓和姐姐依然活著，依然相愛——當然這是不可能的。縱然她動用了小說家最大的權利，也不過只是虛構而已。

刻薄談

那天看老周寫了一個《論刻薄》，說是中國文人精於作人，而疏於作文，很用力保全自己的善人形象，所以人文不一的情況尤其嚴重。好作家必須有性情，你看中國近代上四個最好的作家王小波，張愛玲，魯迅，錢鍾書，哪一個不刻薄？不及他們刻薄而成就不亞於這四人的，大概只有一個沈從文。但這四個人，在生活中，都有篤厚處。王小波對李銀河，張愛玲對胡蘭成，魯迅對文學青年，錢鍾書對楊絳，都可謂深情厚誼。性情中人當如是。

老周的意思我明白，刻薄絕對不是一種值得提倡的品質，但往往是無法避免的副產品。從性格角度來說，直覺好又快嘴的人，很容易刻薄，你看林黛玉就知道。敏感的人，多有刻薄處。比如有兩隻蒼蠅飛過，近視加弱視的本人，依稀可見兩團模糊的黑點，而擁有王牌飛行員視力的張愛玲，可以直觀蒼蠅的體態，膚色，飛行軌跡，翅膀打開的角度。正當我開懷大嚼時，就聽聞張愛玲幽幽地，用華美的句式說「清晨，無雨，一個買不到燒餅油條的日子，兩隻墨色的蒼蠅，悠悠掠過我的眼前」，真是……倒胃口啊。

一般人想如張愛玲般刻薄，難！張愛玲想不刻薄，更難！張愛玲最可愛的地方，是她不會說：「我看見一隻蝴蝶，世界是多麼斑斕啊。」

從技術角度來說，刻薄話像芭蕾，比較低成本，高效，而且有幽默感，利於啟動文本，黛玉一句「攜蝗大嚼」，劉姥姥的饕餮醜態，土氣，鄉下人的憨實，馬上栩栩如生，你換個溫情的句子試試，至少要長幾倍。我最喜歡兩個作家系，一個是美國的南方作家群，一個是二十世紀初毛姆，葛林，伊夫林沃（Evelyn Waugh）那批英國人，他們的英式冷幽默，其中的主料也是刻薄。

刻薄像煙熏妝一樣，是有技巧的。一定要有足夠的知識面，語言和笑點掌控力，才能踩好那個穴位。如果你的文字天生長著范曉萱的娃娃臉，或是葉蘊儀的乖甜相，就不要嘗試刻薄這個猛料。適度的刻薄很殺癢，缺乏主題的刻薄是陰陽怪氣，過於凜冽的刻薄叫人身攻擊，刻薄一樣有格之高下——梁實秋和魯迅對罵可謂棋逢對手，李敖和胡因夢互相揭短，則毫無美感可言。大音無聲，大愛無言，大的刻薄亦然，平生見過最刻薄的一個人，就是成天把溫情慈悲當語錄誦讀的，這種人。

但是既敏感又不刻薄的人，也見過很多。比如做人圓熟，守拙求安的。最典型的例子是薛寶釵。有次看張潔說汪曾祺對人的評論，沒有小說寫得好，我想是隱隱暗示他說話含蓄（確實，除了江青，我沒見他罵過任何一個人），但是那代知識份子，都是亂世學人，被大小政治運動嚇破膽的，個個活得如履薄冰。自保的心，可以理解。還有高度自戀的人，他們不關心自身以外的任何事物，連評論的興趣都無，這樣的人自然也無從刻薄。從文體來說，評論家肯定比散文家刻薄，因為他們必須有針對他人的觀點。全是好話，那是沒用心，龍應台有次批臺灣的文評家，說他們都好像是慈善家。

還有一種是經歷了世事，體恤人情，對人有充沛的理解力，可以消化一切醜惡。這種溫情，來得比較堅實，而且持久。在魏微小說裡，常常可以看到這種體諒。我要向她學習。

信

《千江有水千江月》這本書，有種復古氣息，不僅是文字的半文白，而且還在於它的抒情道具，比如大信和貞觀之間，是用書信相交的——每個人都活在無污染，非常環保的綠色田園詩情中：江楓漁火、濯濯蓮花裡，姐妹聊著床頭心事；淡然舉簫，眉黛輕蹙中，情侶互傳詩句；愛情的觸媒，也就是少時一個輕佻的魚刺，隔著窗戶紙，彼此都不挑破的幾句邊緣調情，即便對方是「泱泱君子，堂堂相貌」的意中人，也要發乎情，止乎禮，男有信而女有貞，不重肉體的親愛，更重心契。看這兩男女用古代戲劇裡才有的文藝腔對白互傳尺牘，我有幾分不耐，惡作劇地暗想，如果給他們配上因特網，QQ，MSN，視頻，手機短信，是不是這段情早就抵達彼岸，灰飛煙滅了？

慢一點，再慢一點，現代人，缺乏的其實就是這種慢生活，一切都來得太快捷，也太易揮發。就像床是肉體的歡愉地一樣，尺牘實乃精神戀愛的必備品。古人魚雁傳書，紙短情長，回味和咀嚼的餘時餘地都大得多，人的心，也是山高水長，悠悠不已。甚至，信也可以不著一事，即滿紙春色，請少納言的書裡寫：「在月光非常明亮的晚上，極其鮮明的紅色的紙上面，只寫著『並無別事』，叫使者送來，放在廊下，映著月光看時，實在覺得很有趣味。」——也沒啥具體的念想，就是姑娘你像一艘月夜的小船，時隱時現，一直在我心裡蕩出波紋啊。

信不一定是紙媒，也可以是實物。《古詩源》每每看得我落淚：「庭中有奇樹，綠葉發華滋，馨香滿懷袖，路遠莫致之。此物何足貴，但感別經年。」連樹葉都青黃幾回了，心裡惦念的人，卻再也看不到了。《枕草子》裡寫：「黎明的時候忽而看見了男人所忘在枕邊的笛子，也是很有意思的。等他後來差人來取，包了給他，簡直是同普通的一封信一樣。」心意抵達即可，無需浪費筆墨。

信來自不知名的時空，具有某種神秘性。卡夫卡臨終前，認識了一個小姑娘，小姑娘丟了心愛的布娃娃，痛哭流涕，卡夫卡決定擬作信箚一疊，叫做「洋娃娃來信」，不時告知小姑娘洋娃娃在路上的奇遇，卡夫卡費盡心思，寫了很多洋娃娃的路遇，最後還讓洋娃娃嫁了人，並細細描她的生活近況，這時，小姑娘已經從失去玩偶的痛楚中解脫出來了——這是奧斯特講的一個故事，我並不知其是戲說還是真事，但是裡面有神諭的感覺，就是「一旦活在故事性之中，就可以抵禦現實」。

信也可以是自斟和獨舞。亦舒小說《心扉的信》裡，小女孩長於單親家庭，自小被賣作商人妾，但是一個叫心扉的女孩子，一直給她寫信，鼓勵她自強上進，笑對生活，之後她果然擺脫商賈，自立嫁人，修得善果。後來她丈夫去尋找心扉，感謝她對妻子的激勵，才發現，所有這些信，都是孤絕的妻子，自己寫給自己，用以自勵的，他潸然淚下，備感對妻子的憐愛。其實這些信真沒啥，倒是這個丈夫，無視妻子身世的黴斑，不清白，對之愛若珍寶，實屬難得。有些自語的信，是寫給記憶的。席慕蓉的詩，有一首到現在還記得：「我在長長的夜裡給你寫信，然後在清晨，把與你有關的每一個字刪掉。」席的詩裡，總是有個舊人的影子，「我終於明白，這人世間的每一條路，我都不能與你同行」。中年女子，在鏡子前，梳理初白的髮，想著這些緣起緣滅，怕也是滿腹唏噓。

信總是寫給最貼心的人——薩伊德的《格格不入》*裡提到，年過半百的他，在知道自己患了白血病後，立刻坐下來給母親寫信，寫了半頁後，才醒悟到母親已經不在人世。最虛弱的時候，都想依傍母愛的。更傷懷的還有，韓素英的自傳裡，她在新加坡，收到男友在朝鮮陣亡的電報，但他的情書還在緩慢地依次到達。「此身不在情常在。」睹物傷人，莫過於此。最深情的絕情信，應該是龍女給楊過的斷崖詩吧。手寫信的時代真是令人懷戀，經典懷舊片《玻璃之城》裡，舒淇把舊信一封封投進當年的信箱裡，也收穫了舊愛黎明。這兩個人的重燃，也就和這些信一樣，更是一種對純真年代的緬懷吧。

所謂尺牘，原是不擬發表的私書，文章也是寥寥數句，或訴情愫，或敘事實，好的尺牘要說真話，不造作。尺牘一旦有了著意的矜持，或擬定要發表，就有廉價的表演性。我很喜歡周作人的尺牘。他精讀宋人小品文，深得其中神韻。談文、搜書、聚宴、飲酒、賞花、製箋、寫字、撰聯等等，素雅悠閒，情趣盎然，是典型的舊氏文人的審美觀。周堅持不談正事，「辦理公務，或雌黃人物者悉不錄」，因為這些信是要發表的，涉及褒貶人物，則有違寬柔敦厚。倒是他晚年致曹聚仁、鮑耀明的信，因是「不擬發表」，是故能放言述之，或敘生活之窘迫，或臧否人物，顯示了周作人性格中更為真實的一面。

*台灣譯作《鄉關何處》，立緒出版。

書寫的思辨

偶然之書

還在看《神諭之夜》。真迷人。每個情節的轉角都是偶然，熟極而流的蒙太奇跳接。查了下資料，保羅．奧斯特君果然是有電影業從業經驗的人。當過坎城影展評委，還曾和香港導演王穎合作數次。一九九〇年，《柏林蒼穹下》的導演威姆．溫德斯（Wim Wenders）邀他就《馬爾他之鷹》裡的一個段子合導一部電影。由於經費問題電影沒拍成，但十年來，在他的腦海中，圍繞這個核漸漸浮現出一個人和他的生活。「我終於找到一個地方來安放它，一個新的文

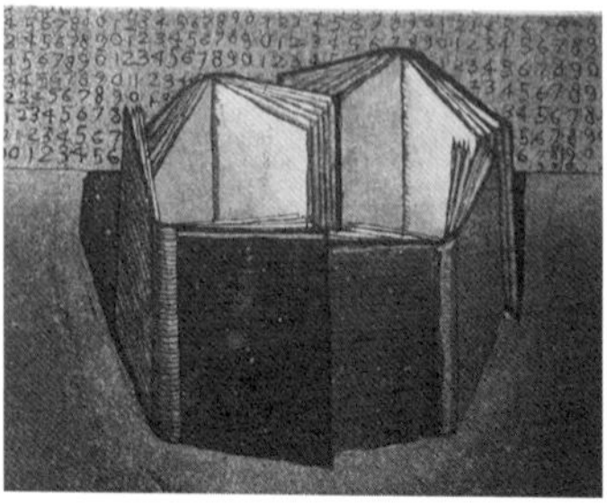

本。」這就是《神諭之夜》。他一九四七年出生，屬於戰後「團塊世紀」那一代。年輕時遊學法國。我一下找到了固定這個人的螺絲，就是六、七〇年代成長起來的狂飆青年呵。口中喊著「不要相信三十歲以上的人」的那代人，對一切秩序生活都質疑的那代人，剪了褲腳，蓄了長髮，讀著毛主席語錄和格瓦拉傳記度過青春期的那代人。我往左想想鮑勃・迪倫。再往右想想村上春樹。哈哈。

那代人都是徹底的懷疑論者。所以我毫不吃驚地在保羅的筆下也看到：生命是個偶在的網路。個體的命運只是附著其上的脆弱玩意，處處都是歧途。這個可能性無限地盛開，是這本書讓我看到的東西。結構和佈局的精巧令人歎服，一點接縫的痕跡都沒有。保羅的筆法，酷似偵探小說，密布迷局，呀呀呀，看得腦力很緊張。很男人的寫法，真的覺得男性化不是肌肉展示加語言暴力，而是智性的挑戰。讓讀者一刻不能安的那種不停地轉方向盤的快車寫法。

故事以一本藍色筆記本開場，病休在家的希德尼買到了一本葡萄牙產筆記本，這個本子讓他不斷地靈感神來，融心底波瀾入筆第波瀾。漸漸地，他筆下的故事都成了預言質地的。他在筆記本上落墨，而他的想像在現實落墨。好像一個在時空旅行中下錯了站的旅客一樣。他開始模糊了虛構和現實，現在與未來，真與假。

這本書像一個俄羅斯套盒，最核心的故事，是藍色筆記本上那個：一個男人偶遇一場意外，他逃生之後突然對生命不再信任，一個強大的念頭控制著他，就是：生命的偶然，像不定時發作的病毒一樣，只能以偶然去解毒，所謂以毒攻毒。他從此徹底切斷了過去，名字，身份，工作，孩子，妻子，從生命預設的軌跡上翻身落下，做一個自行運轉的小行星。他來到另外一個城市，不攜帶任何過往的負擔，清除掉記憶，重新開始。

每個人都是「偶然」掌中的一個小棋子。一點點最微觀的誘惑，情緒起伏，奇念，都可以將他的生活徹底改向，所以人生是充滿懸疑的。難得的是保羅的敘事方法，讓這個主題平穩降落的技術。不是卡夫卡似的寓言化，不是波赫士的邏輯技巧和智力遊戲，他是以故事拖動敘事的。比如這個男人差點被高空落物砸死，他震撼之中，決心從此與命運悖逆，從自己的命運中出走，丟下妻子孩子工作家庭，一切，他本是去街角寄一封信，就再也沒有回頭重返他的生活了。他在異地偶遇一個計程車司機，後者居然是個有懷舊癖的老兵，給他提供了完全沒有智性背景的工作，使他得以擺脫過往。這看似有悖常理的情節走向，保羅可以把他敘述得非常理直氣壯。「必然」都是由「偶然」這個母題生出的。誠如譯者說「這種敘事理念，是保羅的哲學。」

更難忘的，是他設置的敘事氛圍，像是小型室內劇。幾乎少有外景。一個平常人的活動空間裡，車站啊，書店啊，辦公室啊，日常所依附的秩序之上，居然也可以生出重重險事。比如寫書的這個男人，他去書店裡買個筆記本，也可以遇到一個名為店主實為地下賣淫組織者的男人，然後循序進入被誘惑的環節，和妓女苟且偷歡。幾分鐘內，否定掉自己一生所持的道德清潔度。在這點上，「偶然」可是公平的。它一樣會作用在現實生活中。

保羅是個思辯力很強的男人，可以他卻不是很知識份子的那種書房作家。本書的一些段落，關於文革，越戰啊，很明顯是資料中查出來的，但是他並不流連於此，只是把它們用做闡釋命運的一種裂變面目。不會過度地詮釋這些，藉以加重文本的哲學意味，沒有。還有，隱喻是所有現代派作家的道具，但是保羅把它玩得純熟之極。藍色筆記本，藍色是寬容，平和，自制，開闊，柔軟的理解力，當你熟知現在與未來，看到世事起伏，滄海易變，就會變得包容些，這是這個故事可咀嚼的情緒之核。

每見一本好書，我就覺得很安然，不是幸福，也不是快樂，都沒有那個強度，只是安心。覺得自己可以不負一段時光和腦力了。書之外，繼續過我必然而簡陋的生活，整理帳目。去銀行。開票。稅務。口角，衝突，憤懣，焦頭爛額。生活泥沙俱下，能收拾的不過是局部，洗得發亮的地板，整齊的櫃子，乾淨的飯食，素潔的衣飾，脈絡精美的一本書。以及這些潔淨源頭帶來的清淨腸胃和大腦。

那些戴綠帽子的男人

《戀情的終結》*是本男人書，裡面的女主角，和黃藥師他老婆一樣，純屬擺設。書的亮點：一，葛林的嫉妒，二，亨利的隱忍。前者已經被無數人討論地口水飛濺，我來說說後者。亨利是個寡淡的丈夫，公務員，居家氣質，結婚N多年，最初的激情，早已沖淡成平淡的逐日，由此他的妻子，美麗靈性的薩拉，紅杏出牆，愛上了心靈契合度更高的葛林。

葛林是個作家，小器，妒心，破壞欲旺盛，在淚水和疼痛中方能感覺自身的存在，我操，他怎麼是天秤，我看他這德行真像我們天蠍，至少這本書的敘述，是傾斜的，像是一個人和自己對愛情的偏見角力。前半本書裡，他都用葛林式的劍鋒奚落著這個綠帽子丈夫，作為一個成功的勾引者，葛林一定享有某種優勢和制高點快感吧，可是到了後本書裡，他才知道，那個他眼中遲鈍，乏味，情商低下的丈夫，其實早就明瞭他和自己妻子的姦情，這個綠帽子丈夫，甚至在妻子過逝以後，主動來找葛林談論亡妻，「在這個世界上，我最害怕的事，就是有一天回家，發現她留下一封告別的信，她死了，我總算可以知道，每晚她在哪裡了。我最大的享受就是和她說話，現在她不在了，我來和你說說她也是好的。」

當年看《包法利夫人》，使我深受震動的，也是那個綠帽子丈夫，在妻子服毒自殺後，一邊傾家蕩產地幫她還債，一邊獨力撫養遺孤，有一天，他牽著女兒的手在街上走，看見妻子的姘頭，他默默看著對方遠去的身影，心裡湧起一縷柔情，這個男人，和「她」廝混過啊，畢竟是個睹物傷情的紀念品，哪怕它的載體和外殼，是屈辱和蒙羞。誰沒有幾分傲骨呢，可是愛豈容你驕矜？愛情全他媽是天降橫禍，你激情如火，也許正撞上對方急於如廁，即使全世界的人施你青眼，那個你愛的人未必願意多看你一眼，有經驗的人說「愛比死更冷」，「更多的人死於心碎」，沒錯，不久包法利鬱鬱而終。

愛情的可貴，是因為它的質地，和人性是一塊布料上裁剪下來的。如果一種愛情，只是甜熟的讚美，溫柔的呵哄，浮泛的肉欲，只有積極，建設，平等，互動，那是因為它的鑽頭沒有深入人性的深處，飛沙走石，繼而激起渣滓和穢物。葛林的挑唆、自私、佔有欲，亨利的卑賤、逃避、怯弱，薩拉的搖擺、背叛、不忠，都是愛的排泄物。廖一梅說：「深刻的感情從來與滿足無關，滿足只能貶低情感，使情感墮入舒適，愜意和自我慶幸的泥潭。愛一個不愛你的人，一個登徒子，一個同性戀，那些無力滿足你的人，這樣你可以更加清晰地遭受愛情的重創，沒有虛榮心的愉悅，安全感的滿足，甚至沒有身體的舒適，只有愛情，令人身心疼痛的愛

*台灣譯作《愛情的盡頭》，時報出版。

情。」

以上是談愛情，現在談人情——有些綠帽子丈夫非常心寬，或把劣勢轉換成實利，或溫情大於敵意。《揚州畫舫錄》裡有一個男人，不耐煩夫妻二人唱仙人跳，公開支援妻子賣淫，自充老鴇，每次收了酒錢就欣然離開，讓妻子專心待客，就像汪曾祺寫妓女的人情味一樣，並不污穢相，也許因為裡面沒有欺瞞和脅迫的苦味。《雪山飛狐》裡的苗人鳳，是心心念念地念著逃妻，也不責難。《射雕》裡的南帝比較小器，不肯施救姘頭的孩子，結果釀下悲劇。田曉菲評金瓶梅，說武大郎其實是個寄生蟲，靠著妻子姘頭的貼補為生，潘金蓮是個硬骨頭，從不正眼看他，西門慶因為沒有及時賄賂，所以和武大衝突。這號綠帽子實在讓人生厭。

許仙，法海與黃藥師

夜裡睡不著，起來啃了個冰箱裡的蘋果，想找本不耗腦的軟書看看，正好床畔有一本李碧華，且看她說：「每個男人心裡都有一條白蛇，還有一條青蛇」，我笑笑，把蘋果核吐在雜物箱裡，再看她繼續分解：「每個女人，也希望她生命中有兩個男人，許仙和法海。」這從何解呢？她的意思大概是：法海是金漆神像，高高在上，俯視眾生，你拼了平生力氣，才能得君一笑（一夕歡大概都太奢侈了），他稍假詞色，你便雀躍不已；許仙是比較低處的那個美少年，依依挽手，細細畫眉，軟語相慰，貼心貼肺。

這一下徹底解了我的睡意了，我一個人在午夜的房間裡狂笑不止，這種空手說大道理的八卦兼八婆文章，我真的不喜歡，我從來不覺得間接經驗對實際生活有任何指導作用，或是有任何必要，因為生命是單向的消費品，有些事情就是純體驗性的，沒有必要把自己的人生規劃得處處盈利，滿手累累勝利果實。有些事情就是美在途中的揮發，也因為這個揮發而純粹。

這大概就是做女性專家，處處意圖代言別人的弊處了，因為她說的，至少不能覆蓋我，但是倒可以負面利用一下，這兩種男人，大概就是我最討厭的兩種男人了，法海是個活在自閉的理論體系裡，完全沒有交流欲的男人，一個人性化的缺口都沒有，除了自虐以外，我想不出正常女人有什麼親近他的動機。

我想起有一陣子，做三島由紀夫的筆記，也是面臨相同的問題，這個人有絕對的智力高度，三島由紀夫的筆記，很容易做得非常漂亮，你只要把他的華麗言辭剪裁拼貼一下就可以了，他根本就是一張附著答案的試卷，他太喜歡他自己了，他的聰明太外露了，他像一隻貓一樣，不停地舔著自己的毛，牽著你的目光，惟恐你注意不到他旮旯裡的聰明。我看過幾個人做他的筆記，基本都是在複製，在匍匐，我不知道別人怎麼樣，至少我感到屈辱，我不喜歡自己的大腦淪為別人思想的跑馬場，或是把我的情緒像琵琶弦一樣彈來彈去。

吳爾芙和弗里達都很自戀，但是吳爾芙自殺的一個動機，就是不忍心再連累為她的癲癇所苦的丈夫，弗里達就是拼了性命，也要用自己破碎的骨盆為里維拉生孩子，他們的自戀裡，還尚有愛人的微光，而三島呢，我翻遍這個人的資料，沒有發現他有發散性地愛別人的紀錄，他的性格裡，沒有任何打動我的東西，純智力優勢的偶像，純智力快感的戀愛，都不是我的選擇。

至於許仙呢，呵呵，妾如藤蘿，願托喬木，這號純娛樂性的，非喬木屬的男人，絕對不是我的所愛。但是我又察覺了李碧華的聰明處：就是純粹從文學角度來說，尤其從女性文學角度來說，這種陰性男人是一定要存在的，因為在他們陰性，綿軟，沒有責任心和擔當心的灰色底子上，才能襯托出他們身邊那個女人的剛烈和決絕。為一場愛情盛宴買單的豪奢與慷慨。就像非要有法海這種純理念高度的人存在，才能啟動青蛇體內的女性因數。

不信來換個較有性格優勢的男人來試試，比如，有一陣子我很喜歡黃藥師，男人首先得立身啊，人家有桃花島，搞搞房地產，旅遊開發之類，物質豐收之上，可以玩點小情調了，偏他又情趣發達，琴棋書畫無一不全，長得應該很眉目清秀，不然怎麼生得出黃蓉那麼漂亮的女兒？既然不用為五斗米折腰，玩點真性情也很容易，比如：對待敵人是冬天般地凜冽，很酷，有稜角，對待愛人是春夏之交地綿軟和柔細，很人性化的酷：有明處，有暗影，軟硬體都非常完美，可是黃藥師的女人一出場就是個未腐的屍體！這個男人形象太豐滿了，葉葉心心，餘情不止，都沒這女人什麼戲份空間了，她只要做個屍體，做個情節中轉的樞紐，做個遙遙的精神圖騰就可以了，她甚至都不需要為情節承重。想做一個完美男人身邊的女人麼？黃太太的下場就是經典的，你只能變成一個蒼白的切片。

葛林的中年意味，我的老男癖

滿喜歡葛林的小說，我在想，這可能和他行文中的「中年意味」有關，我有老男癖，自二十歲初戀開始，喜歡的男人裡，最年輕的一個，是七一的，其他統統都是六十後。柏同學說她只愛小男，清新的體味，真摯的性情，噴薄的血性，沒有經驗層覆蓋的潔淨，云云，她讀的書，很多是漫畫和繪本，我覺得她說的統統在理，惜他們不是我的那杯茶。

話說大多老男都猥瑣，蒙塵，暮氣沉沉，但也有個把極品。這兩天在看葛林的《夢之日記》，此人有個記夢的習慣，午夜的夢痕，即時用數詞固定枝幹，淩晨醒來再補充細節，如此三十年，蔚然可觀。閱歷豐富的人，做夢都盎然有趣，廚師的絕技是把蛋炒飯做得出神入化，小說家的絕活，是把最粗陋的原材料加工成故事。他太知道在什麼時候抖個笑點就四兩撥千斤。

幾個夢，如下：一、「我在英國受訓，美國特種兵將要空降捉拿我，我的朋友安慰我說『他們會遭到抵抗的』，『不會的，』我苦著臉說『他們會發給每個孩子一個紅氣球的！』」二、「去中國訪問，我諮詢導遊，可不可以招妓，導遊說中國政府支援使用避孕套，不過他不知道我的尺寸。」三、「在閱讀包斯維爾（James Boswell）的約翰遜（Samuel Johnson）傳記時，有一句話讓我印象深刻，就是『大教士把屁藏在長袍下，直到這屁可以算是女士放的，女士則藏到可以算是大教士放的。』」當然，這些都是戲說，也可以闡釋為政治立場，對宗教的微諷，對美國人的笑談。英式冷幽默啊，和老男一樣，是我的死穴。相形之下，托爾斯泰是個半神，波赫士夠老，但不男（他很少寫男女，就因為他陽痿？），卡波提是個內心脆薄的孩童，沙林傑（J. D. Salinger）是個福馬林水裡的孩屍。

毛姆也給我「人到中年」的感覺，他是維多利亞加愛德華時代的混交物，性格底色裡，是老牌紳士的風度。從跳舞時摟住對方幾分之幾的腰身，到手帕應該露出口袋多少，都是他的常識範圍。你讀他的書，就像一個被中年紳士伺候得舒舒服服的小女人。葛林亦然，他經歷豐富，談資豐厚——葛林做過記者，特派員，間諜。他很會帶你玩，不斷變換敘事場景，南美——《哈瓦那的特派員》*，非洲——《問題的核心》**，墨西哥——《權力與榮耀》，納米比亞——《沒有地圖的旅行》，只有那個《布萊頓硬糖》***是在英國本土。話題寬泛，隨性所至，政治，宗教，美容，服飾，哈哈，一個玩興不衰的老男。

*台灣譯作《哈瓦那特派員》，遠流出版。
**台灣譯作《事物的核心》，臉譜出版。
***台灣譯作《布萊登棒棒糖》，時報出版。

他顧及你的情緒，說故事總是不慍不火，沒有激烈的情節，沒有政治意味，沒有少年人的血性劈殺，沒有老人的興味索然，就是一個中年人的人情通達，什麼都見過，早已水波不興，寵辱不驚了。喪失信仰，卻懷有信念，他的筆下，惡無所不在，而人又在沉淪中掙扎。他久經情場，對女人，會品味，也有理解力和恐懼——我到現在都記得那個經典的《永遠佔有》，一個男人和新婦去旅行，而前妻的陰影無所不在，乍看溫情萬種，對前夫的生活惦念得無微不至，洗澡水放了，衣服熨燙好了，一切都井然有序，其實骨子裡極其暴力的佔有欲。最可怕的，不是奸人歹人，而是徘徊不去的舊人。毛姆擅寫妖嬈蕩婦，葛林長於寫美豔情婦，這兩種女人都是最光彩照人的，也最對中年男人胃口的。

清如水，明如鏡，淡如菊

一直很迷戀師生戀這種模式，也許和我對男人的口味有關，喜歡的男性是這樣的配置：年長，經驗層豐厚，可以營養我，覆蓋我，知性或理性的高度，可以供我仰視，人淡一點，活動力弱一點，鈍一點，這樣可以激發我的行動力，點燃我的激情嘛，所以呢，《老師的提包》這種書，一定會對我的胃口，這是情理之中的事，又是一本隨筆氣味的小說，私下一直認為，這是日式小說中的精粹所在。不在情節，而全以文字的質感和細節承重。川上弘美的文字，如清泉細語，又如耳語呢喃，低柔，纖細，絲絲入扣。細棉布的質地。

情節真是淡，淡如春雪，恬淡的氣味，清白的氣息，恍兮惚兮，只剩下樹影掩映中的幾絲雪跡。看了一遍，又複讀，還是模糊於它的情節。說不清，道不白。就是一個叫月子的女人，邂逅了她的昔日老師，兩個人好像也沒什麼激情暴漲的情欲啥的，就是遇見了，喝兩杯淡酒，淡話幾句家常，然後，各自各自斟酒，各自低酌，各自付帳，各自回家，各自睡覺，一個不停的「老師……」、「老師……」、「老師……」，一個不停的「哎」、「哎」、「啊」、「啊」。有時間就約了去趕集，賞花，採蘑菇什麼的。全書兩百四十二頁，蓄勢蓄到了兩百四十頁才發展為床事，真是一本有耐心的書。

然而又覺得再應該沒有，甚至連這個敘事速度，也覺出了它的理直氣壯。根本這就是日常生活的流速。四季流轉，日兮月兮，愛意漸生，愛意漸漲，愛意拍岸。好像一棵春來的樹，綠意是一點點在枝節中長出來的。秋寒四起的時候，隨老師去採蘑菇，秋林深處，層林盡染，高下遠近都是蟲鳴，觸鼻是菌類微濕的氣味，滿目蕭然的衰草，月子不禁反芻起平時不會去細嚼慢咽的那個旮旯了：「世間儘管萬物堆疊，與我相關的，也只有老師吧」，這句話，初讀時，只覺得淡而無痕的知己感，再咀嚼，竟是「唇齒相依」的驚心。

冬日的黃昏驟來如電，洶洶而至的虛妄感很快把人打濕，月子害怕冬天，害怕一個人的新年假期，讀書泡澡鎮日昏昏，踩著玻璃碎片了，竟也不覺得痛，只想「若老師在，肯定又說我不小心」，我曾經寫過，我讀托爾斯泰，像困難時期的孩子吃糖，月子對老師亦是，他是她心底的一塊糖，心境最苦的時候，拿出來舔一下，甜蜜一下，再收起來。潑墨如水的愛情看得太多，難得看到一個俯首吝惜如斯的，就覺得心疼。

春回的時候，愛意已經浮出水面了，對著老師新交的女伴，嫉妒的銳角刺出來，由愛故生貪，故生嗔，故生佔有欲，天下同心，心同此理，這是愛的標誌物，月子轉移嫉妒的方式是找另外一個男人小島，試圖平衡一下，仍然沒有面對面的計較。只是不軟不硬的距離感，她和老師真是同類項合併。夏天的雷鳴驚心，再掩飾又有什麼意思呢，還是大方地伏在老師的膝頭說

「我喜歡你」吧，流雲穿過了暴怒的雨層，天地驟亮。秋寒又來，老師的反射弧也真是夠長，他的身體攜帶他的氣味，漫漫輻射過來，月子與他不過是咫尺，心和心，卻走不到心裡面，一邊想呵手試暖，一邊對自己的心，發出警示音：「切勿冀望，切勿冀望。」因真先前累計的重重暗影，最後的那個冬天，真是童話般的結尾，那麼奢侈的明亮，雖然突兀極了，老師的鈍然，他用俳句啊，師尊啊，大男子主義啊，等等堆砌而成的距離感，全都被化解了。他突然大幅地回應了月子的愛，大方極了，連本帶息的。小氣人的大方，有時真是讓人落淚的。

師生戀的質地，好像也只能這樣，師生的關係，不全然是長幼落差，還多一層倫理的厚度，老師這樣的男人，也是我喜好的那種吧，孤獨體質的，必須在某一個獨處半徑內才會有安全感的人，他收集了好多舊電池，舊陶杯，夜深的時候一個個摸出來把玩，也是把玩自己的孤獨，孤獨在陶杯裡發出響聲，在電池裡微弱地呼吸。而月子呢，一個人削著蘋果都會哭起來，因為想起不願意為舊日的男友做家務，惟恐變成某種確定的關係，會給對方施壓。孤獨的人思路也是重疊的吧，就像老師，像師長一樣禮遇月子，好比一個柔軟的空氣牆，使人總隔著淡淡的距離感，好像是跳某種宮廷舞一樣，你進我退，極之優雅的周旋，總有一臂距離之隔。也就是這個吧，把戀愛的流程拉慢了，時間被拉成一張滿弓，使得最後一頁徐徐而來的愛的肯定，那樣勢不可擋。

給我一個用力的人生吧

這樣說吧，《老師的提包》，已經是我忍受日式疏離的極限了，「我」熱戀著「老師」，卻始終無法開口道出真情，因為在日本人的文化體系裡，非曖昧無以抒情，什麼都不能落到清晰的實處，也不能搞得太嚴重，兩百四十二頁的書裡，有兩百頁以上都在揣摩，暗示，猜測，對詩，心潮澎湃的午夜，不敵恭謹相對的白日，再百轉千迴的心思，也得在日光下灰飛煙滅。進入對方的親密半徑，好像比打一場二戰還難，既無肉欲的浮沫，也無意念的濃湯。角色在說話時都是「大概是這樣的吧」、「這樣也可以吧」，連肯定句都不敢用似的。

《老師的提包》裡的鈍感力，還算是為了自衛，怕再遭遇情傷。到了《一個人的好天氣》，這種清冷走得更遠了，人與人的冷淡，不用力，稀薄的人際讓我不能呼吸。單身媽媽養大的女兒，只會淡淡地說「你好老態啊」，對對方的去留，動向，甚至改嫁，都毫不關心，穿了露肩的吊帶衫，在七十歲的老太太面前，意圖打擊她的回春，拎起一隻貓扔出去，「你什麼時候死啊？」哈哈，這本書倒是有真實的青春期質感，動人處，也在此吧，我沒有任何道德高度的指謫，只是天性不喜輕的，淡的口感而已。《她比煙花寂寞》裡的徐佐子，痛哭流涕地對男友說，「我們結婚吧，我們可以天天怨懟，吵鬧，我要雞毛蒜皮，我要兒孫滿堂，我要死的時候孫兒女為我芝麻大的遺產爭得你死我活（大意）。」她的潛臺詞是「給我一個喧嘩熱鬧用力的人生吧！」……這正是我要說的。

日式冷淡的平衡點，在於物趣和禮節，他們對人既然那麼捨不得花力氣，自然節省下很多注意力。據說日本職員入公司的前幾個月，都要做禮儀培訓，包括鞠躬的角度都大有考究處。可是，那是一種量化的禮貌，沒有體溫的，它不是人對人的用心。《老師的提包》裡，「老師」每每喜歡在夜深把玩一些舊物，什麼廢電池啊，旅行中收集來的小茶壺啊，裡面凝結著過往的甘苦記憶，他愛過的師母，就是琥珀一樣被防腐恆溫地凍結在裡面了，與之對稱的，《一個人的好天氣》裡，知壽總是在獨處時，玩味著她搜羅來的瑣碎物事，前男友的陳菸，老太太的俄羅斯娃娃，這些濃情蜜意的對立面是，在老師能夠與師母共同生活的時候，在知壽可以與男友共處時，他們是不願意直接交流和言愛的。

自我狀態黏稠的後果，自然是對他人的離心力，疏離，這種東西，在歐美人的文化裡，被處理成一種懷疑論和哲思，這裡面就有思辨的力度和快感，對我來說，要刺激好玩得多，我去圖書館借書，如果借的是一本日本書，比如新井一二三，或是柳美里，就至少得搭配一本俄國文學。因為日本人的東西，又輕又省腦，感覺還有半個腦在休眠，就像你吃焦糖布丁或是一包薯條的時候，一定得另外配主餐。

我常常帶孩子皮皮去坐搖搖車，有家小店，女主人總是裡外忙碌，不是給搖搖車縫個布墊子，就是隨著日影把它拖移走，這樣小孩子就可以不凍屁股，而且曬到太陽。我喜歡這樣全心，用力，認真活著的人。有次我看見中央台採訪一個女芭蕾演員，十五歲就獲過國際金獎的一個女孩子，她說：「芭蕾是個非常殘酷的藝術，如果你一個星期不練功，往往連基本動作都會完成不了，而你每天汗流浹背八小時的最好結果，也就是不退步而已。」

說實話吧，活到我這把年紀，知道所謂生活也是門殘酷的藝術，它好比按揭貸款，或是逆水行舟，除非你每時每刻都用正數的熱情去填補它，否則它給你的賬單一定是負的。聰明人，是可以看穿，啊，生活他媽的原來是入不敷出的騙局，書本是虛妄的，社會是灰暗的，男人是不靠譜的，還是袖手止步比較合算，可是，不消耗力比多的人生，是多麼環保卻無味啊，看破紅塵愛紅塵，看穿書本愛書本，看透男人愛男人。紅塵是髒的，書本可以還你淨土，書本是蒼白的，紅塵可以補足你顏色和五味，這兩樣東西還沒絞殺完你的生命力麼，沒事，那還有男人呢。

那個習舞的女孩子還說，在她的同學裡，她也不是天賦最好的，可是他們都在中途放棄了……其實各行各業都是這個通理，跑完全程的，往往是才賦中上而不是頂尖的人。比較一下莎岡和莒哈絲，麥卡勒斯和厄普代克（John Updike），就知道，天才總是創作壽命很短，而技術性選手卻可以長青。天才是富翁的兒子，生來擁有巨富，手藝匠是打工皇帝，寸土都要靠自己的汗水。天才令世界增輝，而苦練技藝的手藝人，更讓我們看到，即使是天賦庸常的人，也可以向上帝的不公挑戰。如果說，我對莒哈絲這個暴虐酗酒的傢伙多少還有點好感，也是因為她對所愛之物的偏執用力，重拳出擊。嗯，她是白羊座，這是個猛烈的星座。莎岡是輕靈懶散的雙子。在龜兔賽跑的實例裡，誰先到達終點是次要的，最重要的是，烏龜肯定比兔子活得充實，因為它有目標，有幹勁，有一點點通過努力逼近目的地的快感。哎，還是做一隻笨蛋烏龜比較開心。

笑妄書

請注意，我說的是笑妄書，不是笑忘書，也不是笑忘錄。在這裡，我要去評論一個我素未謀面的男人，正如你所見，我要挽起褲腳，趟過河流的第三條岸，我還要給一棵不在場的樹修枝剪葉——我要從虛無中隨手取一些碎片，砌一個單向度的周公度出來。除了斗膽妄言，我想不出第二種行文的可能性。這兩天我重讀弗里達的傳記，少女弗里達六歲的時候，有一個想像中的朋友，她常常趁家人不在的時候，對著臨街的玻璃窗呵一口氣，然後用手指畫一道門，引她那個虛擬的朋友走進來，我決定效法於她，用手指在結霜的玻璃窗上畫一道門，引那個少年周公度進來。

少年周公度——是的，在想像中，我固執地不肯讓他長大，固執地把他封存在少年期。對我而言，他是日劇裡的落櫻情節，是岸邊的湧浪（注：青春期的浪是湧浪，衰老期的浪叫拍岸浪）是「當時年少春衫薄，騎馬倚斜橋，滿樓紅袖招。」——我想像中的周公度是沒有衰老期的。說實話，在我看來，詩歌也是青春期的事，我最喜歡他的那幾首詩，都是他的少年之作，比如《夏日雜誌》，我常常追問他那個穿粉紅色裙子的女孩子的下落，就像那個謝里曼

（Heinrich Schliemann）耗盡餘生去找《伊里亞特》的遺址一樣——結果他沒作成詩人倒作了一個考古學家，我也是啊，我是被他的詩魘住了，我在他那個虛擬的意象邊垂釣，希望釣出一個原型來，他讓我發現原來我並不是那麼鐵石心腸，我喜歡他的這首詩，也喜歡那個喜歡這首詩的我自己。

人人都知道我是個詩盲，對我而言，詩歌都N岔路口，讓我喪失方向感，且我是個情緒上儉省成性的人，等閒喜怒，皆不沾身，但是他的〈蓉〉卻把我看哭了。對我，這無異於一擲千金的豪舉，我遇見這些文字，在一個驟冷的初冬夜晚，不對，也可能是暮秋，閱讀背景我全都模糊了。文字是多麼抽象的東西，可是眼淚是多麼溫暖具體，這個落差真把我弄糊塗了。

蓉，
你站在樓簷下，
千萬別離開，
我去不遠的地方
一會兒就會回來。
你不要東張西望
蓉，

那條街上壞人很多
如果有人問你什麼
你就只搖頭 什麼也不要說
我，在敲一扇門
那門鎖裡鎖著鎖
蓉，
我的心中萬分焦急
你呀，千萬不要離開
你的頭髮要放在你的胸前，
你的手要放在你的兜裡
你的心要放在你的心裡
蓉，
你千萬不要輕易離開。

那是一些鏡子般直白的語言，卻有一種晃然的，直指人心的力量，那是初生嬰兒的軟屁股，是浪子的眼淚，是一切讓你無法設防的東西，它們輕車熟路，逕直進入我心裡最柔軟的那個角落，看久了，又變成洗舊的家常布衣，柔軟，乾淨，貼身，帶著體溫，針腳綿密。在他的文字裡穿行，我變得越來越軟，越來越舊，越來越窄，我的心啊，窄得只剩下一條傷口那麼窄，我不認識這個男人，可是我太熟悉這種語氣，我想起我男友，每次出差發來的短信都是「過街記得要站在斑馬線上啊」、「臨睡前要關煤氣啊」，有時一日數遍，字字都不關情，但我知道那是愛著一個人時的不放心，那時，你手裡捧著水晶，你腳下踩著薄冰，你身處危境。我想我明白那種擔心。他後期的作品，意象繁複了，技巧圓熟了，但是有一種特質卻被稀釋了。

他的詩作是陳年布衣的舊藍，他的文卻是性感的中國紅——這是中國古代室內家具常用的顏色，比朱紅略深，多半用於女性家具，比如嫁妝箱，妝奩之類，也常常在出沒於古詩和古畫之中。他的文，就有這種香豔和纖濃，他的風流也是中式的。公子美人，佳茗醇酒，是他文中高頻出現的道具。那些短句，斷章，字字高效，句句緊逼，有五代的風骨，每個詞都是打磨過地熠熠生輝。因著寫這篇文章，我把他的文章翻出來精讀了一遍，我越讀越慢，讀一句，又停下來回望一下，不僅是怕辜負了他文中的深意，也是被他的行文節奏所牽制。比如〈奴家茶飲〉，「秋花秋月美人，相稱的是美人的婉約曼妙。綠風蟬鳴釃茶，我愛的是這無邊寂寥。以這寂寥之心愛美人，勝若苦茶過長夏。是以隱士愛秋，取其清淡，與寥闊，君子愛夏，取其漫長，與無賴。」我試過了，我想調整他的句式，我想增刪他的文字，但我發現我不能夠，他的行文如此結實，他的文字如此經濟，根本就改不動。

我就這麼讀著他，寫著他，一個上午就過去了，隆冬的陽光是沖淡的白，像陳年的鉑金婚戒的色，雖然舊了淡了，也還是值得信任的暖意，可是越寫我就越絕望啊，我就像那個晴雯補完什麼裘一樣，已經力竭了，再不能夠了。至近至遠，至親至疏，他的詩和文，在我的感覺裡是兩種文字的面孔，他的文，背後襯著那個煙塵之後的古中國，邈遠，博大，影影綽綽，我知道那是做工極精美的文字，然而，對我，那種博大，卻是異己的博大，那種好，是我無法親近的好。我寫到他的文，我忍不住想把我的文字也給穿上古裝，可是那種厚積薄發的積澱，我怎麼能夠？

倒是一些他寫阿貓阿狗的文章讓我觀之可親，他寫過他的湯姆貓，土豆狗，還有旺財，姑娘和打手（一公一母兩隻帥貓），他對女人抒情都是精緻的，隱晦的，「我深愛你，我不說出來」，「這麼多年過去了，我依舊不能說出，我深愛你」，他不肯留下著力的痕跡，但是他對他的貓狗卻是不吝筆墨，也許因為是戲筆，那些文字鬆弛得多。他筆下的女人都像是偵探小說中的人物，線索模糊，隱隱約約，可是那些貓狗個個是體貌特徵俱全。我知道湯姆是一隻從良後的流浪貓，美手姿，愛打架，且所向無敵，常常在半夜裡肇事以後跳窗而入擾人好夢，旺財則是個悲劇角色，無甚姿色，也無媚人之術，睡在鞋盒裡還常常挨打，姑娘和打手會打好聽的小呼嚕，土豆則是難看，好吃，愛找碴——這些小生命，一寸一寸都是鮮活的。我疑心他時常是孤獨的——他湊近這些溫暖的小東西，不外乎是為了驅寒，為了戰勝生命中最原始的荒蕪感。

然而我愛慕著他，皆是立足於他的短處：他喜歡女人的肉體美，他對視覺快感有著不敗的好胃口，他喜歡得到別人的關注，他喜歡收集很多的喜歡，最好是高質量高強度的喜歡——他是無知少女及深閨怨婦的高級調情物件，他是如此地戀戀於人世間的熱鬧——聲色種種，讓他滯留的細節太多了，他斷斷做不到圓融無礙，至人無我，像杜象那樣：畫著畫著不耐煩了，就扔掉畫筆，自己關在屋子裡下二十年棋，他是有功利心和企圖心的，他是同時秉正邪二氣的人，也就是這點雜質和俗骨，讓我覺得親，反之，我怎麼也無法親近一個我看不到陰暗面的人。而且，在我看來他有點虛偽，只不過他造假的方向異於常人，別人都是偽善，只有他是偽惡——他在新浪的專欄叫公子，你壞，他的簽名是公子，你好壞吶。在這個人造的惡底子上，一點零星的真就分外地真，一點零星的好就分外地好。如是我對他愛意日深，哈哈。

南方很疼

我最熱愛的作家，都隸屬於南方作家群。一個在美國，一個在中國。美國的那個從地理上定位，應該是密西西比一帶，紐奧良。我是個地理盲，所得資訊無非是小說裡的隻言片語。南方作家群是繼猶太作家群後興起的吧，米切爾，凱・安・波特（Katherine Anne Porter），福克納（William Faulkner），奧康納（Flannery O'Connor），麥卡勒斯，卡波提，安德森（Sherwood Anderson）。中國這個應該是江浙，具體的人是蘇童，格非，余華，葉兆言，畢飛宇。平行比較是粗糙的，但是其中很有貫通的氣質，比如「疼」。

南方作家的痛感都非常發達，一個原因是，他們都有個手藝活，就是擅長使用童稚視角，蘇童的香椿街系列，全是用孩童的眼光去寫的，麥卡勒斯最長於寫少女和女人交接地帶的女性，心理和生理都在發育中，像春風裡漲得鼓鼓的花苞，碰都不能碰的乳尖一樣敏感，少女米克，在屋頂上抽菸，內心的音樂，青春期喜悅，像獵獵作響的旗幟一樣在心中激昂，安德森的《小城畸人》，全是青春期回憶錄，凱・安・波特的《老人》，一個小女孩像撥弄念珠一樣，翻著一本舊相冊，把煙塵遠去的南方世家裡的老人一一把玩，卡波提最動人的聖誕三部曲，也是用「巴迪」這個小孩子的口吻寫下的……孩子是水晶心肝玻璃人，眼睛比初雪都乾淨，比初生嬰兒的小屁股還易痛，鏡子一樣直白的，把人的心撥弄回最初的柔軟。

疼的另外一個支點是，這些人熱衷懷舊，「舊」是長於寫回憶，虛擬，締造近乎童話質地的過往時空。美國南方作家群，據某某給我提供的概念，是起源於南北戰爭時的分類法，南方無論在文化，宗教，理念上，其實都是自閉，落伍的，並且在被北軍征服以後，仍然不能真正地內心臣服，而是懷戀往日的尊榮和雅文化。《飄》裡的黑媽媽，南方淑女梅蘭妮，蘇埃倫，不能獨自駕車出門，不能擅自接待男客，凱·安·波特的小說裡也有南方世家的舞會啊什麼，一直到麥卡勒斯時代，她家裡還有黑人做僕傭，並且死的時候不享受退休金（骨子裡他們看不起黑人），卡波提小說裡，南方的親戚都住在深山，牧場，林地深處。到了年節才能盛裝聚會。

這些作家都很喜歡逆時描摹往日情懷，卡波提回憶童年，麥卡勒斯一輩子都在寫少女時代，《飄》是米切爾外婆告之的舊日南方故事，自幼諄諄面授的。蘇童寫得最好的小說都是非寫實的，比如《妻妾成群》、《紅粉》，一落筆現實就顯虛弱，如《蛇為什麼會飛》。我在想，可能過去年代的那種陰濕的氛圍，更契合他的語境。朗朗的日光，會破壞掉他陰柔的脂粉氣的故事格調。所有的童話，開篇都是：LONG LONG AGO，而且他們都有比現實更濃烈的愛恨。

疼是因為：他們都很會寫「畸人」：《刺青時代》裡的瘸腿少年，麥卡勒斯筆下，骨節粗大，氣質和長相都男性化，不近人，做事完全不合人情的愛米利亞小姐，愛上了女子氣兮兮的小羅鍋，最後被背棄。奧康納小說裡的斷腿姑娘，被一個變態男人嚇掉了假腿，狎昵羞辱，驕傲落地而碎，卡波提本人，嗓音尖細，動作女性化，雙性戀，自幼寄養在遠親家，備受冷落長大，幾經輾轉，最後靠伸縮自如的邀寵術混跡上流社會，安德森的書乾脆直名為《小城畸人》——「畸」從表面上看是畸形，生理的，其實更深層的意味，是心理「畸零」感。

疼是因為幻滅之痛，南方孩子卡波提和麥卡勒斯，甚至愛用同樣的意象，如「雪」，卡波提的《一個耶誕節》*裡，小男孩巴迪非常恐懼不熟識的爸爸，不想去和他過耶誕節，蘇柯安慰他：「去吧，也許你能看到雪呢」，最後男孩失望而歸，蘇柯給他念的臨睡祈禱是「想想最安靜的事物，比如雪，雪正從星星上落下，星星閃爍，雪花飄零。」小男孩含著眼淚睡了。麥卡勒斯筆下的佛蘭棋，整個夏天都埋首圖書館裡，想像著暴雪和遠行——麥卡勒斯出生於美國南部的喬治亞州，那裡地屬熱帶，即使冬天也沒有雪跡。麥卡勒斯就像她筆下這些少女一樣，有著發達的臆想氣質，在親見生命中的第一場雪事之前，就在她的小說裡，締造了她從未見過的雪……雪是華美的希望，也是幻滅。

*台灣譯作《聖誕節的回憶》，遠流出版。

矛盾與掙扎的躍脫

只為一場紙折的飛翔

《盧布林的魔術師》，艾．巴．辛格（Isaac Bashevis Singer）最動人的長篇小說。書裡的盧布林，背景粘貼在十九世紀末，也就是一八六三波蘭革命之後。那是一個新舊時代的接縫處，技術革命的餘波，開始波及東歐，木頭人行道被掀起，處處起高樓，煤氣街燈開始普及，盧布林是一個髒而喧鬧的猶太人聚居地。狹窄的硌石街道，昏昏的店鋪，逼仄的住所，密密的人群，牛奶，麥片，牛馬糞，髒水的氣味。

五色雜陳的生活氣息，卻掩蓋不了人心惶惶，波蘭的報紙上，天天叫嚷著革命，戰亂和危機，在點著長明燈的小教堂裡，總有人做夜祈。教堂外是轔轔的車輪聲，那是俄國佔領軍，把起義的波蘭人押送到西伯利亞去服刑。零下四十度的氣溫，大半年的冰封期，沒有煤、沒有燈，睡在木板上，醒來就變了冰蠶，去的人，沒有一個能活著回來。

可是我總覺得，辛格筆下的，是他小時候眼中的盧布林，一個封閉的波蘭小鎮，如果你現在打開波蘭地圖，在標誌高地的那塊黃綠色上，就可以用手指找到它。你坐上木頭座椅的老式火車，轟隆轟隆，午後的烈日裡你打著瞌睡，再睜眼時，就可以看到它。它是羅馬教皇的故里，這裡的人都篤信宗教，每個家族在教堂裡都有自己專用的墓地，去過那裡的人在遊記裡寫到：常可以看見穿著棕紅教袍的神甫，騎著自行車穿過田野，夏天的熱風，把他的衣帶吹得高高飄起。

這裡的人，會記得那個大鼻子的猶太孩子麼？他是一個拉比（猶太教神職人員）的兒子，還是另外一個拉比的外孫，人人都以為他會成為一個世襲的拉比，然而他沒有，他成了一個作家。

他出生於一九〇四年的七月十四日，也就是一百零二年前的今天，他在一戰時度過了他的青少年，二戰前度過了他的壯年。一個天崩地裂的大時代，轟隆隆地從一個孩子眼前開過去，烈焰和炮火照亮了孩童清澈的眼睛。他眼睜睜地看著整個波蘭，國已不國。一輪又一輪地被瓜分，蘇聯入侵，猶太人，在蘇波戰爭前是被波蘭人淩辱：拔掉他們的鬍子，燒掉他們的教堂，割掉他們的舌頭，徹夜地慘叫。

我絮絮地交代著這些背景材料，只是想為一件事求解，那就是，雅夏，也就是盧布林的魔術師，為什麼會成為一個兩頭不靠岸的，徹底的懷疑論者呢？這個男人是個迷，迷人的迷，迷亂的迷，迷失的迷。一個沒有宗教生活，從不做早祈晚祈的猶太人，失去了組織，無所依傍的男人。他有知識儲備，他精通物理天文心理學，他以理性為中軸，頑強地自轉著，他是他小宇宙裡的太陽，把不同的時區分配給圍繞他公轉的女人。

他清潔的理性，讓他懷疑這世界上的一切，他既不是傳統的猶太信徒：在牛油蠟燭躍動的光影中，唸著和書頁一樣發黴的禱告詞——他覺得他實在無須向一個未曾眼見過的上帝祈禱，既然他把苦難，屠殺，饑荒，流離賜予他們，他更親近他自己的理性。他也不是親俄分子。俄國人佔領了波蘭，見豬搶豬，見馬掠馬，婦女被強暴，財物被打著徵收的名義擄掠。整個村莊的猶太人，被剝光了財物攆出去。他看見那些臣服和取悅佔領軍的人，就想呸他們。他不能一刻沒有女人，讓他獨自穿過時間的荒蕪沙漠，他會被自己洶湧的懷疑逼瘋掉。

他是個精通催眠術的魔術師，而所有的愛情，都是一場盛大的催眠：他是自己妻子的早晨，爽朗，親切，可依傍，充滿希望，一切都是楚楚而明亮的，雖然她反射弧偏長，他在家裡說的冷笑話，往往等他出門後好幾天她才弄懂：他是瑪格達的午後，豔陽高照，梨花遍地開，他灼灼的諾言，催開了這個害羞姑娘的身體和情欲，他是愛米利亞的黃昏，溫暾優雅的智性生活，一塵不染的話題，吞吐於黑夜和白晝間，半明半暗，恍兮惚兮的調情時刻，然而沒有明天，黃昏是一天中最有末日氣息的時刻。

這是一個多麼貪婪的男人，一個熱愛速度和高度的男人，他的兩匹灰馬，一匹叫灰燼，一匹叫灰塵，呵呵，你擦拭過琴鍵上的灰塵麼，你曾經把一封舊情書燒掉，看褪色的字跡，像開累了的菊花一樣蜷曲麼？那你就會知道，灰是多麼輕，多麼快，多麼易逝的東西，他可以向任何方向扭曲自己的身體，人們都說他的骨節是用液體做的，他甚至可以用腳剝豌豆，可以模仿任何一種鳥叫，可以用一根鐵絲打開世界上任何一把鎖，可以走最細的鋼絲，可以在繩索上翻筋斗，這樣一個萬能的身體，他居然還奢想讓它飛行，他收集了無數飛行的簡報，個例，資訊的碎片，他生命中的兩顆一級星，就是愛米利亞，和飛行表演。

其實這兩件事，完全可以同類項合併，雅夏對愛米利亞的愛，是芭蕾質地的吧，而芭蕾，是人類克服肉身拖累，試圖飛行的唯一途徑。它的技術要點是：一，以足尖做最小的立足點——雅夏是個走江湖的浪蕩子，底層出身，愛米利亞卻是貴族的遺孀，有厚實的知性背景。他們在現實中，只有最小的，最微弱的交匯點，而盛大的愛情，都得在這個點上著力。二，為了在燈火明麗的舞臺上，做若干秒鐘折紙般脆弱的離地飛行，之前的奮力起身，之後的沉重落地，都是必須支付的體能代價，就像雅夏對愛米利亞，為了與她結合，他必須得丟掉他前半生的背景：他的家，他的妻子，他的江湖地位，他的宗教，他的信仰，還有他後半生的前景，他和愛米利亞私奔，是前途叵測的。

而雅夏，為這場飛行付出的代價是：他為了良心大安地與愛米利亞私奔，就必須找一大筆錢來安頓他的其他幾個女人，他就得用自己開鎖攀簷的技術去偷，結果自然是未遂，僅僅是個微弱的起跳動作，這個一心想飛的男人，就摔壞了腿，落地而碎的還有瑪格達，她因為他的不忠而羞憤自殺，辛格是多麼慈悲，他給雅夏找了一個光明的出口，就是讓他意欲飛行的肉體徹底回歸，他把他關進了一個懺悔小屋，半米見方的小窗，儉省的素食，清減規律而瑣細無欲的宗教生活，連上廁所的次數都要節制。一切懷疑和貪欲都關在牆外，他終於在極限的紀律生活中獲得解脫。

書裡穿插著一些口感美味的景語：綠色的新芽冒出田野，雅夏深深地吸著馬糞的氣味，蘋果樹的葉子，晨星一樣發光，夜晚的露水，像篩子一樣從空中篩落，麥芒如針尖一樣發亮。景語即情語，這些跳躍的小光斑，一點點照亮了本來有點灰的情節。散文化的段落，如果用多了，會耽誤敘事的節奏，使結構鬆散，但是我有種異樣的感覺，我覺得，這些景語，並不是為了給文本調和一點綠色的田園情調，也不是為了加一點酸甜的抒情液，它是為了給雅夏留一張靈魂翻身的底牌，一個再混亂墮落的人，如果他敬畏生命，熱愛自然，那麼，他就還有被救贖的餘地。

可是，我還是找不到解這本書的樞紐，也就是宗教情緒，我生長在一個唯物主義家庭，早早失去了相信上帝七天造人的可能性，我身上最接近宗教情緒的東西，也許是對秩序，紀律，責任和日常生活的敬畏心，如果取這個近似值代入，那麼這本書可以解成「自由是危險的，一個人只有回歸日常生活的深處，用很多的戒條去約束自己，才可以有所依傍，才可以獲得安寧」，心中有欲念的鳥群，它低低地掠過，盤旋，為了獲得安寧，得讓它們統統折翼才好。可是，這麼粗糙的一個解，實在無法平衡這本書對我的震動。

A和B——《魔種》筆記

有人好心地提醒我，要注意奈波爾的背景，由此可以看出《魔種》的主題是身份認同和理想主義。

其實我做過奈波爾的筆記，好幾次。我覺得如果我再提及什麼身份認同和理想主義，一是對我來說是資訊重復，二是，這個詞可以拿來歸類所有的殖民地作家，柯慈，萊辛，奈波爾，都沒問題，三是，與《魔種》同時並行閱讀的，還有契訶夫的短篇小說集和奧斯特的《在地圖結束的地方》，這後兩本書裡，一樣有理想主義者的幻滅和失根挫折。而契訶夫和奧斯特，都是原住民，可見，一些失落感，並不完全是殖民地背景造成的。

這三本書，讓我想到的是，所謂懷疑論者，就是那種「既不能在此，也不能在彼」的人。他的思考力太強大，像信心粉碎機，使他沒有辦法直覺地去行事，又不能堅信某一種人生觀，無論是在具象的，還是抽象的層面上，他都找不到立足點。如果真要說身份認同，我也是把它理解成這個意義上的，而不是國籍。

夜裡把皮皮哄睡後，讀了會兒契訶夫的《我的一生》，很多的段落，幾乎看得要落淚。這個故事也可以說是「身份認同」。「我」是一個貴族，建築師的兒子，但是「我」很質疑大家默認的這種生活方式，「我」生活的這個小城，就是俄國小說裡常常寫道的「外省」，也就是我們中國人說的鄉下了，一年有八個月的苦寒秋冬，房子全是一個沒有審美力的建築師設計的，千篇一律，趣味平庸，什麼娛樂生活都沒有，乾淨的馬路也只有一條，官僚烏煙瘴氣，男人聚眾喝酒，女人未老先衰，唯一的娛樂是把空罐頭綁在狗尾巴上，後者受驚過度，就滿街瘋跑，大家狂笑不止。

所有的人也就這麼過了，唯獨「我」，要尋求生命的意義。「我」覺得在辦公桌前抄抄寫寫的一生，是機械重復，不涉及心智的活動，所以和建築師父親斷交，跑去做了鐵路工人，又做了油漆匠，最後做了包工頭。可是又怎麼樣呢。時代的昏聵，個人怎麼抵抗得了。最後「我」也成了他年輕時最厭惡的那種人。頹廢，陰森，隨俗。

而這樣的句子，每每讓我想哭：「一大清早，太陽剛出，我就起床了，我們的大街上，一個人影都沒有。我的腳步孤零零，低沉地響著，沾著露水的白楊，使空氣中充滿柔和的清香。我喜愛這蒼翠的樹木，晴朗而寧靜的早晨，教堂裡噹噹的鐘聲，我不喜歡那些乏味的人。」「我摟住她，吻她，她帽子上的別針把我的臉劃出了血痕。」契訶夫真是太牛逼了，他不說我多麼愛這個姑娘，他不說我狂喜地沉醉在愛情中，他不說我吻她很久很用力，他只說「她帽子上的別針把我的臉劃出血痕」。

《魔種》裡，奈波爾這樣寫革命生涯中的威利：「他住在一座長房子裡，房間裡有一張老式四柱床，他也學村民一樣，把東西藏在茅屋頂上，泥土地面給牛糞抛光過，非常地光滑，這裡已經變成了他的家，每次當他想牢牢抓緊生命線的時候，他就去回想他一生中睡過的床，這個木床是新的一項。」

再去想想柯慈在大英博物館裡一天天的晃悠。「精神生活，他暗自想到，我們為之獻身的是否就是這個？我以及在大英博物館深處的這些孤獨的流浪者，有一天我們會得到報答嗎？我們的孤獨感會消失嗎，還是說精神生活就是它本身的報答？」

無人的清晨，激情的狂吻，床，博物館，其實都是一類事物，生命的瞬間美感，身份歸屬。我們樂於去棲居的，詩意的所在。

我的小屋面北，又在風口，夜裡那麼冷，我一邊讀就一邊喝口熱水，然而心裡卻覺得很幸福。隔著一百多年，或是半個地球，還有那麼個人，他和你一樣，心裡有很多的疑惑，陰影，黑暗物質。有時他絕望得快要被溺斃，就起身寫幾行字，那些字，就是他呼吸的瞬間，他當然不能化解你的虛無，他根本自救都無力，那又怎麼樣，契訶夫，奈波爾，柯慈，所有的懷疑論者，他們的結局都是可以預料的，奈波爾的封筆，契訶夫至死都沒有和他愛了一生的那女人結婚，而柯慈則說：「琢磨出什麼是該做的事情並不難。他用不著想太長的時間就能知道該做的事情是什麼。如果願意，他能夠以精確到幾乎沒有任何錯誤的程度去做該做的事情。是他躊躇的是這個問題，他是不是能夠在做該做的事情的同時繼續做個詩人。該做的事情是乏味的。所以他處在了兩難的境地。」

《魔種》裡只有一個人得到了「圓滿」，一個非洲外交官，他僅有的希望就是有個白色的孫輩，牽著他（她）在倫敦若無其事地散步。為此，他和不同國籍的女人上床，有了很多不同膚色的孩子。故事結尾，其夙願終於在混血兒子的婚禮上得以實現。《我的一生》裡，將軍的侍從也積極進取，放高利貸，勾搭奸商，成了新時代的投機商和暴發戶，擺脫了自己低下的出身。

這是兩種人，A．「我」，「威利」，是務虛的，追求生命意義的，思慮的，理想主義的，兩難的，分裂的loser。B．「外交官」和「將軍的侍從」是務實的，追求具體結果的，現實主義的，渾然的，方向感清晰的成功者。

A或是B，沒有好不好，只有是不是。A和B，他們對望著，對峙著，不屑著，並繼續在各自的歧路上前行著。

為人的劣勢，有時是為文的優勢

記得是去年看奧運入場式的時候，突然生出這個念頭，按常理推斷，運動員是健康，力度與美的代言人，理應是標準身材的擁有者，但是慢著！每個國家的運動員方隊都高低不齊，胖瘦不一，錯落蕪雜，幾乎沒有美感可言。舉重的橫截面太大，簡直是橫行，打籃球的是群聚的長臂猿，跳高的如長腳蚊子，體操隊像侏儒逛街。

近幾年我讀了些書，由吃雞蛋漸生對那隻雞的好奇，也陸續研讀了不少藝術家的傳記，閱盡無數文字形象的騙局，後來我慢慢明白，其實，很多為人的缺陷，一旦進入創作領域，就是極大的優勢。就像運動員的身材都比較特例一樣，這是因為，每個專案，對肢體配置的要求都是不一樣的。「美」，「力度」，和「日常標準」完全不是一個譜系的詞。

比如「道德感的模糊」，在創作中，這叫做「視角的公正」。

我那天看一個女人，在那裡解讀張愛玲的嚴重道德淪喪。我想說的是，好的寫實類小說家，要克服道德感的干擾。去看一下內米洛夫斯基的《孤獨之酒》和托爾斯泰的《安娜．卡列尼娜》，其實托爾斯泰心裡對安娜是牴觸的，十九世紀末，社會風氣閉塞，對一個背夫別戀的女人，人們都嗤之以鼻。按阿赫瑪托瓦的話說「托爾斯泰骨子裡覺得她是個婊子」，按高爾基的版本是「他根本不愛女人，除非她是個吉蒂那樣的賢婦」，而內米洛夫斯基是個清教徒，對肉欲很排斥，她沒有像托爾斯泰一樣，控制住了自己的好惡，而將對蕩婦的厭惡，滲透進了《孤獨之酒》裡，關於妖婦母親的解讀，這本書是很失敗的。

可以仔細對比托爾斯泰，村上春樹，吳爾芙，張愛玲的散文與小說，這幾個人有個共通之處，就是在小說中，不苟言笑，視角低溫，而在散文中，卻手勢放鬆，嬉笑怒罵，連篇說教，流露出更多的個人感情——他們都是自命為小說家，以小說為主業的人，一旦進入小說創作，會重拳出擊，本能地拔高技術指標，這個指標中很重要的一項，就是得和筆下人物保持距離，不能有過多的私情緒。

前幾天又複讀魏微的《流年》*，裡面寫了作為賢妻良母的楊嬸，突然有天自我意識覺醒，跟一個卡車司機私奔了——從頭到尾，沒有批判，沒有責罵，也沒有溫煦的同情和對女性意識的疾呼，這不是娜拉出走，也不是紅拂出奔，魏微私淑張愛玲的地方，不是語言，而是撇開道德，直視人性，眾生平等，壞人亦然。她還有個很好的紀實作品叫〈回家〉，寫的是妓女還鄉，亦是同樣的一碗水端平。

正義感強大的人，可以成為白求恩大夫，史懷哲醫生，德雷莎修女，學潮中振臂一呼的領袖，聖人或是慈善家，但不見得是個優秀的藝術家。（當然，同步的成功個例也很多，比如反戰的赫塞）。我常常在想，什麼人最適宜做作家？純白的好人不行，好人通常天真，缺乏對人性的深邃理解力，不能描摹出人的雜質和層次感。惡臭沉淪的壞人也不行，壞人往往性格虛偽，匱乏性情，無法擊中最他人心底柔軟的角落。

結論是：好作家，和我們大多數人一樣，是居於黑白之間的灰色地帶，時時活在激烈的爭鋒和掙扎之中。

又比如：「自私」，在創作中，這叫做「高度地專注於自我建設」。

希門內斯的老婆，癌症到了晚期，都無暇做化療，因為她生活能力低下的老公需要她照顧，這種被疏忽，冷淡，甚至感情勒索的待遇，很多藝術家的伴侶都經歷過，比如奧威爾的情人，或是畢卡索的太太們。但是，如果這些人不吸乾周遭人的血汗滋養自己，根本也無法全力以赴地去工作，你願意要一個藝術史上的偉人還是一個九流的家庭婦男？

又比如：「易怒」，在創作領域中，這叫做犀利，詞鋒銳利。感謝主，魯迅不是個寬柔慈悲的人，他這麼地沉迷於打筆仗，對罵，掐架，分泌情緒毒素，我們才有了那麼多好看的雜文集。

*台灣譯作《一個人的微湖閘》，寶瓶文化出版。

又比如：「神經過敏」，在創作領域中，這叫做「敏感度」。就像體操運動員的身材並不適合日用一樣，藝術家的敏感，只能在創作領域內發光。而用於生活中，就像拿一個高像素的相機去拍人像一樣，不但多餘而且會驚現很多不愉快的瑕疵。很多藝術家都無法與人近距離相處。

又比如「鑽牛角尖」，在創作領域內，這叫做「嚴謹治學，高度求真」，張愛玲這個人，按胡蘭成的話說是「連法幣兌換都搞不清」，但是，她在虛處非常地計較，晚年駁斥域外人對她小說的不當解讀，一句都不讓，絲絲分明，刀刀致命。我看青木正兒的名物考，注解繁複，什麼旮旯裡的資訊都給他嚼爛了，後來聽說此人生硬較真，頗不圓熟——我想了下，應該是這樣的，看他們的文章，那種幾乎見骨，吹毛求疵的鑽研精神，就知道了。

又比如「自我」，在創作中，這叫「個性」。集體專案，團隊工作中，需要螺絲釘精神，但在藝術創作中，不能被同化，必須有自己的識別度，推陳出新，才能有新的流派。

疼痛的經驗

我差不多買全了她所有的書。從最早的《女中學生之死》，到後來她改寫散文之後的上海系列，及歐洲遊記。在我眼中，她幾乎是完美的。除了老是把舊書換新名，一雞多吃，二次盈利。（這種商業行為確實讓我齒寒。）她老公是她的師兄，寫作長路上的啦啦隊員，兼教練，他們有一個非常精靈的女兒，叫陳太陽。都說圓滿的家庭生活，會腐蝕精神空間，可是看她，俗世的幸福，與寫作高度，兩不誤。

我想她可能也經歷過一個類似隧道的東西，「我走過一條黑暗的長廊，沒有人看見我的臉」——亂亂的房間，髒髒的日子，灰灰的心情，黑黑的將來。就是那樣。最早看她時，還在上初中，彼時的她，差不多就是我現在這個年紀。也是剛生養了孩子，處於人生的一個疲勞點上，進退維艱。很多年後，她談起那個灰頹的冬天，「整天昏昏地，就是想睡覺，鏡子裡，老是一張睡腫了的臉」。我現在也是類似。冬之夜，視睡如歸，在被窩深埋的安靜裡，讓所有的心思都蟄伏。卡卡說的，藝術只有兩種，把玩獸性，或是安撫獸性。我什麼都不做，我的獸，睡了。

那時她已經寫了《女中學生之死》，取材於一個女中學生的自殺事件。陳丹燕本人，是在親情普照的健全家庭中成長起來的，但是她卻有一種非常闊朗的理解力。有時，成長環境甜美單純的人，可以很冷血。因為他們沒有疼痛的經驗，也懶得想像別人的疼痛，在他們經驗地帶之外的，不用說，就是變態和邪惡。就像《女中學生之死》裡的那個班主任。知道寧歌自殺，非常地不解，「她好好地跑去自殺幹嗎？組織又不是沒關心過她！」或是像那個報社編輯。覺得青少年的生活，簡直就是青山綠水，陽光明媚，哪裡有什麼險惡陰暗。有人居然敢自殺，給他們提純過的孩童生活抹黑，真是罪不可赦。

他們根本懶得去想像，一個寄人籬下的私生女，像寧歌那樣，嗜賭的母親，刻毒的舅媽，市儈的鄰居，勢利眼的老師，這些微小荊棘，密布在她的日常裡，像一雙帶著鐵手套的手，揉搓一顆稚嫩的心。她拼死撲向一個又一個的微弱的光源，遠方的一個筆友，對她和顏悅色的男同學，給她一碗雞湯喝的鄰居，沒有用，這些浮木，救不了一個還沒有學會在世事浮沉中游泳的小孩。日積月累，一浪高過一浪的傷害。終於有一天，孤立無援的她，在一個午夜，爬上一座廢樓。在自己的手臂上，割了十四刀。「這個孩子，她走過那些熟睡的大人身邊，她從樓頂跳了下去……他們沒有醒。」我一直記得這個結尾。

這是一個真實的故事，寧歌的原型，叫施黶。《女中學生之死》，是根據施黶的日記加工成書的。近二十年後，再看這書，我發現它一點都不過時。凡是被意識形態碾壓過的，什麼這個主義那個浪潮，都是有時限的，但是，關乎人性的東西，是常讀常新的。我想，很多敏感纖細，內心放大係數高於常人的小孩子，都是那樣艱難地掙扎長大。就像我這次住院才知道，很多人，天生的痛神經敏感，麻醉藥對他們都無效。在百度論壇上，我就看見有人給她留言：「寧歌死了，我沒有，那只是個偶然。」那一刻我備感唏噓。

前兩天，非常驚喜地買到了《一個女孩》，雲南人民那個版本的，那本書原來在南圖借過，三次還是兩次，後來南圖的電子系統升級，舊證停用，那本書也借不到了。南圖地處陰濕，發黃的書頁上，有微黴和輕塵的氣味。書是陳的自傳體回憶錄，寫的是一個文革時期長大的女孩。現在有很多高齡童心追求者，成天用卡通，動畫，滋養自己，按小易的話說是「頑強地活在時間負軸上，唯恐不退則進」。他們都把童心唯美化了，拿它作為惡臭成年地段的代償和清洗劑。其實，小孩子不是神，他們只是表達比較直白的原人，而且，真正孩子心性的作家，像張愛玲和麥卡勒斯，都是很率性地自私著，邪惡著，大人才不敢像張愛玲那樣說「我是一個多麼自私的人啊。」他們時時都在標榜自己的善。

就像《一個女孩》裡，那些在文革時期長大的精神狼孩，老師被揪鬥了，父母被批鬥了，一切的成年權威，都像石膏像，在瞬間被打翻，失去了榜樣的力量。他們也會仇視異己，打壓同類，欺侮弱勢群體。書裡的小老鷹，爸爸是造反派領導，她就用淩人之氣，掀翻小朋友的鉛筆盒，在放學途中，羞辱他們，孜孜享受著他們的心驚膽戰。等到爸爸失勢，她立刻轉化成諂媚之態。要怪就怪這個畸形的年代吧，它是萬惡的觸媒，啟動了人性中沉睡的惡。

作家最大的精神資源之一，是不幸的童年，說到底，也就是疼痛的經驗。而陳丹燕這個，又關乎特定的歷史時期。成捆的書，翻飛著從高處扔下，在烈焰和狂笑中，化為灰燼，昂首旖旎而過的舞蹈演員，在徹夜的羞辱後，跳樓自殺，屍體發出悶響，落在小小的她身後。最依賴崇敬的爸爸，在批鬥會上，當眾挨耳光，被折辱。精神導師，一個童話作家，帶著高帽子遊街。大聲誦讀著可笑的自白書。比較纖細，不能承壓的人，比如媽媽，從此就垮了，優雅落地而碎，一輩子都活得淒淒惶惶。還有的人，變成了大烏賊，在餘生裡，對著別人，噴射積堵的怨憤。那麼她呢？孩童的眼睛，像火光，純粹，無染，又能把一切旮旯裡的齷齪放大。一個人的精神堡壘，如果在童年時期，就變成了廢墟，成年以後，她要用多少的躬身，才能把它修補呢？寫作，也許是一種救贖之道。《女中學生之死》，《一個女孩》，《玻璃做的夏天》，貫穿其中的，成長的蛻痛，是她在傷口上開出的花。

陳丹燕寫完《一個女孩》的那天，是一個下午，她把自己泡在浴缸裡，虛弱得像一節用完的電池，她覺得，總算對受傷的童年，做了個交代。她的痛感經驗，也被這本書消耗殆盡，從此，她沒有再寫過青少年題材的書。之前她搞了十來年的兒童文學。嗯，怎麼說呢，單向的，女權分子和小鳥依人，我都比較疏離。給我親和感的女人，就是像陳丹燕這樣的，明晰如春光，又沉靜如春水。即使有一點春寒料峭，也有勃發的春之生機。注意力全光照在一些微觀而切實的人事上，以故事說話，以良心為綱，以性靈行文……什麼時候，我才能等到人生的春呢？

附錄

頁碼	版畫名稱	年代	作者
12、13	紫珠	二〇〇七	蘇鈺婷
14	鉛筆百合	二〇一〇	蘇鈺婷
54	書花	二〇〇六	蘇鈺婷
89	櫻草花	二〇一一	蘇鈺婷
108、109、110	掌中溼地	二〇〇九	蘇鈺婷
142	數樹書	二〇〇五	林仁信
175	鉛筆樹	二〇〇九	蘇鈺婷
206、207	ㄒㄧˊ字	二〇一〇	林仁信
208及封面	ㄒㄧˊ字	二〇一〇	林仁信
238	之外	二〇〇六	林仁信
267	飛／非書	二〇〇六	林仁信

國家圖書館出版品預行編目(CIP)資料

靜默有時，傾訴有時：黎戈散文集 / 黎戈著.
-- 初版. -- 臺北市：遠流, 2013.10
面； 公分. --（綠蠹魚叢書；YLC80）
ISBN 978-957-32-7289-2（平裝）

855 102018909

綠蠹魚叢書 YLC80

靜默有時，傾訴有時——黎戈散文集

作者／黎戈
主編／吳家恆
編輯／陳芯怡
校對／郭昭君
封面暨版型設計／鄭翊君
版畫授權／岩筆工作室
出版五部總監／林建興

發行人／王榮文
出版發行／遠流出版事業股份有限公司
地址：臺北市南昌路二段81號6樓
電話：（02）2392-6899
傳真：（02）2392-6658
郵撥：0189456-1

著作權顧問／蕭雄淋律師
法律顧問／董安丹律師
排版／極翔企業有限公司
2013年10月1日 初版一刷
行政院新聞局局版臺業字第1295號
新台幣售價300元（缺頁或破損的書，請寄回更換）

ISBN 978-957-32-7289-2

遠流博識網
http://www.ylib.com
E-mail: ylib @ yuanliou.ylib.com.tw